月の淀む処

篠たまき

Tsuki no yodomu tokoro

実業之日本社

目次

装画　丑山雨
装幀　円と球

月の淀《よど》む処《ところ》

プロローグ

白いはずの外壁が灰色がかって見える。細かい雨粒が視界を曇らせるせいだ。夕方の暗さがつのり、梅雨の湿気と霧雨と外壁との境目すら曖昧になっている。

紗季《さき》がこの七階建てのマンション、パートリア淀ヶ月《よどがつき》に引っ越して来たのは四ヶ月ほど前のこと。周囲が驚くほど突然に転居したのは交際していた男の前から消えたかったからだ。恋愛やら結婚やらはもう考えたくなかった。だから経済的に無理をして、以前よりかなり住環境を落としてここの2DKを購入した。返済を考えれば四十歳になる前の方が良い。住宅ローン審査を通せるのは正社員のうちだけと聞いたせいもある。

築四十年ほどの建物だからそれなりに古びている。間取りもデザインも最近のものに比べてやぼったい。集合ポストは焼けが目立つし駐輪場には屋根もない。それでも外壁にしみも亀裂も見当たらず、植栽が整っているのは管理が良いためだ。

真南に角の向いたL字型の建物は全戸とも南西か南東に窓があって日当りは悪くない。徒歩圏に河川敷があるから夏は川風が涼しいらしい。

敷地の北東に目隠しフェンスが立ち、絡んだヒルガオの花が霧雨に濡《ぬ》れている。北西には自然公園という名の小さな崖地。良く言えば緑豊か、悪く言えば田舎じみた場所だ。

駅から自転車を使う距離感にも郊外特有のゴミ分別の煩雑さにもなれた。敷地内に古い地蔵尊や石碑がある違和感も薄れた。建物内に一戸、事故物件があることは最初から知っている。

近場で幼児の行方不明事件があったらしいけれど治安の悪さは感じないし、頻繁に集会室やエントランスホールで行われる行事には無関心を通している。

細かい分別ってエコ好きの自己満足だよね、よく集まるのは爺《じい》さん婆《ばあ》さんの暇つぶし、と隣戸に住む若い真帆子《まほこ》は笑い飛ばしているけれど。

霧にもにた雨がけぶる中、エントランスのオートロックドアの上にしめ飾りめいた縄が重たく揺れていた。門松やクリスマスツリーを置く集合住宅は多いけれど、一年中、縄飾りを下げるのは珍しいと思う。

たたんだ傘から垂れるしずくも雨滴に混じる汗もうっとうしい。疲労のにじむ足取りで管理人室の前を通り、エレベーターの前に立った時、一階の通路に薄黄色に淀《よど》む巨大な満月を見た。

建物の中に月？　雨が降っているのに？　疲れ目のせいかとまばたきをして見直して、月に見えたのは集会室に下げられた提灯《ちょうちん》だと気がついた。

黄ばんだ和紙に「忌」の一文字が黒々と浮いている。

格安で無個性な集合住宅と古提灯の組みあわせにざらついた違和感をかきたてられた。

「おばんです。お通夜にいらしたんですか？」

かけられた声にすくみ上がる。振り返ると白髪頭の管理人がほこほことした笑顔で立っていた。

気づかなかったのは足音も人の気配も雨が吸い取ったせいだろうか。

「こんばんは……、あの、どなたかが亡くなられたんですか……？」

「ええ、四〇八号室の奥さんが亡くなられまして。ご自宅に祭壇を組む場所がないんで集会室を使うんですわ」

小柄で温和な彼は一〇一号室に住み、清掃スタッフの取りまとめや棟内の巡回を几帳面《きちょうめん》にこなしている。紗季に細かいゴミ分別の規則を示し、敷地内の地蔵尊や石碑はダムに沈んだ山村にあったものと教えてくれたのはこの腰の低い男だ。

「集会室でお通夜をしてもいいいんですね」

「もちろん大丈夫ですよ」

どこの訛《なまり》なのだろうか。『大丈夫』の『だ』が強められる特徴的な抑揚だ。

「皆さんの集会室ですから。お葬式でも結婚式でも管理組合の許可があれば使えます」

集会室で挙式する新郎新婦などいないだろう、と思った時、エレベーターの到着音が、ちん、と霧雨の中にくぐもった。

開いた扉の中から喪服の男女がそろそろと降りて通夜のあいさつを交わし始める。

今回は急なことで……、大往生には少し早くて……、それでも長く寝つくこともなく……。黒ネクタイの男が二人に黒い和服の女が一人、都会のマンションに昔の田舎の葬式風景をはめ込んだかのようだ。

最後に葬儀に参列したのは高校生の頃だから二十年近く前になる。当時の郷里でも自宅に通夜提灯など下げなかった。遺体は病院から葬祭業者の催事場に運ばれ、手なれたスタッフが通夜と告別式と繰り上げ法要をしきっていた。

「あなた様もお通夜にいらしたのでございますかね?」

たずねた女は五十代ほどだろうか。微妙に揺れる語尾が管理人のそれに良くにている。

「いいえ、私は違います」

隣に住む真帆子以外とは近所づきあいなどしてない。強いて言えばもう片隣の母子と天気の話をするくらいだ。

「ご近所のよしみでお線香をあげてくださいませよ」

「私は面識がありませんので」

拒んだつもりなのに女が集会室に向かって細い声をあげた。

「勝山《かつやま》さあん、ご近所さんがお線香をくださるそうでございますよ」

「あの、私は……、その、平服ですし……」

「黒い服ですから大丈夫ですよ」年配の喪服の男が言葉を挟んだ。「お通夜は普段着で、という地方もあるそうで。お線香をいただければ仏様も喜びましょうよ」

確かに今日は黒のパンツスーツ姿だ。控え目なメイクでセミショートの髪は黒のシニヨンでまとめている。クライアントである化粧品メーカーの「ご愛用者様のティータイム」なる集まりに呼び出され、取材という名目でアテンドをさせられたせいだ。

「お線香をあげる人が多いほど極楽が近くなると言いますんで」

笑顔を絶やさない管理人がひそひそと耳打ちをする。拒もうとしたけれど喪章の男に「ようこそ来てくださいました」と深々と頭を下げられて入らざるを得なくなった。

靴を脱ぐためバッグを床に置くと中のマニュアル二冊の背表紙が露出した。書かれた文字は『最新広告ポスター作案』『図解・介護実技　初級』だ。

「あなた様は介護のお仕事をされておられるんですかね？」

「いえ、これは資料です。その、勉強用で」

初対面で仕事のことを聞かれると説明にこまる。けれどもさらに数人が興味を隠そうともせず、介護のお勉強中ですか？　いずれ介護職に？　と聞き込んで来る。

「いえ、参考に目を通しているだけですから……」

「ご立派なおこころざしですよ。で、今も福祉のお仕事で？」

「いえ、全く別の分野で……」

以前はライター兼編集者、つまり何でも屋として大手編集プロダクションに勤務していた。安定した職場のはずが経営陣がかわって転落するように業績を落とした。

パートリア淀ヶ月の住宅ローンを通したのは倒産の二ヶ月前、介護の本があるのは在職中に知りあった特別養護老人ホーム創始者の自伝に関わっているためだ。

「ポスターのお仕事をしながら介護のお勉強ですか」

「しとやかでお優しそうな方なのに才女さんなのですなあ」

本心か社交辞令かがわからない。あいづちも口を挟む間も見つけられない。

女の人がお一人でやっていけるとは賢いことで……、こういう方にお線香をいただけてありがたい……。淡い雨音に混ざる言い交しに否定も謙遜も出て来ない。プレゼンや取材で身につけた話術がこの場では何の役にも立たないような。人々の空気に添うしかないような。

十二畳の集会室には大きな曼茶羅《まんだら》が飾られ、祭壇の前に白布団がこんもりと盛り上がっていた。遺影の老婦人の顔は見たことがない。

宗派も作法もわからないまま線香をあげ、早々に退出しようとしたところを引き止められた。

「介護のお仕事は大変ですよなあ。実技はやったのですか？」

「ポスターのお仕事をしてるならチラシの絵やお面の顔を描いてもらえるかしら？」

弔問客の質問に、介護はお勉強だけです、絵は描けません、と薄く柔らかい笑顔で応じた。町内会や保育園でイラストを無償で任された元同僚がいる。絵は守備範囲外で通すにこしたことはない。

少しは飲めますかね？　とコップをよこされ、仕事がありますので、と断ったらお茶を渡された。寿司桶《すしおけ》の中はカッパ巻きにかんぴょう巻きに梅巻き。法事に生臭ものを出さないという古い風習を思い出した時、田舎の土の匂いがよぎった気がした。

「通りすがりの人が線香をあげたら米をふるまうんですわ」

「これを機会に仲良くいたしましょう。仏様が結ぶご縁でございますよ」

はい、と、ありがとうございます、の二言を繰り返すしかない。

素朴な親愛なのに。わずらわしがる自分が嫌だ。どうして真心に苛立《いらだ》つのだろう。倦《う》むことで自分が悪人にされる息苦しさをまた思い出してしまう。

あの忌々しいほど誠実な男はどうしているのだろうか。

妖精のように飛翔《ひしょう》して地に堕《お》ちた少女はどうなってしまったのだろうか。

「土曜日もお仕事だったのですか？　うちの息子も休みを取れないくらいで」

「こんな時間まで働かれたならお腹《なか》が空《す》いていますでしょうに」

住民達の声が現在へと呼び戻す。すわって話しかけるのは年配の人々で、酒を運び、空の紙コップをさげるのは三十代より下の世代だ。

「すみません、仕事が残っていますからこれで失礼いたします」

今度は大きめの声を出して断りを入れる。

「お忙しいならなおさら少しでもお腹に入れた方がいいですよ」

「よろしければ折り詰めにいたしましょうか？」

「ありがとうございます。これから打ちあわせの電話があるんです」

柔らかくこしらえた笑顔を向け、あたりさわりのないうそをついて席を立った。

エアコンの効いた室内から出ると肌に湿気がまとわりつく。目の前の敷地が白くもやる。歩く足もとがぬるい水煙をかき分けているかのようだ。

五階の自宅前から見下ろすと中庭に白灰色の霧が溜《た》まっている。どこからともなく現れた僧侶が黒い蝶にもにた衣をなびかせて集会室に吸い込まれて行った。

L字型の建物とフェンスと小さな崖に囲まれたこの場所はまるで四角い窪地《くぼち》。黄色い通夜提灯はまるで沼底に沈む満月のようだ。

駐車場のミニバンのハッチに提灯が映って、歪《ゆが》んで、水面に揺れる月影を思わせる。

そう言えば、ご家族が待っているのでは、といった質問が出なかった。家族層の多そうな、そして何やら田舎じみた場ですんなり独身扱いされていたことが少し奇妙に思われた。

ただそれだけのことだった。通夜を機会に近隣づきあいが密になることはなく、何かの集まりに出くわすこともなく、通路で顔をあわせれば軽くあいさつをするだけの生活が続いたのだった。

第一章　泣く女

ビジネスバッグを持って紗季が玄関を出ると敷地内の地蔵尊の前にやせこけた女がしゃがんでいた。

外階段を降りながら、またか、と苦々しく思う。ここで何度か見た女だ。長い髪に白いものが目立ち、合掌する指のあちこちが不自然にどす黒い。ごつごつとした肩が震え、赤い前かけの石像にはパンダの形のパンと怪獣のおもちゃが供えられていた。

「えいおぉぉぉぉぉ……、えいおぉぉぉぉ……」

梅雨の晴れ間に女の声が響く。陰鬱で聞くだけで気が滅入《めい》る。これから仕事なのに。少し気の張る打ちあわせなのに。関わりたくなんかない。小さな子供を何人か連れた住民も目をそらしている。

「えいおぉぉぉぉぉ……、えいおぉぉぉぉぉ……」

窪地にもにた敷地に気の早いセミの声とむせび泣きが絡む。女がうなだれるとぱさついた長い髪がうなじでふたつに分かれ、ごつごつとした首にペンダントチェーンが光った。

「岩上《いわがみ》さん！　またですか？　勝手に入られるとこまるんですよ！」

エントランスの方向から男の声がする。あれは管理人の音坂《おとさか》の声だ。三階の踊り場から見ると、ベージュの作業着姿が小走りに敷地を横切り、女の方にかけて行く。

「あなたはね、もうここの住民じゃないんですよ。お子さんはいないんです。お参りだったらおうちのお墓がありますでしょうに」

住人ではない？　エントランスも駐輪場のドアフェンスも鍵がなければ開かないのに？

「お辛《つら》いのはわかりますが無断で入られてはねえ。この時期、食べ物は傷みますし」

女が振り向くと乱れた髪の中に青白い顔が露出した。頬がこけて目が落ちくぼんでいる。細い目に丸い鼻、眉尻の薄さが特徴的だ。

「あの子を返して！　ここのせいだ！　ここのせいだあ！」

割れた唇を広げて女が叫ぶ。赤黒い口の中、歯が何本も欠けていた。

「お気持ちはお察しいたしますが不法侵入はだめですよ」

淡々と諭す管理人の後ろを自転車を押す母子が通りすぎた。よくにた顔の親子だった。卵型の顔と細い鼻筋が目の前の地蔵尊を思わせる。水色のワンピースの子供は小学校に入る前だろう。

ぷっつりと短く切られたおかっぱ頭は今時、珍しいと思う。

地蔵の前にしゃがんでいた女の細い目が、一瞬、ぎらり、と光った気がした。

「ここにまだいたのか！　お前のせいだ！　えいおおおかえせええ！」

泣いていた女が跳ねるように立ち上がり、買い物帰りらしい親子に走りよった。

管理人が振り払われてよろめく。

母と子は奇妙なほど敏捷《びんしょう》に逃れたけれど、女は筋ばった足をもつれさせながら追い続けた。

こんな時はどうすればいい？　助けに入らなきゃだめ？　初めての経験にとまどい、通報すれば、と考えたのは近場の幼児行方不明事件を思い出したからだ。

携帯電話をさがしてバッグを探るうちに、管理人の音坂が異様なほどすばやくやせた女の手をつかんでひねり上げ、もう片手で電話をかけ始めた。

動きを封じられた女は髪を乱し、何やら声をあげている。

直後に最上階の角部屋からがっしりとしたはげ頭の男が走り出て来た。あれは「村長」と呼ばれている管理組合の理事長だ。先日の通夜の席にもいたはずだ。

続いて紗季の隣の住戸から大柄な中年男が飛び出して来た。彼は年老いた母親と二人ぐらしで、顔に事故で負った傷があるため、大きなマスクをつけている。村長はエレベーターを使って中庭にかけ込み、隣戸の男は大股に階段を走り降り、やせた女を両側から挟み込んだ。

とっさに目隠し板の陰にしゃがんだのは関わりたくなかったからだ。

「離せ！　離して！　拝むくらい、拝んだって……、えいおぉぉぉ……、えいおぉぉぉ……、お前のせいだ、お前達が殺したんだ！」

甲高い声が響き、人造物の窪地でセミがほんの一瞬、鳴き止《や》んだ。

「もう来るな！」村長が大声を出す。「あんた達のせいでどれだけ迷惑したか！」

「子供が遊んだだけなのに。あんた達が悪いんだ！　よってたかってあたし達を追い込んで！　拝んだっていいじゃない！　えいおぉぉぉ返せぇぇ！」

女がわめき、長い髪が湿った空気の中に円弧を描いていた。

黒い半月のような毛束を見ると既視感が突き抜ける。

あの時も流れる髪が丸い軌跡を描いていた。

あれは淡い陽光の中を妖精のように跳ぶ少女の髪だった。

違う。まるで違う。今、目の前で髪をふり乱しているのは健やかな女の子ではない。歯が何本も抜けた、やせこけた初老の女だ。

「離せ！　離せ！　離せぇぇ！」

遠吠《とおぼ》えめいた声があたりをつんざいた時、隣戸の男の背中がやせた女の姿を視界から遮った。

次の瞬間、女の身体《からだ》がくたくたと崩れ落ち、男がそれを軽々と担ぎ上げた。

何が起こったのだろう。あばれる女が貧血でも起こしたのだろうか。

「お二人とも怖かったでしょう？　とんだ災難でございましたなあ」

「怪我《けが》はないかね？　あんたさん達、何もされてはいないだろうね？」

村長と音坂が立ちすくむ親子に声をかけた。

母親が小さなおかっぱ頭を抱き、子供は真っ黒な目を、女を担ぐ大男に向けていた。

「怖いことです」白い頬をした母親が静かに応えた。「この人が出て来たことも、ここに入り込んでいることも知っていました。こんなに逆恨みされていたなんて。災厄を呼ばれたら……」

「ええ、また騒動を起こされてはねえ。何とか道切りを強めませんと」

音坂がこんな時でも薄い笑顔を崩さずにうなずいた。

「住民や宅配さんの後ろについて入って来られると止められないからなあ」

「警察沙汰になりましたら実に嫌ですからねえ」

中背だけれども体格の良い村長と小柄でやせた管理人がぼそぼそと言っている。この女は駅の側《そば》のベンチに置いておけば……、しまつできれば……、仏様が出て場所もふさがって……。

はっきりとは聞き取れない。けれども彼らの困惑がよくわかる。

母親に抱きしめられた子供がゆっくりと顔を上げた。曖昧な視線がゆらゆらと外壁を這《は》い上がり、目隠板からのぞく紗季の顔に止まる。澄んだ大きな瞳だ。心の底を見透かすような、吸い込まれてしまうような、けれどもどこか焦点が不明瞭なまなざしだ。

「ここは危ないからうちに入ろうね。悪い人は直《なお》ちゃんが退治してくれるから」

母親が声をかけると子供は上階から目をそらしてうなずいた。

二人は手を繋《つな》いでエレベーターホールに向かい、村長と音坂は管理人室に入り、隣戸の男は女の身体を駐車場の白いミニバンに乗せて運び去った。

全ての人影が消えてから階段を降り、駐輪場で自転車のキーを外す。約束の時間が迫っている。クライアントを待たせてはいけない。四方を囲まれた敷地にセミの声が満ち、北東のフェンスに白いヒルガオの花が咲く。

空に灰色の雲が流れ始めていた。雨が降る前に帰れますように、と願う。それは不穏なできごとを忘れるための祈りだったのかも知れない。


夕食後にお湯をわかし、ウスベニアオイ茶のパッケージを開けた。茶葉には何の香りもない。これはクライアントの健康食品会社の新製品だ。飲んで感想を書き送るように言われている。

ケトルが白い湯気を吹いた時、チャイムが鳴り、モニターに隣に住む真帆子が映った。事前に約束した時間にぴったりだ。

「紗季さん、こんばんは。こんな時間にごめんなさい」

ドアを開けると、彼女は舌っ足らずの声で詫《わ》びながらローズピンクに塗った足の爪先をい草のスリッパに差し入れた。

小柄で華奢《きゃしゃ》な身体、丸く盛り上がった胸、細く長い手足、子猫のような目とさらさらの長い黒髪。小首を傾《かし》げて見上げるかわいらしさに同性の自分も見とれてしまう。

彼女は二十代で大手雑誌社に勤め、父親が投資目的で購入したこのマンションに住んでいる。恵まれた容姿に恵まれた勤務先に恵まれた経済力。嫉妬を感じないと言えばうそになる。けれども生まれ持った違いを嘆いてもしかたがない。それに彼女はつきあいにくい相手ではない。率直で明るく、さばさばとした女なのだ。

「可能なら取材させてくれる友達を紹介して欲しいんです」

手土産のフルーツゼリーを差し出し、真帆子は前置きなしに切り出した。

ダイニングチェアにすわり、クッションを胸に抱くしぐさが童顔と相まってぞっとするほど愛らしい。腕の白さを引き立てるクッションカバーは紺のシルク製。光沢の中に薄ピンクのバラが大きく浮く。これはすその破けたストールをリメイクしたものだ。

「今度はどんな人がいいのかな？」

「一人ぐらしでペットを飼う独身女性。二十五歳から四十五歳くらい。心当たりあります？」

「元同僚で小型犬を飼ってる人がいるよ。三十代のイラストレーター」

「その人、紹介して！　これ、企画書です。ご本人からコンタクトの許可もらってくれたらあたしが連絡します」

耐熱ガラスのカップでウスベニアオイ茶を出すと彼女は一口飲んで「なにこれ！　色つきの白湯《さ ゆ》じゃない」と素直な毒舌を放った。

「うん、味も香りもない」紗季も一口飲んで同意する。「淹《い》れ方に問題ないはずだけど？　クライアントには色が特徴的で癖のない味でした、って言っておこう」

「つまらない色水って言ってあげるのが相手のためですよ」

子供っぽい外見だけれど彼女は時に辛辣な物言いをする。それを痛快と感じるか嫌味と思うかは人によるだろう。

口直しに出した冷たい黒豆茶を飲みながら真帆子は甘い口調で続けた。

「ところで今回の取材記事、『ペットを子供がわりに愛する女性達』っていう仮タイトルなんですよ。これ、なんか変って言うか、違和感ありません？」

「うん、そうだね。ペットを我が子に見立てない人も多いんじゃないかな」

「ですよね。母性愛をもてあました女が愛玩動物で疑似育児、みたいな構図が求められてるみたいだけど、それって一元的すぎると思うんです」

「紹介する彼女も飼い主をパパ、ママって呼ぶ獣医さんを嫌がってたなあ」

「それ、すてきな発言ですね！　そのトークをもらえたらタイトル変更の根拠にします！　女は誰でも子供を欲しがり、愛したがるって偏見だと思いますもん」

そうだよね、と同意しながら、自分も世間並みに子供を欲しいと言った時があったと思い出す。あれは真実の母性愛だったのだろうか。もしかしたら彼の元妻や娘に対する対抗意識ではなかっただろうか。

物思いする紗季に対して真帆子は取材の確認事項を述べた。謝礼なし、本名と年齢は伏せても年代は明らかにする、顔出し必須ではないけれど室内とペットの写真は欲しい等々。

要領はわかっている。なぜなら紗季も彼女の取材を受けたことがあるからだ。

真帆子とであったのは四ヶ月前。転居のあいさつで隣を訪ねた時、玄関先に現れた女の容姿にとまどった。

安価なタオルを差し出すと十代でも通りそうな美女は「同世代の人が越して来るなんて嬉《うれ》しい」と人なつこい声をあげた。どう見てもこちらの方が相当に年上なのに。見え透いたお世辞を言う女ではないから薄暗い通路灯で見まちがえたのだろう。

「お一人ぐらし……、ですか？」

おずおずと聞かれ、一人です、と答えたら、あたしも一人！　と朗らかに喜ばれた。

「どこから引っ越して来たんですか？」

「前は渋谷区に住んでました」

「そんな都会から？　あの……、こんな郊外の田舎って寂しくないですか？」

遠慮がちの質問がいじらしかったからつい本音で答えてしまった。

「この景気だから。居住費をおさえるために都心から離れなきゃいけなくて」

「でも、ここ分譲だけど……、立ち入ったことを聞くようだけど購入で？」

「うん、山のようなローンをしょいこんで。今さら結婚するとも思えないし早めに住居は確保しとこうかなって」

「いきなり聞いてごめんなさい。その、うちは父親名義なんだけど」

裏表のなさそうな口ぶりだった。その時は近所づきあいをするとは思ってもいなかった。けれども翌日の夜、真帆子がクッキーの箱を手土産に訪ねて来たのだった。

「夜分にごめんなさい。実は、お願いがあるんです」

開いた玄関ドアの外でおずおずと切り出す口調が健気《けなげ》だった。

「すみません。引っ越しの音、うるさかったですか？」

「違う！　そんなんじゃないです！」彼女はふるふると首を振り、細い指先で名刺を差し出した。

「実はあたし、雑誌社で記者をしてて。嫌じゃなかったら取材させて欲しいなって。ずうずうしかったらごめんなさい！」

その夜は冷たい雨風だった。細かい雨粒が通路に吹き込んでいた。玄関ドアの外で女が子鹿のような足首を濡らしていたら招き入れたくなるというものだ。

真帆子はダンボールだらけの住居で、かたづけ中にすみません、と謝罪してから不動産を購入した独身女性を取材しているのだと申し出た。本名も顔も出さなくてもいいと言うから引き受け、それ以来つきあいが続いている。

まさか自分が隣人を家に呼ぶようになるなんて。それもこんなに魅力的な若い女性と自宅でお茶をするようになるなんて。とは言っても話題は仕事のことばかり。たまに近隣の商店の話をしたりはするけれど立ち入ったことは互いに聞かない。

今夜も真帆子が駅前にできたベーカリーの話をする。子供向けのパンダやリスの形のデニッシュばかりだと嘆かれて、やせこけた女の供え物を思い出した。

「真帆子ちゃん、昨日、お地蔵さんの前でまたやせた女の人が泣いてたよ」

「あのがいこつ女？　春頃から出没しているけどいつ引っ越して来たんでしょう？」

「管理人さんが勝手に入っちゃだめって言ってたから住人じゃないみたい」

女一人を男が三人がかりで制止する異様さをどう説明したらいいのか。男の背中の陰で崩れ落ちた女の様子をどう表現しようか。

へたな話し方をしたら派手なうわさをまくしたてる女と思われそうだ。

「住人じゃない人がお参り？　そんなに霊験《れいげん》があるんですか？」

「お地蔵さんは虐待死した子供の供養に祀《まつ》ったんだって。元は住民の人の出身地にあったとか？　引っ越して来た時、管理人さんが教えてくれたよ」

「初めて聞きました。あの管理人、紗季さんに優しいなあ。あたしにはそっけないしお地蔵さんの由来なんて教えてくれなかったのに」

それは真帆子がきらきらしすぎて話しにくいからだと思う。

「ここで子供が亡くなったのって五、六年前でしたっけ？　住民でもない人がなんで今頃、そのお地蔵さんにお参りなんですか？」

「女の人が子供を返せってわめいてたよ。近くの幼児行方不明事件の関係者じゃないよね？　見るからに変わった人だから何を考えてるか想像つかないけど」

「幼児行方不明に虐待死事件に遠くから運ばれたお地蔵さんに不法侵入のがいこつ女！　ここって本当に変なマンションですよね！」

「うん、すごく独特。こういうのって住んでみなきゃわからないんだね」

真帆子の取材を受けた時、事故物件が気にならないかとの質問があったから正直に答えた。当時の勤務先が目に見えて傾いていたこと。正社員のうちにローンを通して住居だけは確保したかったこと。月々の返済額をそれまでの家賃以下にするため都心から遠く離れた郊外を選び、虐待死事件には目をつぶった。

転居を機に交際相手と連絡を断ったことはオフレコで、と断って話した。それらは「経済の低迷」やら「正社員優遇のローン構造」やらに絡めて記事の中で述べられた。

真帆子も「離れた部屋で殺人があっても気にしない」「過去をさかのぼれば全て変死の跡地」と言い切る女だ。彼女の住居は父親が事件直後に安く購入し、数年間は賃貸にし、記憶が薄れた頃に相場価格で売却する予定だったとか。

「実家にいたあたしが家賃も出さずに占拠して親父《おやじ》は災難ですよね。管理組合理事会の議事録や自治会のチラシを全部、郵送するのを義務づけられてますけど」

そう言って真帆子はあけすけに笑う。家を出た事情は「同居する兄夫婦に子供ができてアイドルの座を奪われたから」と冗談めかして話していた。

「そもそもエントランスに一年中、しめ飾りって変ですよ。集会室に婆さん達が集まって念仏をあげてる夜もあるし、最上階のルーフバルコニーはジャングルみたいだし」

真帆子が住居の奇妙さをあげつらうから雨にけぶる通夜提灯を思い出した。

「この間、集会室でお通夜をしてたからびっくりしちゃった」

「またやってたんですか？　普通、セレモニーホールでやりません？」

「また？　集会室でのお葬式が珍しくないんだ？　実は私、通りすがりにお線香だけでもって呼び込まれたんだけど」

「誘われて連れ込まれた？　紗季さん、お人好《ひとよ》し！」真帆子の口調に悪意はない。「あたしも前に『お線香あげて』って引っ張られたけど『面識のない方へのお焼香は気が進みません』ってきっぱり断ったよ。だって知らない人だもん」

ためらいなく断る様子が目に浮かぶ。自分にはできそうもない。良く言えばもの静かで愛想の良い女、悪く言えばおとなしめの八方美人なのだから。

「お盆に夏祭りもやるって知ってます？」

「案内のチラシが入ってたね。今時の集合住宅で夏祭りって珍しいなあ」

「毎年、お盆の土曜日にやってるんですけどね」真帆子が怪談でも語るように声をひそめた。

「当日はお祭りが終わる十一時すぎに帰宅することをおすすめします」

「行事をしてる側を知らん顔で通るって気まずいもんね」

「違います。ここの盆踊り、気持ち悪いから」

「気持ち悪い？　って言うか盆踊り？　マンションで？」

「駐車場の真ん中にやぐらを組んで踊るんですけど、すごく不気味！　陰気でカルトっぽくて。あたしはその夜はプールのあるホテルに泊まりに行きます」

「盆踊りがカルト？　確かに盆踊りって元は念仏踊りって説もあるけど」

「あの気持ち悪さを見てない人に伝えるの、難しいなあ。みんな同じ動作で黙って踊ってるんですけどね。まあ、一度、見ればわかりますよ」

真帆子はあっさりと説明をあきらめ、ゼリーをつるつると唇の中に流し込んだ。

妙な物件だと思う。けれども不満ひとつない住居など最初から期待していない。持ち家に以前の家賃より安い支払いで住んでいる。あの男に住所は知られていない。年に一度の奇妙な祭りなど許容範囲内だ。

少なくともその時はそう考えていたのだった。


仕事帰りの日曜日の夕方だった。霧雨の中、駅始発のバスにすわったのに商店街で高齢の客が多く乗り込んだ。席を譲ろうとして、目の前に隣の桐野《きりの》家の母子が立っているのに気がついた。

母親は七十代半ばすぎの小柄な老婦人だけれど息子が否応《いやおう》なしに目立つ。

大きな身体に顔全体を隠すようなマスクと薄い色のサングラス、目もとや首や手にひきつれた傷痕が無数に広がっている。

転居のあいさつに行った時、彼の容貌に驚かなかったと言えばうそになる。「この子、事故でこんな見た目だけど仲良くしてあげてね」と老母が幼児を紹介する口調で言っていたことも忘れない。

どうぞおすわりください、と声をかけると丸顔の老婦人は紗季を見ておっとりとほほえんだ。下がりぎみの眉と目尻が笑うとさらに優しげになる。

「ありがとうございます。あら、お隣の方？　偶然ですことねえ」

息子がバッグ三個を下げた手でつり革を握り、もう片方の手で小柄な母の手を取って席にすわらせた。その姿は孝行息子というより女主人に仕える召し使いじみている。

「お荷物、私の膝に置いて」すわった母親が紗季に言う。「でなかったら直樹《なおき》に……、うちの息子に全部、持たせちゃって」

「俺、持ちますよ」マスクの奥からの声が妙に若々しかった。「おふくろに席を譲ってくれたし、バスが揺れたら危ないから」

「そうよ、遠慮しないで。この子、見た目通りの力持ちだから」

横の席の老人も「お姉さん、こういう時は甘えなさい」と言うから断れなくなった。

直樹に資料の詰まったバッグを渡し、ありがとうございます、と頭を下げるとサングラスの奥の目がとても優しく笑いかけた。傷の痕の隙間に見え隠れする皮膚にはりがある。動きも声もこの年代の母の息子にしては若々しい。

スモモはお好き？　と老婦人がたずねるから、はい、と答えたら、じゃあこれはお礼、と買い物袋から出したスモモが紗季のバッグの中に入れられた。遠慮したけれど彼女は、息子に玄関までかばんを運ばせるわね、と静かにほほえむだけだった。

エアコンの効きが悪かった。立っているだけで汗がにじむ。隣に立つ直樹が腕でひたいを拭っている。それは大らかで少し荒っぽい、飾りけのないしぐさだった。

「勝山さんのお通夜でお聞きしたんだけど」見上げながら母親がたずねる。「介護のお勉強をされているんですって？」

「いいえ、仕事の資料として読んでいるだけです」

「キャリアウーマンなのね。すごいわ。私、ずっと専業主婦だったから憧れちゃう」

「いえ、そんな、キャリアと言われるほどのものでは……」

勤務先が存在するならキャリアウーマンのはしくれくらいは名のれるだろう。けれども身を置く企業はもうない。求職活動をしても条件が厳しい求人にしか出くわさない。

今の身分はフリーランス、言葉を変えれば失業者と紙一重のその日ぐらしだ。

あくせく働いても報酬は低く、経費は容赦なく出て行く。実を結ばない営業は時間と交通費がかかるだけで終わる。経費を差し引いた年収は去年の半分以下になるだろう。

たったひとつの救いは、以前の家賃より安い金額で今の住居にいられることだけだ。

桐野家の母親が、能力があるってうらやましいわ、おとなしそうな方なのに有能で、とほめ続けるから何か言わなくてはと口を開いた。

「仕事で夜が遅いのでうるさい時は遠慮なくおっしゃってください」

「あら、そんなことないわ！　むしろうちのテレビ、騒がしくない？　最近、私、左の耳まで遠くなって音を大きくしちゃうの。あ、悪いけど話される時は左側でしてくれない？　実は私、右の耳がうまく聞こえなくて」

「テレビの音が気になったことなんかありません」

母親は顔を少し横に向けて左耳だけで相手の言葉を聞こうとしている。

「あのマンション、防音はしっかりしてるけどあんな事件もあったでしょ？　どうしても音には気を使っちゃうの」

「事件って、子供さんが亡くなられたという……？」

虐待死事件の概要は聞いている。若い夫婦が幼児をスーツケースに詰めて死なせたとか、その住戸は所有者が変わって空き家になったままだとか。

「ええ、そうなの。あれも騒音が原因でしたもの」

いぶかしそうな顔をしたのだろう。老婦人が軽く手招きして小声で話し始めた。

「例の三〇五号室に住んでいた家のご主人は美容師さんで帰りがいつも夜遅くて、お食事の後、寝ているお子さんを起こして夜中の二時すぎまで一緒に遊んでたのよ」

深夜に子供を起こすのはどうかと思う。けれどもそれが虐待死に繋がるのか。流れをつかみ切れずにいると隣戸の母親が声をさらにひそめた。

「夜中に子供さんが跳ねたり走ったり。小さい子の足音ってすごく下に響くでしょう？　下の階のご夫婦が不眠で体調を崩されて、ふらふらになったご主人が仕事先の工事現場で足をすべらせて亡くなったの。私もお慰めにお邪魔したけど夜遅くに上からお子さんの足音が響いて……、とても、とてもひどかったわ……」

その後、妊娠中だった下階の主婦は上の子供が騒ぐたびに集会室に避難していたとか。

近隣の住民も三〇五号室の夫婦に激しい非難を浴びせ、やがて騒ぎ癖のついた子供は持て余され、両親によってスーツケースに詰められたということだ。

「すごい腐臭がしたから両隣の方が通報したの。蒸し暑い時期だったから……。あれ以来、梅雨は苦手よ。本当にこの湿気がうっとうしいわ。何もかも腐りやすいし、直樹の仕事が大変で大きな冷蔵庫があればばって何度も言ってるのに」

「母さん、そういう話はほどほどにね」

つらつらと愚痴を言い始めた母を息子が穏やかにたしなめた。

「あら、そうね。ごめんなさい。私ったらいやあね」

母親が素直に反省を見せる。その姿は頼りがいのある息子により添われた幸福な老母そのものだった。

バス停に着いたのは女同士で洗濯物の乾きにくさをぼやいている時だった。

バスのステップを降りる時、母親の右足が少し不自由なことに気がついた。先に降りた直樹が母に手を差し出している。髪に雨粒をつけた彼に傘をさしかけると、俺はいいから自分が濡れないようにしてください、と若々しい低音の声で遠慮した。

彼は紗季と母親の荷物を傘の中央に持ち、自分の肩を雨に濡らしている。気を使う人なんだ、と思う。見かけによらず、と考えたら失礼なのだろうけれど。

上背のある息子の首筋が目の前にある。うなじの毛流れが連絡を断った男によくにていた。直毛なのに首のあたりだけ癖の出る髪。襟足の中央に毛先が集まるシルエット。あの男はがっしりとしていなかった。こんなに若々しくもなかった。

見つめる太い首筋に汗がにじみ、そこから放たれる匂やかさや若々しさに少し息苦しさを感じて横を向いてしまう。

エントランスの鍵を開け、湿った藁《わら》飾りの下をくぐろうとした時、目の前に一台のタクシーが停《と》まった。質素な住宅街でタクシーを使う住民は稀《まれ》だ。珍事にでくわした気分で見ていると開いたドアからストッキングに包まれた細い脚が現れた。続いてツバキが咲くように赤い雨傘が開き、ふわり、とクリーム色のレインコートがひらめいた。

「あ、紗季さん！　こんばんは。今、帰ったんですか？」

明るくてかわいい声。くすんだ住宅街ににあわない華やかさ。タクシーで帰る豊かさも手に下げたジュエリーショップの袋もこの場所から浮いている。

「真帆子ちゃん、こんばんは。雨なのにお出かけしてたんだ？」

「日曜なのに仕事です。ストレス発散でお買い物して来ちゃった」

桐野母子が無言だから紹介をした。

「彼女は五〇九の真帆子ちゃん……、いえ、岬野《みさきの》さんで、こちらは五一一号室の桐野さん」

真帆子はこぼれるような笑顔で、こんばんは、とあいさつし、桐野家の母親が、時々お見かけしてたけど一軒先のお隣さんだったのね、と応じる。

直樹は目の前の美女に会釈をしただけで興味も示さず、無言でエレベーターの呼び出しボタンを拳の形に丸めた中指の関節で押した。指の腹を触れない押し方は感染症予防に有効だとか。

真帆子が傷跡だらけの手を丸い目で見ていたから軽くひじで押してたしなめた。

「このエレベーター、四人で乗るには狭いですよね」華やかな女が通る声で言う。「傘もあるし荷物も多いから、あたし、後で乗ります。皆さんお先にどうぞ」

「じゃあ私も後から彼女と一緒に次に乗りますから」

申し出たのは狭い箱の中で直樹のうなじを見ることに胸苦しさをおぼえたからだ。悪いわねえ、先に行って大丈夫かしら？　と老婦人は素直に申し出を受け、背の高い息子を従えてエレベーターに乗り込んだ。荷物を受け取る時、直樹の指先が手に触れた。傷痕のためかぼこぼことした荒々しい肌触りの皮膚だった。

五階までなら階段を使うんだけどな、と真帆子が言うから、私もダイエットのためにいつも階段だよ、と応える。今日は雨で外階段がすべるもんね、荷物が濡れるしね、風も吹いてるし、としゃべりながらその日はエレベーターを待つことにした。

例年より涼しい夏と言われている。それでも太陽は容赦なく地を炙《あぶ》り、日没後はアスファルトやコンクリートが蓄えた熱を放射する。

仕事を終えて改札を出ると駅前のロータリーに昼の熱気が淀んでいた。灰色の夜空には丸い月が重たげに浮き、濁ったうさぎ模様を翳《かげ》らせている。

週末の仕事が当たり前になっている。化粧品会社の広報誌スタッフとして定着したからだ。ご愛用者様座談会や新店舗オープンは週末に集中する。今日の土曜日も新店舗とメイクアップ講座のレポートで一日中、立ち続けだった。疲れが全身に染み込み、パンプスの履き口がむくんだ足にきつい。夏の夜の熱気と湿気をかきわけて自転車を漕《こ》いでマンションにたどり着き、そこで初めて異質な空気を感知した。

黒い……。

それがその夜のパートリア淀ヶ月の印象だった。

通路灯が消され、窓から照明が漏れていないせいだ。

中庭だけがかすかに明るい。駐輪場のフェンスを鍵で開け、中をのぞくと敷地の四隅に黄色いかがり火が燃えていた。

夜空には白さを増した月が浮き、黒い筋雲が流れる。北東のフェンスに揺れるヒルガオが地上にこぼれた月の雫のようだ。

四方を囲まれた闇の中に、和服姿の人々がゆらゆらと輪になって踊っている。

駐車場であるはずの場所に車が一台もない。

中央に小振りなやぐらが組まれて上に浴衣姿の者が数人すわっている。

大きな和太鼓も据えられている。けれどもそれを打つ者はない。

夏の踊りなのに笛や鐘の音も聞こえない。鳴きやまないセミの声だけがしんしんと響き、かがり火の中、うごめく人々が黒々と浮き上がっていた。

耳をすませば人々の草履が地を擦る音がひそひそと伝わって来るような。

浴衣の袖が夜気を攪拌《かくはん》し、空気の波がひたひたと肌を打つような。

これが真帆子の言っていた盆踊りだと気がついたのは少し立ちすくんだ後だった。

考えてみれば今日は盆の土曜日だ。これは幽鬼の集いなどではない。ここに住む人々の夏祭りだ。落ち着いて見るとかがり火は電気式だとわかる。当たり前だ。敷地内で火は禁止されている。笛も太鼓も鳴らないわけも理解できる。除夜の鐘すら騒音だと苦情が出る御時世なのだ。

正体がわかっても駐輪場まで進む勇気が出ない。敷地の中がとても暗く感じられたから。そしてあまりにも異質な空気がたちこめていたから。

ひゅう、とぬるい風が吹く。人々の着物がはらはらと揺れ、崖地の草が波打った。淡雲が丸い月の下方を撫《な》で、ヒルガオの花が風に流れて人魂《ひとだま》めいた残像をこしらえる。

本来、この花は夕方にはしぼむはず。けれども今、月明かりの下で丸く、ほの白い花が開き続けている。ここだけではない。最近は夜中も開花したままのヒルガオや午後になってもしおれないアサガオを見かける。種類が異なるのか。それとも街の光量が植物の生理を歪めているのか。

ことさら奇妙なのは踊る人々の顔が見えないことだ。かがり火が暗いからではない。全員が編《あ》み笠《がさ》を目深にかぶったり黒頭巾で顔をおおったりしているのだ。

その昔、人々は顔を隠して盆の踊りをしたと言う。それは神に近づくためだとか、顔を見せずに現世に戻る死者と交わるためだとか。見た目の良い女がさらわれるのを防ぐため、という身もふたもない説を聞かされたこともある。

輪になった人々はするすると二歩前に歩き、くるり、とまわって左右に一歩ずつ踏み出して前方に手を交差させる。そして、今度は手を斜めに上げながら少し背伸びをするように進む。ごく単純な動作の繰り返しだ。けれどもそれが音もなく、乱れずに行われると気味が悪い。

暗がりで人の群れが顔を隠すだけでこれほど幽鬼めいた存在に変わるのか。

同じ衣装で同じ動作をし、かがり火の中にいるだけでここまで妖魔に近づくものなのか。

天には乳白色に淀む丸い月、地上には白く丸いヒルガオの花。ひそひそとした息づかいが、人々の浴衣のひらめきが、ぬるく重たい夏の夜の空気をかき混ぜる。

たどたどしく踊る子供達が小鬼めいて見える。つけている面はキツネ？　それともオオカミ？　中にはサルのようなものもある。どれも厚紙に描かれた稚拙な造りで、その素朴さが場の異質さをきわだたせていた。

見ているとゆっくりと渦を巻く輪に呑《の》み込まれてしまいそうな。

あの世に続く流れに吸い込まれてしまいそうな。

気持ち悪いから……、すごく不気味……。真帆子の言葉を思い出し、そこで初めて彼女が外泊するわけを理解した。

時計を見るとまだ八時すぎだ。けれどもここにだけ濃密な丑三《うしみ》つ時になだれ込んだかのような。昏《くら》い異界がはめこまれ、郊外の住宅街でキツネにたぶらかされているかのような。

駅前に戻ろうと門扉から離れかけた時、風とは異なる生あたたかいものがわきをすり抜けた。何かがぺたぺたと音をたてて地面を蹴っている。それは幽界めいた祭りにそぐわない、安っぽいラバーサンダルがコンクリートを打つ音だった。

幻妖な踊りの輪にてらてらとした化繊のスカート姿が割り入った。長い髪が背後になびいて黒い尾にもにた軌跡を見せている。筋ばった首に銀のチェーンが光る。かがり火に照らされた両手の指が黒い。

思い出した。あれは地蔵尊の前で泣いていた女だ。

「お前だ！　お前のせいだ！　お前のせいでえいおうは！」

甲高い女の声が響き、幽玄な踊りの輪がどろどろと乱れた。顔を隠した者達が困惑の声を漏らしている。何があったの……、どうしたんだ……？　いやだ怖い……。音もなく乱れもせずに踊っていた者どもなのに、発した声は嫌になるほどありふれていた。

輪の中を突き抜けた女がやせ細った手を小さなやぐらにかける。

膝丈のスカートが丸く浮き上がるのは足をかけて上ろうとしているせいだ。

黒い頭巾で顔を隠した者達がわらわらと走りよって女を引きはがす。やせた女が暴れ、片足からラメ入りのサンダルが脱げ、水平に飛んで駐車場の縁石にぶつかって地に落ちた。

夜空の月が雲を脱ぎ捨ててあらわになった時、やぐらの上に紺の浴衣の小さな影が立っていた。それは編み笠や動物の面で顔を隠してはいない、ふさふさとした漆黒のおかっぱと大きな瞳の幼児だった。

押さえられた女が髪を振り乱し、歯の欠けた口が、人殺し、あの子を返せ、と物騒な言葉を吐いた。浴衣の子供は動じる様子も見せずにやぐらから降りる。

後ろに音もなく黒い頭巾の大柄な男がよりそった。顔を隠していても背丈と肩幅で誰なのかがわかる。直樹、と母親に呼ばれていた隣の家の息子に違いない。

地蔵めいた顔の子供が押さえつけられた女の側に正座した。伸びた背筋にぷっつりと切られた漆黒の髪が夜風に揺れる。

すぅ、と息を吸い込んで子供は澄んだ声を発し始める。

かんじざいぼさつ、ぎょうじんはんにゃはらみたじ……

しょうけんごううん、かいくう、どいっさいくやく……

これは何の経だっただろう。いつか仏壇の前で聞いたことがある。

子供の大きな瞳は半眼になり細い声が建物の暗い壁にこだましていた。

地面に腹這いに押さえられた女も動くことをやめている。

「あいのまくらはえおうのきしの、じょうどのえもんの、にしにいけねば……」

突然に子供の声の調子が変わった。細い幼児の声が、低く重たい大人の声音になって四方を囲まれた人造の谷にしんしんと響く。

「亡くなったご主人は極楽には行けないものの、お役目を受けて生まれ変わるのを待つのだと言っておられます」

いつの間にか側に立った浴衣姿の女が朗々と告げた。

彼女も顔を隠していない。長い髪を結い上げて細いうなじを見せている。大きな目に細い鼻梁《びりょう》の端整な顔立ちだ。

あの顔も立ち姿もおぼえている。泣いていた女がつかみかかろうとした母親だ。

「はらのやどしは、じょうどのきしに、じぞうのじひの、ころもにかくれて……」

子供が息継ぎもせず不可思議な声を吐き、女がその間を縫うようにして常人にも聞き取れる言葉を語る。

「お子様は大切にされておられます。あの世でお地蔵様のお慈悲に守られて、お袖の陰で大切にされて、賽《さい》の河原で石を積みましたらやがてこの世に生まれましょう。来世では幸せになって、だからあなた様もちゃんとしたお墓に……」

そろそろと紗季は後ずさる。気持ち悪いから……。真帆子の言葉をまた思い出す。

ここが異界なのか現世なのかがわからない。中途半端に見え隠れする世俗が恐ろしさをきわだたせている。関わってはいけない。決して触れてはいけない。理性ではない何かがそう告げていた。

「違うぅぅぅぅ！」

音をたてないよう自転車の向きを変えた時、女の叫びが闇を裂いた。

祭りの静謐《せいひつ》も呪文のおごそかさも破る狂気を帯びた声だった。

「どうせ地獄に行くんだ！　今までも地獄にいたんだ！　墓参りもろくにできない！　お前達がよってたかってあの子を死なせたくせに！　殺すようにしたくせに！」

振り返るとやせこけた洋装の女が子供の背後の母親に襲いかかろうとしていた。

制止しようとする人々の腕にペンダントが絡む。女の細い首から一筋の銀色が千切れ飛び、チェーンが彗星《すいせい》の尾にもにた放物線を描いて駐輪場の側の側溝に落下した。

幼児と女の母子は騒ぎなど気にもとめずに背を向けて、しずしずとやぐらの階段を上って行く。

次の瞬間、ぎゃあ、とも、ひゃあ、ともつかない男の悲鳴が上り、ちくしょう……、この女が嚙《か》みやがった……、と罵声が続いた。

　やせた女がやぐらに足をかけた時、大きな男が女の髪を背後からつかんだ。黒頭巾からのぞくうなじで誰かがわかる。ゆるい癖を見せて中央に巻く襟足、あれは隣の直樹のものだ。

　男が女の長い髪を握ってぐるりと右手に巻きつけた。同時に左手を女の頸部《けいぶ》に押し当てて固定して、右手でつかんだ髪を、ぐい、と強く後ろに引く。

　つけ根を押さえられた女の首が、がくり、とあまりにも不自然な角度で後方に折れた。

　直樹が動かなくなった女を担ぎ上げる。てらてらとしたスカートと筋ばった脚とぱさついた髪が地面に向かって垂れている。男は一言も発することなく力を失った身体を祭りの場から運び出して行った。

　その後は見ていない。自転車に乗って駅の方向に走り去ったからだ。

　あれが祭り？　管理組合主催の行事？　あまりにも異質な。あまりにも気味の悪い。倒れた女はどうなるの？　人殺しって何のこと？

　さんざし通りと呼ばれるわきの小道で、古い木のベンチが街灯に照らされている。

　建て売り住宅の門灯を見ると現世に戻った安堵《あんど》がこみ上げる。

　その夜は駅近くのファミリーレストランで過ごすことにした。雑誌をめくり、資料を見たけれど頭に入るはずもない。

　自分はとんでもない場所に住んでしまった。引っ越すべきだ、と考える。

けれども考えてみれば、もう一度転居する資金など、どこにもありはしないのだった。

朝陽《あさひ》が射し、駅前に人が歩き始め、踊っていた者どもが眠る頃、自宅に向かった。

駐輪場のフェンスから敷地をのぞくと誰もいない。ほっとする。やぐらは残っている。朝の光の中で見ると小さくてみすぼらしい骨組みだ。

撤去作業が始まる前に通り抜けようと鍵を出した時、早朝の静けさの中、かちり、とかすかな金属音を耳にした。過敏になった耳が小さな音も捉えてしまうのだ。

慌てて物陰に身を隠した直後、三階の一室のドアが開いて数人の男達が現れた。

全員、浴衣のままだ。もう頭巾はつけていない。彼らの声がひそひそと響く。

やっかいごとを運んで来て……、また道切りを破って……、送り屋を働かせてしまって……。

彼らが出て来たのは虐待死のあった三〇五号室だ。

紺の浴衣の男達が共用通路をそれぞれの方向に散って行く。祭り以上に見てはいけないものを見た気がした。だから音を立てないように自転車の向きを変え、再び駅へと走ったのだった。


「あんなお祭りだと思わなかったよ。何あれ、気味悪い……」

その夜、真帆子を呼んでまくしたてた。正午まで駅前のカフェで過ごし、昼食時を狙って自宅に戻り、シャワーを浴びて夕方までうつらうつらと眠った後だった。

「だから遅く帰るように言ったじゃないですか」真帆子が苦笑する。「あたしは四年前、引っ越してきた年に見ました。コンビニに行こうとドアを開けたら踊ってたんです！　即、玄関を閉めちゃいました」

「顔を隠してお囃子《はやし》もなしに整然と踊って乱闘じみたことをするし。本当に不気味！　近くで行方不明になった子供がお祭りのいけにえにされたりしてないよね？」

「いけにえの儀式だったら逆に興味深いですよ。住宅街の盆踊りって万人受けを狙うのに、あれは個性的すぎて奇習にしか見えません」

　前に住んでいた街では盆には公園にステージが組まれ、住民が芸を披露する場になっていた。近くの施設入所者の花笠《はながさ》音頭やら幼稚園児の遊戯やら若者のヒップホップやらが続く混沌《こんとん》とした空間だった。

「駐車場の真ん中にやぐらを組んでたんだよ！　車が一台もなくて！　住民の自家用車はどこに消えたのよ？」

　疲労回復にと大量のはちみつを溶かした紅茶を飲んで疑問をぶちまける。

「え？　車は赤芝《あかしば》病院の駐車場に動かしたんですよ？」

「赤芝病院？　すぐ側の？　入院病棟のある？」

「お祭りの時は土曜日の朝、病院の駐車場に車を移動させて、日曜日の夜にここに戻す規則です。あたしも車を動かしました。不在なら管理組合に鍵を預けるよう利用細則に書いてます。めんどうくさいです！」

「車が地の底にでも吸い込まれたかと……」

「車を地下に収納する設備があったら管理費がばか高くなって払えません」

「そうだったんだ。でもさ、乱入した女の人が人殺しとか物騒なことを叫んだり、早朝に空き家の事故物件からぞろぞろ人が出て来るってありえないよね？」

「事故物件が空き家？」真帆子が怪訝《けげん》な顔をした。「あそこ、人が住んでますよ？」

「所有者が変わって空き家って聞いたけど」

「窓が開いてカーテンが見えるし、照明がついてるし。固定資産税や管理費を払って空き家にします？　都心まで急行で三十分だから値下げすれば借り手はつくのに」

本当にカーテンが下がって照明がついてる？　と聞くと、これから肝試しに見に行きましょう！　と誘われたから首を振って拒んだ。

「今夜は外に出たくない。だって女の人のサンダルが昼もそのままで……。裸足《はだし》で帰るわけないから中にいるかも知れないよ。ペンダントも側溝に引っかかってたし」

「サンダルとペンダント？　それ、おもしろそう！　見に行きましょう！」

真帆子が勢い良く立ち上がったとたん光沢のある紺の手作りクッションが落ちた。

テーブルの上では藍色の陶器が揺れて中に入れたリモコンがぐらついた。この重たい瀬戸物は卓上で手を温めるための手焙《てあぶ》り火鉢と呼ばれた民芸品だ。レトロな風情が気に入ってリモコン入れとして使っている。

「懐中電灯とビニール袋を持って行きましょう。何かあったらひろうんです！」

気味が悪い、関わるのは嫌、と拒んだけれど、種明かしすれば怖くないです、と押し切られた。車の件だって理由がわかったら怖くないでしょ？　と詰められて言い返せなかったせいもある。

長い髪を丸く結い上げた真帆子に促されて外に出ると、雲間に丸い月がのぞき、フェンスいっぱいに白い花が揺れていた。

「こうして見ると夜に咲くヒルガオって雑草のくせに風情がありますね」

真帆子が妙にしみじみと言う。並んで立つと小柄な彼女の頭頂部が目の前に来る。

「天の月と地上の小さな月の群れ、みたいな。それに夜空の黒と月光の白銀っていいな。黒と銀って一番好きな色だし」

「黒と銀？　服は薄いパステルカラーのが多くない？」

「着ると好きは別です。黒と銀の服は通勤に向かないし。それにしても月下に大量の丸い花って怪しい魅力があるなあ。うかつにも今まで気づきませんでした。これでお地蔵さんがかわいかったら良い絵の構図になるのに」

「真帆子ちゃん、絵を描くんだ？」

「落書き程度です。人に見せるレベルじゃないですよ」ひそひそと言いながら彼女は駐輪場の横の植栽の陰からラバーサンダルをつまみ上げた。「うん、確かに片っ方だけ落ちてますね。裸足で帰ったのかな？」

「家の人が車で迎えに来た？　靴を借りたとか？　まだ近くにいたら嫌だよ」

「事故物件に監禁中かも知れませんよ。いけにえにされた子供の死骸と一緒に」

「やめて！　怖いこと言わないで！」

鳥肌の立つ腕をさすっていると、サンダルに隠されていた庭土にもぞもぞと大きな芋虫が動き、小さく悲鳴をあげてしまう。

「紗季さん、虫も怖いんですか？」

「怖いっていうか好きじゃない。こんな街の土にも芋虫、いるんだ」

「土があれば芋虫もいればミミズもいます」

真帆子は無邪気にほほえんで側の石をひろい、白灰色の芋虫に勢いよくたたきつけた。哀れな生き物の皮膚が、びしゃり、と弾《はじ》けて石に黄色っぽい粘液が付着する。

「真帆子ちゃん……、何も……、殺さなくても」

「びっくりしました？」彼女は大きな瞳をうるませている。「ついやっちゃうんです。子供が虫をいたぶる衝動みたいなのが抜けなくて。特に小さくてぷよぷよして毛の生えてない生き物を見るとつい……。あ、紗季さん、そんな目で見ないで！　あたしのこと、嫌わないで！」

「わかったから私の前ではやめて。虫は苦手だけど殺すのはかわいそう」

「かわいそう？　紗季さんって見た目通り心が優しいですね」くるくるとした瞳に白い月が映って揺れている。「で、ペンダントはどこ？」

「うん、こっちの排水溝の方に……」

　側溝を指差した時、首筋あたりに視線を感じた気がした。

　振り返って建物を見上げると七階の共用通路に人影が立っている。離れていても手すりより低い背丈と体型から幼児だとわかる。膝丈のスカート、肩より上でぷっつりと揃《そろ》えられた髪だから女の子だろう。通路灯が逆光になって顔はわからない。一瞬だけ視線が絡んだような錯覚をおぼえた時、子供はふわりとスカートをひるがえして向きを変え、住戸の中に消えて行った。

「紗季さん、何ぼんやりしてるんですか」

「あ、ごめん、子供が外にいたから気を取られて」

「こんな遅くに？　子供が夜更かししちゃだめですよね」

　真帆子が懐中電灯で周囲を照らした時に気がついた。駐車場に小石のようなものがいくつも落ちている。それはさっき潰された芋虫が丸まる様子にとてもよくにていた。

「やだ、芋虫みたいなのがいっぱい落ちてる」

「あ、本当だ。虫っていうより石ですかね」

「潰さないでよ。無益な殺生はばちが当たるから」

「ばちって古臭いなあ。潰しませんよ。いや、違います。これ、虫でも小石でもない」

「虫じゃない？　じゃゴミ？」

「縮こまってないで見てくださいよ。これ、ワイヤレスイヤホンですよ」

「イヤホン？　虫じゃなくて？」

「コンクリート上に芋虫がごろごろ出たら災害の前触れでしょう」

　十個近いイヤホンをひろい集め、真帆子が無邪気な声をあげた。

「全部が同じ型だ。無音の盆踊りってお囃子を配信してイヤホンで聞いて踊ってたんじゃないですか？　格安のをまとめ買いして配れば経費の負担も軽いです。ここで笛太鼓を鳴らして怒鳴り込まれるより合理的だと思います」

「だから盆踊りが無音？　苦情が来るから？　それだけ？」

「不気味の正体なんてたいていつまんないことですよ」

「そう言えば夏祭りのお知らせに道具は無料貸与、って書いてた気がする。イヤホン、含まれてたかな？」

　周囲には祭りのチラシが貼られたままだ。照らしてみると小さな文字で確かに書いてある。

「衣装（浴衣、帯、笠）と機材（受信機、イヤホン）は無料で貸し出します」と。

　真帆子が抑えた声で笑う。濃いまつ毛の奥で細められた瞳が輝いていた。

「所帯臭い種明かしですね。まあそれでも薄気味悪いですけど。ええと、それで、飛んで行ったペンダントは？」

　促されて駐輪場の側溝を照らすと銀のチェーンが絡んだままだった。円筒形のペンダントトップが汚水に浸《つ》かっている。

グレーチングと呼ばれる側溝のふたから真帆子が器用にチェーンをほぐして手に取った。

「素手で触る？　側溝の水に沈んでて不潔だよ。ペンダントは変な女の人の物だし」

「不潔？　不衛生ってことですか？　水で洗えばいいですよ。気になるなら消毒して。持ち主が変でも物質自体が危険にはなりません」

子供っぽい声が割り切ったことを言い、サンダルとペンダントは嫌がる紗季の家に持ち込まれ、洗面所で洗われた。

ティッシュの上に置いた銀のペンダントトップを眺めているうちに気がついた。シンプルな円筒形の中央に細い溝があるのだ。指で軽く捻《ひね》ると溝の部分が動く。

スクリュー状のふたをまわすと真ん中から開く構造だ。

「やっぱり。これ、容《い》れ物になってるよ」

「あ、すごい！　急に秘密めいてきましたね」

さらさらと白い粉がこぼれ落ちる。粒は細かくて無臭だ。無味かどうかを試す勇気は真帆子にもないようだ。

「小麦粉や片栗粉《かたくりこ》みたいなのとは違うね。まさか違法の粉……？」

「粉体分析サービス会社に持ち込みます！　お金がかかるけどしかたがない！」

「拾得物として警察に届けない？　中に白い粉が入ってますけど何なのかわかりません、って。もし犯罪が絡んでたら嫌じゃない」

「犯罪かも知れないからおもしろいんです！　紗季さん、気にならない？　この粉だけじゃなく空き家に何でしょっちゅう照明がついてるのか、事故物件から出て来た連中が何をしてたのか、がいこつ女が誰なのか」

「悪いけど関わりたくない。ここに住むのに騒ぎ立てても良いことないもん」

「正体がわかれば気味悪さも消えます。無音の盆踊りとワイヤレスイヤホンみたいに」

反論できずにいると真帆子がまとめていた髪をほどいた。コシのある黒髪には結い跡のひとつもついてない。

「もし事件だったら二人で調べあげて記事を共同執筆して発表しません？　あたし、今の会社に一生いる気ないし、一本立ちするのに実績が欲しいもの。紗季さんも仕事の幅を広げるチャンスですよ。キャリアに繋がるネタになるかも知れないし」

側によられると彼女の髪から甘いハーブめいた香りが漂った。

この積極性がうらやましい。明晰《めいせき》な頭脳も行動力も自分にはないものだ。

「会社のコネや資料を使って事故物件を調べます。紗季さんは人当たりの良さを利用して聞き込みしてもらえません？」

「聞き込み？　私が？　どこで、何を？」

「ここいらの住民に。紗季さんみたいに優しそうな人は心を開かれやすいと思います。だから仕事の合間に敷地内で取材するんです」

「聞き込みとか取材とか軽く言われても……」

「午前十時から十一時、午後三時から午後四時が敷地内に人が出て来る時間帯です。あたしみたいにそっけない女じゃ住宅街で聞き込みは無理だけど紗季さんなら適任」

乗り気ではなかった。けれども真帆子に見つめられると断れない。

それは彼女が魅力的だから。そして言葉に奇妙な吸引力があるから。この迷いのなさや皮肉めいた物言いが鼻につく人もいるはずだ。けれども自分は惹《ひ》きつけられてしまう。

いや、それ以上に仕事の幅、キャリアという言葉に抗えない。

前職のつてを頼り、フリーランス募集サイトに登録し、常に仕事を漁っている。けれども安定した太いクライアントを作るのは難しい。事件記事の実績を作っておいて損はない。

あの祭りは少し変わった地域交流、やせた女は単なる闖入者《ちんにゅうしゃ》、それで終わる可能性もある。気味悪さに耐えて住むよりは正体を明かした方が快適だ。

真帆子に協力し始めたのはその程度の理由からだった。


「幼児虐待死事件の加害者は岩上達人《たつと》、芽衣《めい》。夫の達人は美容師、妻の芽衣は元美容師の専業主婦でそれぞれ執行猶予なしの懲役八年と七年。旦那は仮釈放されてなきゃ塀の中ですね。被害者は英雄と書いて『えいおう』。享年三歳。家族写真はこれ」

虐待死事件の記録は真帆子の勤務する雑誌社の調査ファイルに保管されていた。

差し出された加害者・芽衣の顔に見おぼえがある。地蔵尊の側で泣いていた女、盆踊りに乱入した女、細い目と丸い鼻と薄い眉尻から同一人物だとわかる。

けれども現在の姿は写真に比べてぞっとするほどやせこけていた。資料によるとまだ三十七歳なのに白髪と歯の欠けた口のせいで六十歳近くに見えていた。

「妻の仮釈放は今年二月。ここに出没し始めたのは春頃だからつじつまがあいます」

「子供を死なせた罪の意識からお地蔵さんにお参りしてた？　近所の人はあのやせた女の人が加害者だって誰も言わなかったよ。事件の話はタブーなのかな」

真帆子が言う「住民が外に出る時間帯」は正確だった。うろつくのも不自然だからスーパーで花を買って地蔵尊に供えていたら、様々な住民に声をかけられることになった。

信心深いですね、お地蔵様も喜びますよ、が決まり文句だ。何も知らないふりをして小さな石像の来歴を聞くと人々はぽつぽつと過去の事件について語ってくれたのだ。

このお地蔵様は住民の何人かが前に住んでいた田舎にあったもので……、村はダムに沈んで山のお地蔵様を拝む人もいなく……、亡くなった子供の供養に移転を……。

事件の内容は桐野家の母親から聞いたものと変わらなかった。

躾《しつけ》のできない親、騒ぐ子供。そして不眠に陥った下の階の夫婦、近隣からの非難にさらされて発作的に子供をスーツケースに詰めた親。

一番多くを語ったのは住民ではなく、意外にもパートリア淀ヶ月を担当する民生委員だった。

話し好きらしい彼女はパラソルをさしたまま長々と当時のことをしゃべった。当時、三〇五号室の騒ぎ声がドアの外にも聞こえていたこと、子供が通路を走ってぶつかっても親は注意もしなかったこと、下の階の夫婦が見る見るやつれて行ったこと。

　小太りの民生委員は汗を拭きながら話を愚痴に繋げた。

前はここの方達と気軽に面会できたのに……、英雄君事件の後は近所から好奇の目で見られたせいで……、民生委員にあってくれなくなったの……、と。

「下の二〇五号室のご主人が建設現場で働く人で朝が早かったんだって」中庭で聞いたうわさ話を真帆子にそのまま話す。「体調を崩し、工事現場でめまいを訴えて足場から転落して死亡。寝込んだ奥さんをお見舞いに行った近所の人達が上からの足音にあきれたって。照明のひもが揺れたって言うから相当だったんだろうな」

「通報すれば良かったのに」さばさばと真帆子は言う。「そういう迷惑行為に警察、対応しますよ。あるいは訴訟……、は無理かな？　騒音の迷惑度は数値化しにくいから」

子供が騒ぐたび集会室が下階の未亡人の避難先として使われたこと、管理組合の理事達が岩上家を訪問して何度も注意したことを伝えると彼女は苦笑いをして言い放った。

「下の一家、悲劇になる前に引っ越すべきでしたね」

「そんな……、家を買ったら経済的に次の転居って、すごく難しいんだよ」

「転居の経済負担より健康を損ねることの経済的損失の方が大きくないですか？」

大きな瞳にとても不思議そうな色だけが浮かべられている。

「妊娠中だったら引っ越せない場合もあるし……」豊かな女に金の話をする虚《むな》しさから話題を変える。「調べてもここの虐待死事件、目立った報道はされてないいんだ。こういう事件が珍しくない土地なのかな？　盆踊りの翌々日も公園で三歳の子供が行方不明になったんだって。駅前の警察が子供を一人にしないようにってアナウンスしてて、小学生くらいの子達が虐待死した子供に連れてかれるって怪談話してたよ」

「殺害六年後の幽霊が急にお友達を欲しがるんですか？　お子様の想像力は素晴らしいですね」

クッションを胸の前に置き、童顔にシニカルな笑いを浮かべて真帆子は続けた。

「事件が大きく報道されないのは当たり前だと思います。子供の虐待死だけじゃ記事になりません。被害児童があどけない筆跡で凄惨な手記を残したとか児童相談所や自治体にすごい不備があったとかのオプションがなきゃ。保護される児童は年間五千人超え、死亡は五十人以上。いちいち報道したって数字になりませんよ」

少女めいた声とシビアな内容がそぐわなくて少し怯《ひる》む。

そして考える。夜中に走りまわっていた幼児は下の家庭の怨《うら》みを知っていたのだろうか、と。子供に罪はない。悪いのは親なのに。また思い出す。自分に一方的に疎まれていた少女のことを、そして彼女の身に起こった災難を。

「あの粉の正体が気になりますね」朗らかな声が過去に飛ぶ思いを遮った。「センターの人が一目見て主成分はカルシウムっぽい、薬物じゃないよ、って言ってたけど」

「ごめん、言い忘れてた。あれ、たぶん人骨」

「人骨？　なんでわかったんですか？　もしかして殺人？　それとも死体損壊？」

長いまつ毛の下で瞳が力を帯びた。彼女はセンセーショナルなできごとを期待、いや欲している。犯罪の糾弾や問題提起ではなく自分のステップアップのために。

貪欲で打算的だ。けれどもそれが嫌ではない。

誠意を貫く善人には懲りた。欲に忠実な方がまだ理解しやすい。

「あのペンダントは遺骨入れ。クライアント先で同じのを見たんだ」手もとのタブレットで葬祭会社の通販ページを真帆子に見せる。「ほら、遺骨ペンダントとか、メモリアルジュエリーって商品名でどっさり出てる。遺骨を粉にして身につけるアクセサリーだよ」

のぞき込む真帆子の髪からほのかに香りが漂った。これはオーガニックのローズマリー。離れているとわからない。近づいた時だけ明瞭になる匂いだ。

「人骨をアクセサリーに？　やだ、気持ち悪い！」

「真帆子ちゃん、そういうこと言わない！　特にペットとくらす女性を取材する時は気をつけて。動物の火葬業者が遺骨入れのキーホルダーをプレゼントする世の中だから」

先月、葬祭会社のパンフレット制作に関わることになった。自伝を書いた介護施設創始者の紹介だ。手始めにメモリアルグッズのお客様取材を任され、ワンルームにミニ仏壇を置く若者や火気厳禁の介護施設で電気線香を使う高齢者、そして赤ん坊の遺骨をジュエリーに入れて身につける母親にあったのだ。

亡くなった赤ちゃんを側に置きたくて……、ずっと離れたくない……。若い母親は目をうるませて胸もとから側溝でひろったものとそっくりのペンダントトップを引き出した。丈夫に産んであげられなくて……、いつも肌に触れていたいから……。切々とした声を紗季もカメラマンも少し涙ぐんで聞いていた。

「ジュエリーがモデルチェンジしたから古い展示品をもらえたよ。今から見に行く？」

「見に行くって？　どこにあるんですか？」

「実はマンションの掲示板に下げられて……」

「はあ？　下げられた？　なんで掲示板に？」

「見せる前に勝手なことしてごめんね。あの女性が取りに来てるかもって思って『こんなアクセサリーをひろいました。保管しておきますね』って管理人さんに見せたら『下げておけば落とした人が持って行くでしょう』って掲示板にピンで留められちゃった」

「おおざっぱですねえ。でもそれってジュエリーを取りに来た人はいないってこと？　サンダル片方も残して？　やっぱり芽衣は三〇五号室に監禁されてたりして」

「さっき見たら三〇五号室の窓が開いてカーテンがひらひらしてたよ。空き家って管理人さんの勘違いだとしても監禁現場の窓を開けてるはずないと思う」

「檻《おり》とさるぐつわがあれば窓は開けられます。監禁は臭いがこもるから換気も必要だし」

なんでそんなこと知ってるのよ？　大体、あの女性を監禁する理由がないじゃない、と反論すると真帆子は目を輝かせてさらに物騒な可能性をあげた。

「制裁のためでしょう。岩上家のせいでここの評判と販売価格は下がったわけですし、お祭りもぶち壊されたんでしょう？」

直樹の右腕に巻きつけられた黒い髪の毛と後方に折れた首を思い出す。

あの時、彼女が怪我をしていたら？　それが命に関わるものだったら？

確証はない。けれども暗い想像が浮かぶ。梅雨の晴れ間にくたくたと崩れ落ちた女の姿も思い出す。直樹の背中で遮られた位置で何が起こっていたのだろう。

「ペンダントを芽衣が回収したら中が空だって騒ぎますよ。来たらすぐにわかりそうだから助かりますね」

私もずっと家にいるわけじゃないんだよ、と返したら、彼女が騒いだら誰かが紗季さんに教えてくれますよ、と無邪気に言い切られた。

敷地内での騒動などもう起こって欲しくない。関わりたくない。あの女が二度と来ませんように、このまま住民にも真帆子にも忘れ去られますように、と祈るような気持ちになるのだった。

真帆子の取材に同行することになった。紹介したペットとくらす独身女性・梓《あずさ》が「紗季ちゃんも一緒に連れて来れば？」と言い出したせいだ。

「あたし、空気読めないし、人の心の機微に疎いところがありますよね？　無神経なこと言いそうな時、紗季さんが止めてくれたらスムーズだと思うんです。経費でランチとケーキをおごりますから」

そう誘われて乗り気になった。久しぶりに梓にあいたい。彼女の家の子犬を見てみたい。ランチとケーキにもそそられた。だから一眼レフを抱えた真帆子に同行することになり、取材中の彼女のいつもとは違う雰囲気に驚くことになった。

ペットはどんな存在ですか？　と礼儀正しくたずねる真帆子は知的な記者そのものだった。

皮肉や軽口は慎み、適度にほほえみ、てきぱきと聞き込む態度からは祭りのいけにえやら住民の制裁やらを喜々として語る顔も芋虫を潰す姿も想像もできない。

取材される梓も歯切れ良く質問に応じていた。「ペットは妹か弟みたいな年下の家族」「子供がわりと見なされるのには抵抗がある」と言い切り、子犬にとても心が癒されること、人が思う以上に手間とお金がかかると話してくれた。

部屋に飾られたトイプードルの遺影を見て真帆子が淡々とたずねる。

「わんちゃんの寿命はどれくらいですか？　先に亡くなることに関するお考えをお聞かせください。ご経験やお見送りのご準備なども含めてお願いします」

質問は悪くない。執筆に必要不可欠な情報だ。けれども聞き方がそっけない。これでは新製品の耐用年数を聞く経済記者だ。だからやんわりとフォローする。

「どうしたってお別れの時が来ちゃうと思うけどそれってどんな気持ちかな？　先代の子が亡くなった時のことや悲しさを乗り越えたいきさつなんかも話してくれない？　死生観とかお弔いにかかったお金のことも含めてさ。取材だからさばさばした聞き方するけど気にしないで」

「ありがとう。湿っぽい言い方しちゃうけど気にしないでね。わざとらしく同情されるよりあっさり聞かれた方が楽だから」

　梓はそう前置きして話し始めた。数年前、勤務があるため心臓疾患を発症した老犬を介護できなくなったこと。泣く泣く動物病院に預けて三週間目に別れが訪れたこと。酸素室に入院させたため膨大な治療費がかかり、火葬は安価な移動火葬車で行ったこと。

「すみません、移動火葬車というのはどういったものなんでしょう？」

　神妙に話を聞き続けていた真帆子が梓のしゃべりを止めて聞き込んだ。

「自動車に炉を積んでペットを火葬する業者がいるんです。霊園より割安で助かりました」

　参考までに、と梓は保存していた業者のパンフレットをさがし出して見せてくれた。

「火葬炉のついた車でご自宅まで」「無煙なので苦情もありません」

　デザインもキャッチコピーも垢抜《あかぬ》けないけれどわかりやすい。小型の火葬炉をバンや軽トラックの荷台に搭載するしくみが一目でわかる。

「家の側で火葬して周囲から苦情が出るリスクはないんでしょうか？」

いささか無神経な質問にも梓は気にせず答えている。

「川原とか空き地とかで火葬するみたい。火葬車だって見ただけじゃわからなかったし」

「そういう業務形態もあるんですね。ええと、八百度から千二百度で燃焼、か。違いは焼却物のサイズだけで人間の場合とシステムは同じ……」

真帆子がまた身もふたもない言い方をするから軽く突いて紗季が引き継いだ。

「で、きれいなお骨《こつ》になってた？」

「うん、先々代の子は高い料金のペット霊園で火葬したんだけど、その時と変わりなくちゃんとしたお骨になってたよ」

「梓ちゃんに愛されて、良い業者さんに見送られて幸せな最期だと思うよ」

紗季がしんみりとした声を出すと梓はほろりと涙を落とし、犬を失った悲しみやそれに伴う体調不良について話し始めた。気持ちはわかる。紗季も実家の柴犬《しばいぬ》が亡くなった時、まぶたが腫れ上がるほどに泣いたものだ。その時の切なさを思い出しながら聞く隣で真帆子がまじめそのものの神妙な表情でうなずき続けていた。

取材は穏やかに進み、その後、三人でランチに出ることになった。

プライベートに切り替わると真帆子も打ち解けた笑顔を見せ始めた。

梓は、お隣同士仲良しでいいよね、仕事もにてるから二人で起業したら？　とうらやみ、紗季が、身寄りのないお婆さんになったら同居しようか、と誘い、紗季さんに彼氏ができたらあたしは邪魔者にされそう、と返されて笑いあった。

「ところでさっきの移動火葬車の見た目って完全に普通の車と一緒？」

真帆子が会計に立った時、梓に聞いてみる。パートリア淀ヶ月の狭い駐車場に、きゅうくつそうに停められた白いバンを思い出したからだ。

「うん、全く同じ。炉を積んでるなんて全然わかんないよ」梓は記憶をたどるようにして答えた。

「上から見ると屋根の排熱孔にアルミのふたがついてるけどね。とは言ってもルーフハッチの一種？　くらいにしか見えなかったなあ」

近場に手頃な空き地がない場合はコインパーキングや公共機関のゲスト駐車場で火葬する業者もあるのだとか。さすがにそれは抵抗があるよね、と二人が言っているところに領収書を手にした真帆子が戻って来た。

彼女はあらためて梓に礼を言い、紗季に対して、あたしだけじゃあんなに良いお話を聞けなかった、次のペット取材も同行して欲しいな、と言い始めた。梓も、こんなアットホームな取材なら犬関係の友達を紹介しようか？　と言う。

知りあいが増えるのは悪くない。真帆子を通じて雑誌社にコネを作れたらありがたい。虐待死事件より日常的で穏便な題材を扱いたい。そう考えてまた同行してもいいよ、と答えたのだった。

八月下旬になってもセミの声は衰えない。前は地蔵尊に生花を供えていたけれど暑さで水が腐るから折り紙に変えた。今日は黄色いヒマワリを折って来た。前に供えたのは紫のアサガオだ。その前に置いたハイビスカスは色が褪《あ》せたから持ち帰るつもりだ。

夏休みらしく数人の子供が大声で敷地内を走りまわっている。側の親達は注意もせずに談笑するだけだ。外壁にこだまするはしゃぎ声を聞くうちに気がついた。パートリア淀ヶ月で大声を出す子供はめったに見かけないのだ、と。

「うるさいっ！　騒ぐなら児童館に行きなさい！」

突然の怒声が響き渡った。大声に子供達は声を止め、一緒にいた大人達がすくみ上がる。

叱りつけたのは村長と呼ばれているはげ頭の老人だ。

「昼間でも病人は寝てるし、受験勉強をしてる学生さんもいるんだ！　敷地内で騒ぐと悪い大人が来てかばんに詰められて捨てられるぞ！」

子供がスーツケースに詰められて死んだ場所でこの脅しは恐ろしい。

親子連れが逃げるようにエントランスに歩き去った後、村長が側に来て声をかけた。

「びっくりさせてすまんなあ。あれはよそから遊びに来た連中だな。そう広くもない敷地内で騒がれてはたまらんよ」

「あ、はい、そうですね」少し声が上ずってしまう。「その、夜勤で昼に眠る方もおられるでしょうから」

「道理のわからん子供は他人でも怒鳴って教えんと。外から来る者はたちが悪い。あんたも知ってるだろう、あんな事件になってからじゃあ遅いからねえ」

そうですね、と言いながら何も知らないふりをして聞いてみる。

「そう言えばお地蔵様を拝みに来ていた女の人、最近、見かけませんね」

「おや、あんたさん、あの女を知ってるのかね？」

「はい、時々ごあいさつをしてくれてましたから」

素知らぬ顔でうそをつくと村長は色つやの良い丸顔を苦々しげに歪めた。

「あの女がまともにあいさつを？　そりゃあ珍しい。あんたさんは五階の人だっけ？　若いのに徳があるんだねえ。でもあの女はなあ、病気で地方の実家に引き取られたからもう来ないよ」

「熱心にお地蔵様を拝んでいらしたのにお気の毒に。来ることができずに寂しがってるのでは？あの方のご実家って遠いんでしょうか？」

ふんわりした、優しい、と人に称される笑顔をこしらえて質問すると村長が目をそらして、かなり遠いんじゃないかな、と答えた。

「あの方、ここの住民じゃないってうわさを聞いたんですけど」

「宅配の人の後ろについて入る不法侵入者だよ。実にけしからん。変な者がここに住んだり入り込んだりしないように迅速に対策する予定だ」

吐き捨てるような言い方だった。村長は非常識な入居者や勝手に入り込む不審者は防犯上まずいからねえ、とつけ加え、宅配ボックスの新設が必要だとか得体の知れない者を入居させない規則を成立させるなどと言い続けている。

頭上から太陽が照りつけて汗がにじむ。会話を切りあげようと考え始めた時、中庭を小さな子供数人を連れた住民が通り、村長にあいさつをした。暑いですねえ……、そろそろお湿りが欲しいですなあ……、じきに秋が来るでしょうに……。おっとりとした少し訛のあるしゃべり声が交わされる。

「おや、みどりさん、お帰りなさい。暑いねえ。またカミサマを頼みますよ」

その親子連れに目が行ったのは、村長のだみ声が柔らかくなったからだ。

「あら村長さん、お暑いですね。降ろすのはいつでもよろしゅうございますよ」

応じるのは祭りの夜、やぐらの上にいた女、踊りの輪を乱した芽衣がつかみかかろうとしていた相手だ。

かがり火に照らされた紺の浴衣姿は神秘的だったけれど、普段着だときれいな顔をした普通の母親にしか見えない。

化粧っけのない顔に長い髪をバレッタでまとめた、地味で質素な女だった。

「笙《しょう》ちゃん、お買い物のお手つだいかね？　おりこうさんだなあ」

母親に手を引かれた幼児が行儀良くお辞儀をした。

明るい場所で見ると人形のようにかわいらしいのがよくわかる。真帆子が艶めいたロリータドールならこの子は古典的な日本人形に例えられるだろうか。

村長が母親に、暑いから身体に気をつけてくださいよと、子供にはいつも良い子だねえと、声をかける。先ほどの外部の子供達に対するそれとは異なったしんみりとした敬意に満ちた態度だった。

谷底めいた中庭にぬるい風が吹き落ちた時、笙と呼ばれた幼児に顔がふいに上に向け、漆黒の黒目を、するり、と上方に流した。

「直ちゃん！」小さな唇から細い声がこぼれる。「直ちゃん、直ちゃん！」

視線の方向を見ると五階の通路を桐野家の母子が歩いていた。

「おお、聖子《せいこ》ちゃんと直樹君か！　今日も暑いねえ！」

村長が大声をあげる。子供が母親の手を離し、スカートをひらめかせてかけ出し、階段を駆け下りて来た直樹に飛びついた。

聖子ちゃん、と呼ばれた年配の母親の姿は見えない。彼女は足が不自由だ。きっとエレベーターを使っているだろう。

太い腕で高々と抱き上げられた笙が直樹の肩にすわった。小さな子供が直ちゃん、直ちゃん、と細い声で呼びながら男の頭に抱きついている。

「笙ちゃんは本当に直樹君が好きですなあ」

村長が目を細めて、ほほえましそうに二人を見つめている。

「兄弟のように育ちましたから」幼児によくにた母親が静かに応えた。「大人になった直ちゃんが視力の弱い笙を抱っこして外に連れて行ってくれますし」

聖子の息子なら直樹はいくつ？　五十代か四十代、若くても三十代後半？　なのに小学校に入る前の子供と兄弟のように？

「ねえ、直ちゃん、今晩、お外に行くから迎えに来てね」

幼児が中年男をちゃんづけで呼ぶ。それが奇妙なのかほほえましいのかがわからない。

「カミサマがあるからお月様の川原に連れてってって。一緒にお水の音も聞こうよ」

子供の細い声が耳に届く。直樹の耳もとでひそひそと話しているのに、静かな誘いの言葉が少し離れた場所にまで明瞭に届くのだ。

エレベーターホールから聖子が歩み出て、村長とみどりが親しげに手を振っている。

フェンスには今日もほの白い花がひしめき、昼に迷い出た人魂のように見えるのだった。


岩上芽衣の実家は地方の小さな町にある木造一戸建てだった。ブロック塀で囲まれた庭には木が繁《しげ》り、物干し台の洗濯物から三世代同居と見て取れる。

真帆子が住所を調べ、近場で化粧品メーカーの工場取材があった紗季が一泊して足を伸ばすことにした。独自調査に経費は出ない。交通費が支給される取材に別件を絡ませるのはフリーランスがよく使う方法だ。

真帆子が芽衣の実家に電話取材を試みた時は「あの子とは縁を切りました」「うちとは無関係

です」とそっけない対応をされている。

近場に出向くことによって得られる情報はあるはずだ。住宅街で立ち止まっていると住民に見とがめられるので、家の見える範囲を少しずつ移動し続けた。平日の午前十時から歩き始め、目的の家から出て来た年配の女性に声をかけたのは昼近い頃だった。

「岩上芽衣さんのご家族の方でしょうか？」

さりげなく横に並んで話しかけると彼女は「放っておいてください」と言い放って早足になった。顔をそむけて歩き去ろうとする姿から、非難や好奇に痛めつけられた過去が知れる。

「突然ですみません。芽衣さんがお元気にしておられるか、どちらにお住まいかだけお聞きできれば」

いつも以上に穏やかな声でたずねると女が発する空気が少し和らいだ。

彼女は拒まない、と小さな確信が生まれる。今は沈黙してもかける言葉によっては口を開いてくれるはずだ。それはいくつもの取材をこなし続けた人間の勘と呼んでいい感覚だ。

「あの、私……、お嬢様を責めたいわけじゃないんです」

意図的に言葉を少しにごす。取材になれた者であることを隠し、純朴さを演出するためだ。

真帆子のような明晰さはない。物怖《ものお》じしない胆力にも欠ける。けれども穏やかな口調と人当たりの良さだけは評価されている。

「どちらかと言うと現代の社会や地域の環境に問題はなかったかを調べたいんです」

漠然とした『社会』に罪を移すと女の頬が、ひくり、と動いた。

ご実家にはおられないのですね、と横を歩いて尋ねると、ええ、と細い声が返された。

「お辛いことを蒸し返すようで心苦しいのですが」

やんわりとした声をかけると女性の表情からさらに固さが失《う》せた。

「出所して少しはここにいたけど戻って来なくなって」疲れた表情で女は低く言う。「元気でいてくれればいいけど……、どこかで迷惑をかけてなきゃいいけど……」

「お嬢様にもご事情があって、苦しまれた末のこととお察しします」

そう言ったとたん、女が足を止めた。

くるり、とこちらに向けた顔に今までと打って変わって怒りが浮かんでいる。

「そうですよ！　もともとはうちの娘のせいじゃないんです！」

声の激しさにひるむ。けれども決して驚いたり相手を否定したりしてはいけない。

うなずいて、お嬢様が悪人とは限りませんから、と小さくあいづちを打つだけだ。

「娘夫婦が悪いんじゃないです。あの子も孫も犠牲者です。下に神経質な人がいたばかりに。近所で仲間はずれにされて、冷たくされて、誰にも相談できずに！」

女の手が小刻みに震え、涙混じりの言葉が吐かれ始めた。子供なんて元気に騒ぐのが仕事でしょ……、父親と遊べるのは夜中だけなんだってどうしてわかってもらえないの……、子供はみんな天使なのに都会の人は心が狭くて……。声がだんだんと高く、早口になる。

言葉の奔流に気圧《けお》されたりはしない。

黙って聞き続け、かすかな声の途切れを捉えて質問を挟み込む。

「英雄君とくらした場所をなつかしがるご様子などはなかったのでしょうか？」

「あんな場所に住んじゃだめだったのよ！」女がさらに高い声をあげた。「孫を手にかけたのは娘夫婦だけど追い込んだのは近隣の人間よ。子供は元気に遊んで育つものでしょう。なのに下の女やその仲間が怒鳴り込んでたって。下の家の旦那が不注意で死んだのも英雄のせいって言われて芽衣はノイローゼになって。娘は近所の人が怖くて英雄をかばんに隠しただけよ。だから結婚に反対したのに。田舎に住めって言ったのに」

場所は道ばたの電柱のわきだった。どこかで他の場所でお話を、と提案しかけた時、隣の玄関から夫婦らしい二人連れが現れた。

とたんに女は口を閉じ、あいさつもせずにそそくさと立ち去ってしまったのだった。

「夜中に子供が騒ぐのを当然とは、さすが加害者の母親」真帆子が話を聞いて苦笑いをする。「室内で走っていいのは一戸建てを購入できる親の子と一階の子だけです。英雄君に自宅で騒ぐ権利はありません。それを教えるのが親の役目でしょう。人に迷惑をかければ天使も悪魔とみなされますよ」

顔ににあわない辛口な物言いだ。これを小気味好いと捉えるか毒舌と思うかは人によって異なるだろう。

「実家の近くで三人に聞いたけど岩上芽衣は普通の女の子だったって。あえばきちんとあいさつする良い子だったのに、子供が遊ぶのをうるさがるなんて都会人はおかしいって全員が言ってたよ」

「ごあいさつできれば良い子に認定ですか。誰もが一戸建てに住める地方じゃともかく都会の密集した居住区で騒いだら子供でも年配でも迷惑の一言で括《くく》られますよ。結局、実家に聞いても芽衣の行方はわからない、か」

今夜も話しあいの場所は紗季の家のダイニングだ。

たまには真帆子ちゃんの家を使おうよ、と提案してみたけれど、片づけが苦手で汚くて、と、恥ずかしそうに拒まれた。彼女が持って来たモモをむいて出し、重たい陶器のリモコン入れを端によせ、アイスコーヒーを注ごうとして、ミルクが切れていると気がついた。

「そう言えばさっき事故物件に照明がついてましたよ。ミルクを買うついでに通りから見てみません?」

真帆子がブラックのコーヒーを飲みながら提案する。三〇五号室のオーナーが空気の入れ替えに来てるだけじゃない?　と言ったけれど、夜風を入れると湿気が増えますよ、と言い返され、コンビニエンスストアへの道すがら観察することになった。

事件のあった物件の窓はさんざし通りと呼ばれる細道に面している。右半分が欠落した月と街灯が道ばたのベンチを照らす。

　見上げると三〇五号室の窓からカーテンが夜風に揺らぎ出し、窓から照明が漏れていた。

「バスはもうないしゲスト駐車場にも車がありません。湿っぽい夜中にオーナーが風を通す可能性は薄くないですか？」

「確かに。夜に空き家に灯《あか》りがついてるって気味が悪いね。誰かが勝手に入り込んでたら怖いし、関わりたくないなあ」

「これが犯罪ならあたし、喜んで喰《く》いつきますよ。事件の加害者が地域の祭りに乱入するとか、加害者の母親は近所住民が悪いと言うとか、社会的な対立構造みたいなものを掘り起こす方向性もありますけど犯罪の方がインパクトありますから」

　さんざし通りから見上げる窓にゆらゆらと影が揺れた。中に人がいるようだ。

「ここにいてもヤブカの犠牲です。家に戻って玄関から見張りません？」

　L字型の棟の南西側に事故物件はあり、南東に紗季達の住戸がある。中庭に面した玄関を細く開ければ三〇五号室のドアが見えるのだ。

　むきだしの手足の周囲でヤブカが羽音を立てている。夜中に女二人が外に立ち続けるのも不自然だ。早々に退散して紗季の住居の玄関ドアから見張ることにした。とは言っても玄関に張りついているのは真帆子だけ。今ひとつ乗り気のしない紗季はリビングで冷たいものを飲むだけだったけれど。

「うわっ、人がぞろぞろ出て来ましたよ！」

細く開けた玄関ドアにへばりついた真帆子が嬉しそうな声をあげたのは帰宅して二十分ほどの時だったろうか。

のぞいて見ると三〇五号室から数人の男達が出て来るのが見えた。ひときわ大きいのは隣戸の息子の直樹だ。やせた管理人もいる。はげ頭の村長もいる。

直樹が重たそうなビニール袋を持ち出し、駐車場のミニバンに積み込んで走り去った。他の男達は敷地内に散り、それぞれの住居に戻るようだ。

人々の姿が消えた後、もう一度、さんざし通りから見上げると三〇五号室の照明が消えていた。窓も閉じられている。夜中に事故物件で集会？　とささやく紗季を無視して、真帆子が軽やかに外階段を駆け上がって三〇五号室の前に立った。何をするつもり？　と聞くと無邪気な声で、不在確認ですよ、と答え、彼女はいきなりドアノブをまわしたのだった。

「ちょっと何するの！」

声を落として止めたけれど気にも止められない。

「鍵がかかってます。出て行った人達、誰も施錠していませんでした。つまりこのドアはオートロックってことです」

次に真帆子はためらうこともなくドアチャイムを鳴らした。

中に響く呼び出し音が外まで聞こえる。いきなりの迷惑行為に逃げかけるけれど彼女は落ち着き払ったままだ。

「誰も出て来ません。無人ですね。紗季さん、びくつかないで。防犯カメラがある物件でもないし、もし出て来たら酔っぱらいのふりをすれば許してもらえますよ」

「酔ったふり？　だめだよ、こんな夜中に……」

「泣きそうな顔をして謝れば一回目は許されます」

その度胸にあきれる。けれども夜中に起こされても真帆子がしおらしく謝ったら許してしまうだろう、とも考える。

「女であること、か弱く見えること、それは利用するべきものなんです」

彼女は魅力的にほほえんで持論を述べ、今度は何とかして中を調べたいものですね、と言い放つのだった。


深夜にたたき起こされたのは数日後だった。携帯をオフにして寝ていたら盛大にドアチャイムを鳴らされたのだ。

「紗季さん、寝てたんですか？　悪いけどすぐ一緒に来てください！」

ドアモニターを見ると黒髪をだんごに結い上げ、頬を紅潮させた真帆子が映っていた。

寝ぼけたまま玄関を開け、外に立つ女が裸足だと気がついた。

「紗季さん、悪いけど靴を貸して」

夜中の闖入者は返事も待たずに玄関に置かれたサンダルスリッパに足を入れ、興奮した声音で、早く着替えてください、と急《せ》かす。

手を引かれ、連れ出され、意味もわからず後に従った。

真帆子が爪先の開いたサンダルでぺたぺたと歩く。進むたび、足指の先で乳白色に塗られた爪がひらひらと動く。呼応するかのように夜中になってもしぼまないヒルガオがフェンスに揺れる。屋上近辺には弓形に抉《えぐ》れた月がどんよりと浮いていた。

行き先は三〇五号室だった。ドアが開かれてそこに真帆子のバックベルトのサンダルが挟まれて、通路灯の中に白々と映えていた。

「残業帰りに『家の鍵を忘れたから開けて』ってピッキング業者に依頼しました。記事ができたら料金は割り勘にしてくださいね」

つまり彼女は自宅と偽って三〇五号室のドアを開けさせたということか。

そう言えば以前、鍵を失《な》くした同僚から話を聞いたことがある。施錠業者を呼んだらスタッフは身分証明書を求めることもなく鍵を開けてくれたとか。

おそるおそる忍び込んだ三〇五号室には生活感が全くない。三和土《たたき》に靴もない。家具も見当たらない。間取りが大きく変えられているのが素人目にもわかる。

玄関わきに半畳ほどのシャワーユニットがふたつ。個人宅らしくない造りだ。洗面所にドライヤーとティッシュだけが置かれている様子はジムのパウダースペースを思わせる。

バスルームは一般家庭にしてはあまりにも広い。六畳以上もの広さなのに浴槽もシャワーもない。ゴムホースのついた複数の蛇口と大きな排水口が目立つ。バスブーツと呼ばれる履き口の大きな長靴が何足か揃えられ、長袖のビニールエプロンやゴム手袋も下げられている。

中央には金属のテーブルが一台、床が濡れて換気扇がまわり続けたままだ。

普通のお風呂場じゃないですね、と真帆子が言うから、まるで調理室か手術室、と応え、その不吉さに口をつぐんだ。

片側のドアを開くと大型の肉切り包丁がずらりと並べられていた。どれもステンレス製の業務用だ。

「まさかここで食用のお肉を切ってる？」

「だったら天井にフックがあるはずです。天井に丸い無影灯がないから手術や解剖に使ってるわけじゃないし。ここ絶対に空き家じゃない。紗季さん、管理人にガセネタをつかませられましたね」

「そんな……、管理人さんの勘違いかも知れないし……」

ひそひそと言いあいながら家中の照明をつけ、窓際に残された和室に踏み入って小さく悲鳴をあげた。座卓に置かれた白い箱状のものは純白の生地に銀糸で菊が縫い入れられた骨箱覆《こつつぼおお》いだったからだ。

「どうしたんですか？」

キッチンを見ていた真帆子が小走りにやって来た。

真帆子が無言のまま無造作に箱状の骨壺覆いを外して中の骨壺を露出させる。そのためらいのなさに驚いてしまう。彼女は火葬後とわかる骨を素手でつまんで持参したジップロックに入れた。

「骨壺に名前が書かれてますよ」

この場ににあわないうきうきとした声が告げる。

確かに白いカバーに「俗名　岩上芽衣」「享年三十七歳」と記されていた。

日付は今年の八月十三日。

まちがいなく盆踊りの日だ。

男の腕に髪を巻きつけられて大きくのけぞった女。背中側に急角度に曲がった首。

あの時、頸椎《けいつい》を損傷したとしたら。それが死に至るダメージだったとしたら。

足が震えている。倒れそうな身体を壁で支えながら考える。

我が子を殺してしまった女が刑期を終えた後、近隣住民を恨んで不法侵入を繰り返して？　陰気な様子で敷地内で泣いて？　それだけでも迷惑だ。さらに彼女が季節行事に乱入したら？

もし近隣で子供をさらったりなどしていたら？

ここに根を張って生きる人々は彼女を消し去りたいと思わないだろうか。

あの祭りの場で彼女が死を迎えたとしたら、それを隠そうとはしないだろうか。

足の震えが強まった。恐ろしい。関わりたくなんかない。そんな場所に住みたくない。

けれども、と考える。そう、今さら引っ越す資金などありはしないのだ。勤務していた企業は消え失せた。金銭的に余裕なんかない。思い切って今の住居を売っても値段が下がるだろうし転居費用もばかにならないはずだ。

望むのは平穏なくらし。そして、より不安の少ない将来。ステップアップよりも仕事の幅よりも明日の生活が脅かされない環境が欲しいのだ。

勤務先が倒産した後の人々の生活を思い浮かべる。

自分はまだいい。正社員のうちに住む場所を確保し、細々とでも仕事を繋いでいる。

ごく若い世代や突出した実績のある者は再就職できた。けれども社内経理を二十年続けていた独身女性はなれないパートを掛け持ちしているそうだ。ベテラン勢の大半はアルバイトぐらしだと聞く。自宅を競売にかけられた先輩社員もいるし、子供の進学を断念した家庭もある。

今、ここを出るわけにはいかない。食い詰めることだけはしたくない。

真帆子が室内の写真を撮っている。大きな瞳が輝いている。夜中仕事でファンデーションが落ち、アイシャドウが崩れても桃色に上気した頰が美しい。唇のほほえみがなまめかしい。

彼女が歩くたびに足先に乳白色のエナメルがひらめく。まるで室内に小さなヒルガオが舞い込んだかのような、あるいは月のかけらが吹き込んだかのような。

「あの浴室で殺害あるいは解体した可能性が高いですよ。この整然とした感じ、それにあの設備、絶対、初犯じゃない。もちろん単独犯でもない。これ、予想以上に大きなネタですよ！　すごいラッキー！」

明るい声。軽やかな言葉。邪気のないほほえみ。この女は何かがおかしい。けれどもとても魅力的だ。輝く表情が愛らしくて美しい。その邪悪さに見とれてしまう。

「見るだけ見たから帰りましょう」全てを撮り終えたらしい真帆子が朗らかに言う。「いきなりこんなのが出るなんてすごい！　ああ、盗撮用のカメラを準備しとけば良かった！　また鍵を開けるにはお金かかるし」

彼女はあちこちを持参したタオルで拭いている。きっと指紋を残さないための処置だ。ここに出入りする者達が指紋の検査までするのか、とふと思うけれど。

「やだなあ紗季さん、びくびくしちゃって。震えてます？　堂々としましょうよ。夜中の三時は人が出て来ない時間帯だから目撃されませんよ」

恐ろしいのは何？　遺骨や骨壺？　それとも住民達が起こしたかも知れない犯罪？

違う、怖いのは犯罪の痕跡を見つけて無邪気に喜ぶ少女のような女だ。

そして、もう一度、違う、と考える。

もっと怖いものがある。何よりも恐ろしいのは、切実なのは、自分達が犯罪を暴いた後にふりかかる経済的な困窮だ。

恐怖よりも、向上心よりも、ささやかな打算の方が強い。死者への悼み、告発への野心がないわけではない。けれども住居やら経済的基盤やらを失えば人はあからさまに落ちぶれる。

貧困への怖れは上昇志向や正義感などよりはるかに大きいのだ。

「もう引き上げましょう。朝の早い爺さん婆さんが出て来たらめんどうだし」

震える手を壁から引きはがすと、真帆子が小声で歌を口ずさみながら壁を拭いた。それは少し前に流行《はや》った軽快なラブソングだった。

「死体の解体場所はここにしてもどこで骨にしたのかな。火葬許可証を取れるのは親族だけだし。調べることがいっぱいだけどがんばらなきゃ！」

うきうきとした声だった。おもちゃを手に入れた子供のようにあどけなく、初恋を語る少女のように初々しい。

「そうだ！　全て判明したら通報しましょう！　警察発表の翌日発売のタイミングで記事を出せればベストです！　これから忙しくなるぞ！」

外に出ると東側に黄金の光がにじみ、折れそうに細い月が光輝を失いかけていた。

薄暗い通路を歩き、朝露に湿った外階段を五階に上がる。うつむく眼前に女の足指の白い爪がひらつく。今朝も駐車場には整然と車が並んでいる。小型車や軽自動車のはじに一台の白いバンがきゅうくつそうに停められ、その屋根の銀のハッチには夜露の玉が転がっていた。

火葬炉のついた車でご自宅まで……。無煙なので苦情もありません……。

あの日、梓は言っていた。「上から見ると屋根の排熱孔にアルミのふたがついてるけどね。とは言ってもルーフハッチの一種？　くらいにしか見えなかったなあ」と。

真帆子も言っていなかっただろうか。「人間の場合とシステムは同じ……」と。

ぐるぐると思考がまわる側で真帆子がさえずるようにしゃべり続けていた。

「あ、でも調べてるのが近所にばれちゃったら怖いよね。消されたら嫌ですもん。そうだ、やばくなったら実家に避難しよう!」

逃げる場所がある人はいいよね、とひがみめいた思いが心をよぎる。

「いざとなったら紗季さんも私の実家に来てください。田舎の地主屋敷だから都心から遠いけど部屋数は多いんで。いや、嗅ぎまわってるのがわかって襲われたらそれこそ動かぬ犯罪の証拠になりますね。それって時間の短縮になるから歓迎かな?」

彼女の思考についていけない。事件への好奇心も向上心も自分にはない。あきれるほどの度胸も頭の回転の速さも持ちあわせてはいない。

光に蝕《むしば》まれる繊月《せんげつ》を見ながら思い至る。

ここで事件があったとしても、それを解き明かしたいとは思っていないのだ、と。

三十代の半ばになってしまった。ライターとして突出した能力などない。就職しても好待遇は望めない。幸い住む場所だけはある。パンフレットのキャッチコピーやお客様取材などの仕事を重ねていれば細々と食べて行くことだけはできるはずだ。事件記事になど手を出してもプラスになるとは限らない。

だから? と考える。渾身《こんしん》の記事を書く? 正義感から? 違う。キャリアを積むため?

それよりは、と思い直す。何も見なかったことにしてくらす道もあるんじゃない？　事件にも警察にも関わりあいたくなんかない。忘れたいことがある。証拠もないはずのできごとだ。それに繋がるものなど何ひとつ作りたくはない。

「まず登記情報からここの所有者を調べて、あと骨のDNA鑑定ですね。紗季さん、岩上芽衣の実家からDNA採取できそうなブラシとかもらえません？　ジュエリーの骨と骨壺の骨の親子関係が明らかになれば鉄壁ですよ！」

ダイニングテーブルの前に戻って真帆子がはしゃぐ。ほどいて背中に垂らした髪に結い癖がうねる。高ぶった声。甘い声。アイドル声優のような愛らしいしゃべり方。

「三〇五号室の鍵が欲しいな。この間、管理人が出入りしてたよね。管理人から鍵を盗めません？　あの爺さん、独り者だし、ふんわり系美人の紗季さんならたらし込めますよ」

テーブルの向こうで可憐《かれん》さと妖婉《ようえん》さをあわせ持つ女がさえずる。

一筋の光明にも近い思いつきが心をよぎる。

今、彼女を消せばあの骨壺について知る者はいなくなるのだ、と。

「のどが渇いちゃった。麦茶もらっていいですよね」

女が冷蔵庫を開け、麦茶をコップに注《つ》いでいる。均整の取れた華奢な後ろ姿。つやつやとゴム跡が波打つ黒髪。

目の前のテーブルには重たい陶器のリモコン入れがある。

藍色の陶器を手に持ってみた。手の平に沈み込む重量が心強い。

その頼もしさに笑みが浮かぶ。

大丈夫。人を抹殺するのなんて、初めてじゃない。

この固い瀬戸物を目の前の小さな、かわいい頭に打ちつければいいだけだ。

カーテンの隙間から朝陽が差し込んだ。スズメがさえずり始めている。

自分はただ普通にくらしたいだけ。警察に関わりあったり、住居のいわくを増やしたり、経済的な困窮に陥ったりしたくないだけ。ただそれだけのこと。

夜明けのカラスが高く鳴く。金の光が窓からきらきらとさし込む。手にひんやりとした陶器の肌触りが心地良い。腕に伝わる重量が勇気を与えてくれる。

蒸し暑く淀み始めた空気を胸に吸い込んで、ゆっくりと陶器を頭上へふり上げていった。

第二章　消える男

「紗季さん、なんでリモコン入れなんか持ち上げてるんですか？」

振り向いた真帆子が無邪気な声を放った。窓から射《さ》し込む光に照らされ、片手を高く上げた紗季の影が黒々と冷蔵庫の上に落ちている。

「あたしを殴ろうとした？　死体損壊の痕跡でパニックになっちゃった？　あ、もしかして紗季さんも犯人の一味？　ばれる前に消したかった？」

つやめく唇からころころと質問が転がり落ちる。あどけない笑顔が輝いている。どうして彼女はこんなに明るいの？　なぜ驚きも怯《おび》えもせずに笑っているの？

「そんな手つきじゃ殺せませんよ。鈍器の重量も足りません」

「別に……、殺すとかそんなんじゃ……」

魔に魅入られた、と表現したらいいのだろうか。明確な殺意など持っていなかった。

これは、もしかして二度目？

一度、一線を踏み越えた者はためらいが希薄になる？

「人間の頭って意外に固いから殴ってもかんたんには死にません。脳震盪《のうしんとう》とか頭蓋骨陥没はいけるかも知れないけど、なれてなきゃ一発で撲殺は難しいです」

徹夜明けで肌が白々としている。桃色の唇が茶色い麦茶のコップに触れ、細いのどがこくこくと上下する様子が白蛇を思わせた。

「背後から頭を殴るならおすすめは天頂部。でなきゃ第一頸椎と第二頸椎の間の盧門、第三頸椎と第四頸椎の間の頸中。急所にたたき込んで動けなくして、じっくり絞殺か頸動脈切断が無難でしょう。初心者なら棒状のものでこめかみ狙いもいいかも。ずれても勢いで頭蓋骨骨折するそうですから」

陽光の金色と陰の黒が笑顔をいびつに塗り分ける。

カラスの声が今朝はいやに高く聞こえるのは気のせいだろうか。

「真帆子ちゃん……、なんでそんなこと知って……？」

「古い武道の本で読んだだけです。実践したことはありません。って言うか、紗季さん、初めてじゃないよね？　前に人を殺したこと、あるんじゃないですか？」

「冗談じゃない！　あるわけない！」

「じゃ聞き方を変えます。紗季さん、人間の殺傷を試みた経験、あるでしょう？」

「ばかなこと言わないで！　骨壺を見てパニックになって変な行動をしたことは謝るよ。でもお願い、犯罪者扱いするの、やめて」

「人を殺傷しても必ず犯罪歴がつくわけじゃないけど？　紗季さんの目つきやためらいのなさ、経験者っぽいんです。いざとなれば人殺しを躊躇《ちゅうちょ》なくやっちゃうタイプ。何かのはずみで軽々と常識や禁忌を破っちゃう人。勘違いだったらごめんなさい。

念のため言っておきますけど、あたし、芽衣の殺害や死体損壊には関わってません。自作自演だったら単独で記事にして原稿料を丸取りする方が得です」

「真帆子ちゃん、あれを見ても平気？　怖くない？」

「平気じゃないです！　普通にすっごく怖い！　でもネタに当たった嬉しさの方が大きくて！もう、わくわく、ぞくぞくしちゃって、興奮で身体が火照っちゃう」

瞳が濡れている。頬がなまめかしく血の気を帯びていく。少女めいた顔に妖婉な表情。自分が男だったらこの危険な女に溺れてしまうのではないかしら。

「怖かったら抜けていいですよ。そりゃ紗季さんと一緒にやりたい。だって聞きじょうずだもん。でも嫌なら無理に誘えないし」そして再びあどけなく笑う。「油断してる時に後ろから襲われたらこまりますから」

襲おうとしたわけじゃない、とつぶやいた声が弱々しかった。

「このまま通報を……、その方が安全……」

言いかけてそれが一番ありえないと思い直す。

「いや、警察はだめ。だって……、恥を覚悟で言う。私、お金がないんだ。無理してここを買ったって言ったよね。もう一度、引っ越す費用なんかない。もう住み続けるしかなくて。何度も事件が起こって警察が出入りする場所には住みたくないし……、売りたくても事件が発覚したら値段がものすごく下がっちゃうし……」

倒産直前の悲惨さは忘れられない。誰もが職を失うこと、経済的な基盤を失うことの恐怖に目を血走らせていた。ぜいたくを言わなければ何とかなる、というのはきれいごとだ。時給千円以下でボーナスもないバイトで食いつなぐ窮状は元上司や同僚が証明している。失業保険が切れ、貯金が尽き、返すあてもないキャッシングに手を出した者もいる。もう若くない凡人はよりかかる企業が失せれば収入と社会的地位を落としてうらぶれるだけだ。

「ねえ真帆子ちゃん、お金がなくなる怖さってわかる？　貧困と紙一重って想像できる？　貧すれば鈍するなんてもんじゃない。理性も良識もすり減って人が生きたまま亡者《もうじゃ》になるんだよ。経験してないからわからない？」

「うん、全然わかんない！」笑顔を崩すことなく女が言い放った。「あたし、お金で苦労したことないもん。紗季さん、売却価格の下落を気にしてるんですか？　だったら記事を発表する前にここを売っちゃえば解決です」

屈託のない声だった。とても理にかなった、同時にあきれるほど利己的な提案だった。

「忙しくなるけど売却を進めながら調査しましょう。え？　購入してすぐ売るとわけありだと疑われる？　心配性だなあ。スピード結婚するから売るって言えば縁起良く聞こえますよ」

「そんな……、あてもないのにうそを言うなんて」

「言ったもん勝ちです。それから通報はあり得ません。住居侵入罪を問われたら最悪、前科がつきますから。そもそも管理人が空き家って言っといて骨壺を置くって異常です。将来、騒ぎになってからじゃ遅いでしょう？　先手を打って調査して、暴露の前に売り払って原稿料もらう方が安全だと思いません？」

言いくるめられる、と表現したら良いのだろうか。いわゆる「魔が差した」後の放心状態だったせいだろうか。何より彼女の説得には妙な呪力がある。加えていびつに筋が通りすぎている。

「一休みして考えてみてください。悪い提案はしていないと思います。嫌だったら抜けても文句は言いません。まだ確実に事件だって断定できませんし」

真帆子が麦茶をコップに注いで差し出した。冷えた飲み物がのどをすべり落ちると熱っぽい身体も思考も冷める気がする。

陽射しが強くなっている。外のレンタル農地でスズメのさえずりが高まってゆく。

今日も仕事がある。午後に電話インタビューが一件、夕方にはチェックされたお客様取材原稿が戻るはずだ。

化粧品の愛用者の感想は頻繁にパンフレットに使われる。当然、フリーランスへの発注も多い。けれども二、三十人も取材すれば必ず一人はめんどうな人物がいて嫌になるほど時間と気を使う。山のような製品ラインナップもおぼえ込まなければいけない。タレントでも著名人でもない一般人のインタビュー記事は順調なら一本に数時間かけて四、五千円程度。毎日ある仕事ではないし効率が良いとは言えない。

事件記事の調査と執筆にはどれほどの時間がかかるのだろうか。どれほどの収入になり、どれほど次の仕事に繋がるのだろうか。

「紗季さん、疲れた？　ごめんね、夜中に起こしちゃったもんね。もう帰ります。協力してくれるかどうかゆっくり考えてください。おやすみなさい。あ、そうだ……」

高ぶりを押さえる風情で玄関に向かう真帆子が足をとめた。

「思い出した。あたし、自宅の鍵を持ってないんだ……」

「もしかして、三〇五号室に置いて来た？」

「ううん、実は昨日の夜、会社にキーケースを忘れて来ちゃって。だから解錠業者を頼もうとして、思いつきで三〇五号室の方を開けてもらったんです」

「だったら自分の家も開けてもらえば良かったのに」

「二軒も解錠させたら怪しまれますよ。それに確か……」

彼女はカーテンと窓を開け、ベランダに出てパーテーション越しに自分の家をのぞいた。

「うん、やっぱり。窓、開けっ放し！」

「窓を開けたまま出勤？　不用心だよ！　五階でも空き巣被害ってあるのに」

「今度から気をつけます。今日はここを乗り越えて窓から自宅に入る」

「乗り越えるって、ベランダを？　ここ五階だよ？」

　まさか本気とは思わなかった。けれども真帆子はふわふわとしたスカートのまま片脚を高々と上げ、手すりを乗り越えようとしたのだ。

「待って！　危ない！　それにその服じゃまずい！」

「乗り越えるなんてかんたんです。下さえ見なきゃ平気。あたし十三歳まで体操クラブ通ってたし、平均台の要領ですよ」

「落ちたらどうするのよ！　それにスカートのままだと下から見えちゃう！」

「転落なんてしません。誰も下の道にいないし」

「やめて！　業者を呼ぼう！」

「紗季さん、声、大きいです。隣の人が起きちゃいますよ。ただでさえ出費がかさんでるのにまた業者なんか呼ぶの嫌です」

　とめて聞く女ではない。すでに手すりをまたぎかけている。

　できたのはスカートの下にジャージをはかせることだけだった。真帆子は、パンツが見えたからって減るわけじゃないんですけどねえ、とぼやきながら膝丈のジャージを身につけてくれた。

紗季にぴったりのものが真帆子にはぶかぶかなのが情けない。

小柄な女が軽々と手すりを乗り越え、ベランダ手すりの土台を伝う。

ミズクラゲを思わせるスカートと乳白色の爪がパーテーションの向こうに消え、「紗季さん、ありがとう！　後で洗って返すね！」と低めた声が聞こえて来た。


佐竹勇也《さたけゆうや》とでくわしたのは校了直後の印刷所の外だった。

気が緩むタイミングだった。運悪く電車が事故で止まっていた。自宅までタクシーに乗る余裕はない。お茶に誘われ、断ろうとしたけれど「しばらく帰れないよ？」と押し切られた。

雨が降り始め、駅から人があふれ、目の前のチェーン店カフェに入らないと行き場をなくしそうだったせいもある。相手は中堅の広告代理店の社員で自分は元編集プロダクション勤務だ。狭い業界だからいずれ顔をあわせる覚悟はあった。

「元気そうだね。髪を切ったんだ？　最初は誰かわからなかったよ」

話しかける声は相変わらず穏やかだ。

急に連絡を断ったことを責めようともしない。理由をたずねもしない。

彼はいつもこうだ。強引ではない。問い詰めたり、怒ったりしない。それを優しさと感じていたことが悔しい。今にして思えば紗季への関心の薄さでしかなかったのに。

嫌になって姿をくらましたはずなのに、恋心の残滓《ざんし》がわずかに疼《うず》くのも忌々しい。聞かれることに素直にぽつぽつと答えてしまう自分も情けない。

「そうか引っ越したんだ？　会社、倒産したって聞いたけど仕事はあるんだね」

三歳年上の男は相変わらずもの静かで聞きじょうずだ。あっさりした顔立ちに落ち着きのある声、直毛なのにうなじのあたりだけ癖っ毛なのも変わりない。

「都心から遠くなって大変だね。え、事件があった建物？　そうか、事故物件は三階で紗季は五一〇号室なら平気かな？　住みやすい場所なら俺も安心だよ」

結婚の話をしていたのに。急に電話もメールも通じなくなったのに。目の前の男はそれについて触れようともしない。

この知的で静かな男の誠意が自分を追いつめた。圧倒的な善意の前でいやおうなく悪者になる閉塞感に疲れ果てていた。

とは言ってももう過去のこと。半年以上も連絡を断てば元の恋人も他人と同じだ。

紅茶をすすりながら「元気そうだね」と言ったら「そうでもないよ」と疲れた表情で返された。「相変わらず忙しいんだ？」と何も知らないふりをしたら、どこか苦しげな表情で「俺も転居して」と応えられた。

都心のしゃれた1LDKは引き払われたのだろうか。グレーのブラインドが下がり、木製のシーリングファンがまわり、キッチンに汚れひとつない住居だった。

けれども壁一面を別居する小学生の娘の写真が埋める居心地の悪さ、それをどう表現したらいいのだろうか。

玄関には愛娘《まなむすめ》の大きな油絵が飾られ、壁には数百枚ものスナップ写真がびっしりと貼られ、ピクチャーレールにはポスターサイズにした写真が下げられていた。

中でも耐えられなかったのは寝室だった。ベッドサイドにも壁面にも無数のフォトフレームが配置され、無垢《むく》な少女の笑顔がベッドの中をのぞき込んでいたのだ。

「俺、賃貸のワンルームに引っ越したんだ。前の家は売って都内からも離れて。何かと金が必要になったから」

「景気が良くないもんね」

「いや、それだけじゃないんだけど」

娘さんに今度は何の費用をせがまれたの？ などとはもう聞かない。

才能があるかも知れない子供には出費がつきまとう。特にフィギュアスケートとなれば支出は相当なものだ。クラブ会費やリンク使用料の他に個別レッスン、ノービス選手権用のコスチューム、強化合宿に地方遠征にコーチへの付届けなど数えればきりがない。

別れた妻とくらす娘のために彼は金も時間も惜しまなかった。週末はスケートリンクにつきそい、食事中は娘の動画を眺める男だった。元プリマバレリーナの個人レッスンを受けさせるために金がかかるから、と紗季との結婚が延期され、気まずさが加速したのは去年の夏のことだ。

「俺の出費は景気とは関係なくて……」

男が何かを語り始めようとしたから無視してしゃべり始めた。

「前の会社は不景気のあおりで潰れたけど悲惨だったよ。倒産目前で退職金が出そうにないから誰も自主退職しなくて。転職が決まらない人は会社都合による解雇に持ち込んで翌日からの失業手当の給付を狙って。保険が一割負担ですむうちに会社を休んで人間ドッグに入る人もいてさ。経営陣は胃潰瘍と血尿で泣きながら金策してたのに。今、考えると浅ましいよね」

「大変だったんだね……」

「修羅場だった。みんなエゴむき出し。私も含めてだけど」

無理にでも話題を保つ。勇也が切り出すかも知れない話を聞きたくないから。

カフェの中が蒸し暑い。ぬるい汗が首を伝う。

ハンカチを出そうとする手もとを男の視線が刺していた。

バッグから出した手作りのポシェットに彼が目をとめている。これは端がほつれたストールをリメイクしたものだ。光沢のある紺のシルクに薄いピンクのバラ模様。同じ布でダイニングのクッションカバーもこしらえている。

「私は病休を取ってたけど経営陣が社員に自主退職をお願いして泣きながら土下座してたって。それを古株の社員が経営の怠慢だって怒鳴りつけて暴力沙汰にもなって。加湿器とか資料室の書籍とか備品を盗んでネットで売る社員もいて……」

企業の死に様を語りたいわけではない。彼の境遇を知りたくないからしゃべるのだ。

またあの少女を思い出す。彼に良くにた娘。小顔で長い手足の、トップスケーターを目指していた子供。紹介されたことはない。吐き気がするほど写真を見せられただけだ。

ベッドの中を見つめるような笑顔、廊下やキッチンを眺める瞳、肩を抱かれて初めて入った玄関で見据えていた油絵の視線、思い出すと嫌悪がまた這い上がる。

「営業の大田さんは家を手放して、谷口編集長は郵便配達を始めて、取り引き先の高橋さんは資金回収ができなくて反社会的組織の人に連れて行かれて……」

沈黙するのが嫌だから倒産の修羅場など話す。けれどもすぐに自分は黙り込むに違いない。そう思った時、外に停まったタクシーから客が降りた。

「今日はありがとう。私、もう帰る。じゃあね」

言葉を切って立ち上がる。勇也がとまどったけれど気にしない。

半分以上残った紅茶のカップを返却口に置き「空車」の表示灯を上げかけたタクシーに飛び込み、電車が運行している駅まで行って欲しいと告げた。

ぬるい雨が勢いを増していた。カフェの窓際にすわる男の姿がかすむ。

彼は少しやせ、服装がずいぶんくたびれていたとその時やっと気がついた。

「紗季さん、だめでした……」

紺のシルクのクッションを抱いた真帆子がしょげていた。

「鑑定、断られました。ＤＮＡはタンパク質だから火葬で燃えて採取できないって」

「つまり骨壺の骨とメモリアルジュエリーの骨の親子関係は調べられない？」

「はい、残念ながら……」

相続のため故人との親子関係を証明したいと遺骨のＤＮＡ鑑定を依頼されるケースは多いとか。けれども鑑定企業は全て断らざるをえないのだと言う。

真帆子は陶器を振り上げられたことなど忘れたかのように無防備にうなだれている。

「証明が難しくなっちゃったね」応じる声に露骨な安堵が現れていた。「ジュエリーに骨を入れるのは合法だし、火葬した人骨を民家に置くのは犯罪じゃないし」

「あの骨、死体遺棄にならないんですか？『空き家』にぽつねんと置かれていたのに？」

クライアントの葬祭会社の広報担当者が言っていた。遺骨を自宅に置くのを手もと供養と呼ぶのだと、墓地を持たない人が増えて大きなマーケットになりつつあるのだと。

ちなみに今、依頼されているのは手もと供養用ポータブル仏壇の広告文だ。

「許可なく遺骨を埋めたり散骨したりは違法だけど個人宅に置くのは合法。骨壺の名前を戸籍名と一致させろって法律はない。つまりニックネームや戒名でも問題ない。嫌な話だけどさ、身元不明のご遺体を無縁墓に埋葬する時、別人の名前の骨壺袋を使いまわすこともあるって。そもそも芽衣が死んでいると決まったわけじゃないし……」

また盆踊りの夜に首が折れ曲がった女を思い出す。

けれども記憶を打ち消すようにして言葉を続ける。

「同姓同名の可能性もないわけじゃない。芽衣の実家に電話したら娘のことは知りませんって。成人と連絡がつかない、ってだけじゃ警察は動かないよ。それとも事件加害者の名前が書かれた骨壺がありましたって通報する？」

「通報はだめです！」しおれていた真帆子が声を高めて反論した。「警察は嫌！　不法侵入は秘密です！　それに今、捜査されたら記事の値打ちが下がっちゃう！」

「私も騒ぎを大きくするのは嫌」

なめらかな眉間にしわをよせて真帆子は抱きしめたクッションに頬を埋《うず》めた。

「岩上達人は三年前に医療刑務所で病死したそうです」次に彼女が発した声は少しだけ力の抜けたものだった。「先輩が取材でいろんな受刑者に面会してるんですけど、達人に髪を刈ってもらってた受刑者がいたって」

「美容院のお客さんも服役してたんだ？」

「違います。達人は刑務所で受刑者の散髪を担当してたんです。全員にへたくそ呼ばわりされて陰で相当どつかれてたそうですよ」

「現役のスタイリストだったのに？　刑務所で流行のカットはうけないんだね。道具が揃わないと腕を発揮できないとか？」

「男性受刑者は基本的に丸刈りで流行も何もありません。あたしの想像だけど達人はいじめられてたんじゃないかと」

「一般人が凶悪犯に目をつけられてたってこと？」

「違います。子供を被害者にした犯罪者、つまりロリコンや子供殺しって刑務所カーストの最下層なんです。シャバにかわいい我が子を残して来た連中もいるから子供にやらかした受刑者は人間扱いされません。子供相手の犯罪者、それから元警察官、これが刑務所内のダブル最底辺です。というわけで、あたし、刑務所に行きますから」

　真帆子ちゃん、何かやったの？　と大声をあげると彼女はけらけらと笑った。声に少しばかり元気が戻っているようだ。

「先輩が芸能人に覚せい剤を売ってた受刑者に面会に行くから、助手として同行するんです。そいつ、達人と同じ刑務所にいたらしいんですよ」

「取材で行くってことか。情報が取れるといいね」

「うまく行きます。だって連れてってくれるのがすごい敏腕記者のタケシ先輩だし。やせてひょろひょろに背が高くて、おどおどして気が弱そうだから受刑者にタケシ、タケシ、って呼びすてにされてます。おいタケシ、エロ本を差し入れろ、みたいに」

「頼りない人に聞こえるんだけど？」

「弱々しい外見を利用してるけど実はゴリゴリの突撃系です。目をつけたネタには何年でも地味に喰らいついて放しません。見た目がへなちょこで油断されるのも武器のうちですね。あたしにまじめにおとなしそうに化けろ、かわいこぶってろ、女であることを武器にしろって教えたのはこの人です」

インタビューした時の真帆子の記者然とした礼儀正しさを思い出す。ランチの時も軽くふざけては見せても皮肉っぽさや冷笑的な言動などかけらも見せなかった。

「ねえ紗季さん、骨壺の件、事件じゃない方がいいんでしょう?」

「うん、悪いけど私は平凡にくらしたい。本音を言うとね、事件や事故じゃないって証拠を見つけて安心したいから協力してるんだよ」

「理由は何でもいいんです。協力してくれるだけで大歓迎。聞きじょうずの紗季さんがいると心強いから。あたし、将来は会社を辞めて刑事事件専門の記者になりたいんです」

彼女は瞳にうっとりとした色を浮かべて夢を語る。

「犯人側の話をね、具体的にね、いっぱい、いっぱい聞きたいんですよ。現場写真もどっさり見せてもらいたくて」

「幼児の行方不明事件を追ってみれば? 盆踊りの翌々日に続いてまた幼稚園児が連れ去られたんだって。警察車両が注意喚起のアナウンスしてるよ」

「そんなの調べたって警察発表の後追いですよ!」

「そう? ここに住んでるんだから情報も集めやすくない? 私達が三〇五号室に入った二日後にさ、ここから五十キロくらいの団地から三歳の男の子がオンライン出前のリュックの男に連れ去られたんだって。防犯カメラに後ろ姿が映ってたけど該当の業者はその時間、その場所に宅配スタッフは行ってないって断言してるとかで」

「それだけ証拠があれば誰かがもう追ってます。それに目を泣きはらした親だとか、同情だか好奇心だかわかんない目をした一般人は苦手。頭のタガが外れた受刑者の方が刺激的です。常識に浸かった人間より、タブーをぶち破った連中相手の方がモチベーションが上がります」

「仕事も大事だけど若いのに恋愛は？」話題を変えたのは事件の話が少し嫌になったからだ。

「真帆子ちゃん、彼氏いる？」

「そういうの興味ありませんから」

かわいいのに、もてそうなのに、と言うと彼女は、あたしは男性が恋人や妻に求めるものを提供できません、料理がへたでお掃除も苦手だもん、と答えた。

「今時、そんなのマイナスにならないよ。元彼も私に家事なんか求めなかったし」

「たいていの男は古典的ですよ。あたし、家事が苦手な上、子供が嫌いだし不感症だから彼女としても妻としてもアウトです。恋愛に魅力は感じません」

「え？　あの、今、なんて言ったのかな？」

「子供、うるさくて嫌いなんですよ。毛がフワフワしてない小動物って何がかわいいんでしょう？　手足の生えた巨大な芋虫にしか見えません。実は同居する兄夫婦の赤ん坊にヒステリー起こして実家を追い出されたくらいで」

「ええと、子供が嫌いな女性は一定数いる。それはわかる。でも次に言った……」

「不感症ですか？　そんまんまの意味です。いろいろ努力したけどだめでした。世間の人が性交渉に執着する理由がまるでわかりません」

何をどう努力したのか聞くこともできず、そうなんだ、と意味のないことを言った。

「でも恋愛や性交渉がなくても別の快楽で満ち足りてます。パンがなければお菓子を食べればいいってのと一緒です」

「別の快楽って？　聞いていいのかな？」

「それはちょっと……」大胆なはずの女が目を伏せて頬を赤らめた。「恥ずかしいから秘密。実は自宅に趣味のグッズとか絵とかがいっぱいで……。自分も絵を描いたりして……。で、紗季さん、元彼ってどんな人？」

質問の矛先を向けられ不自然なほどに慌ててしまう。

考えてみれば真帆子とはいつも仕事の話ばかり。近隣のショップやスーパーのことを話す以外、プライベートについては多くを語らないままだ。

「実は引っ越す時に自然消滅させた元彼がいたんだけど、偶然あっちゃって」

「へえ、運命的ですね？　再燃したんですか？」

「運命的？　不運だよ。嫌悪しかない。ずるずる何年もつきあった自分が情けない」

事件の可能性が少し薄れたせいか、再会が忌々しかったせいか、ぽろぽろと愚痴がこぼれ出る。

勇也との交際期間中、週末を一緒に過ごした経験がほとんどないこと、結婚話はあったけれど彼の経済的事情で延期になったこと、男の家族を疎む自分への嫌悪でいつも落ち込んでいたこと。

「不倫じゃないですよね？」

「不倫してる気分になることもあったなあ」

勇也には離婚歴があり元妻とくらす小学生の娘がいた。彼は子煩悩な父親で休日は泊まりに来る娘と二人で過ごし、養育費以外にも多額の仕送りで経済が圧迫されていた。

そして、それらへの不満を漏らすたびに心が狭いと指摘されていたのだ。

「そこそこ稼いでる人なのに元妻にすごい額を送金してたんだ。お陰で私とは旅行もできなかった。まわりは、優しいお父さん、そんな誠実な男性はめったにいない、って言うから愚痴をこぼす私は完全に悪者」

「確かに父娘《おやこ》を引き裂くいけない継母《ままはは》の役ですね」

「だよね。その自己嫌悪がしんどくて。プロポーズされた直後に娘にかかる費用が跳ね上がって入籍は無期延期。だから転居して行方をくらましちゃった」

ずいぶん割愛した説明だ。デート中も娘と長電話する男だったとか、娘の服は下着も含めて全て把握しているとか、どう話してもあの空気感は伝えきれないと思う。

「麗しい父娘愛です。でも、彼氏もその子供も悪者ですよ」

「子供に罪はないよ。親に甘えるのは当然だし、大人の事情を理解できる年でもないし」

「でも悪者です。悪意の有無にかかわらず自分に不快感を与える者は悪と見なしていいと思います。その子の存在が紗季さんを苦しめたなら疫病神と認定していいはずです」

「疫病神？　まだ小学生の子供が？」

「あたし、紗季さんが好きですから。恋愛とかじゃなくて人として。だから紗季さんを苦しめる人間は嫌いです。自分、及び自分が好意を持つ人間にストレスを与える存在は害意がなくても子供でも、あたし、悪の側に振り分けます」

悪役なのは自分じゃなくあの子供？　害意の有無にかかわらず悪にしていい？

「不快感を与えるものは悪です。嫌なものは嫌うしかないでしょう。邪魔な存在は逮捕されない範囲で排除を試みれば良かったのに」

「排除って……、どうやって？」

「殴る蹴るはまずいですよね。誹謗《ひぼう》中傷してばれたら立場が悪くなるし。ごめんなさい、思いつかない。いい加減なこと言っちゃいましたね。謝ります」

「ううん、いいよ。ありがとう。そう言われるだけで、その、すごく……」

涙ぐみそうになる。心に沁《し》みる。歪んだ理屈だ。けれどもとても甘やかだ。

「自分の正しさを信じ切ってる人間はだめ。手がつけられません。自分を異端だと認識して闇にひそんだり、行動を慎んだりする悪人の方が扱いやすかったりします」

「自分を苦しめる善人より、大切にしてくれる悪人の方がまし、か……」

「その男、今度あったら思いっきり蹴り入れちゃえば？」

「暴力沙汰？」それも悪くない、と思って笑う。「いや、もう二度とあいたくない」

「男って頑丈だからしとやかな紗季さんが蹴ったくらいじゃ死にませんよ」

邪気のない言いっぷりに心から笑う。

無茶なことを言う女だけれど、一般的な正論ではないけれど話しているとなごむ。

芽衣の行方がわかればなあ、あれが彼女の遺骨って証明できればなあ、と真帆子がつぶやくから、もう少し近所の人に聞いてみるね、と応えた。

事件なんかいらない。この場所で波風なくくらせればいい。けれども真帆子が納得するまでこの件につきあってやりたくなったのだ。


湿った風が吹いている。空に灰色の雲が流れている。夕立でも来るのだろうか。髪が湿気でふくらみ、首もとの毛先がはねてうっとうしい。

換気のために窓を開け、久しぶりに紅茶を淹れようと薄いブルーに白いレリーフ装飾のティーポットを出した。ガスレンジにケトルをかけた時、湿気を切るかのようにチャイムが鳴った。

モニターを見るとほほえむ勇也が映っている。

「その男、今度あったら思いっきり蹴り入れちゃえば？」

真帆子の声が聞こえた気がした。彼がどうしてここに？

ああ、そうか、カフェで無防備に最寄り駅と部屋番号を明かしている。さらに同じ棟に事故物件があったと口をすべらせている。特定されても不思議はない。

けれども彼は連絡を断った女の家におしかけるような強引な男だったろうか？

エントランスのオートロックをすり抜けていきなり玄関前に来る人間だったろうか？

居留守は使えなかった。お湯をわかしていたからだ。キッチンリフォームの広告担当だった彼はガス機器の使用中、玄関わきのメーターボックスがかすかな動作音をたてることを知っている。

チャイムがまた鳴り、「紗季、いるよね？」と親しげな声がインターフォンを抜けて来た。

玄関前に立つ男など近隣に見られたくない。そう思った時、なぜか隣に住む直樹の首筋が目に浮かんだ。

ドアを開けるとダークグリーンのポロシャツにジーンズ姿の勇也が立っていた。招いてもいないのに彼はためらいなく家の中に足を踏み入れる。脱いだ靴は何度も同じモデルをリピートしている黒のスニーカーだ。

「いきなり来るって何？　今、仕事中なんだけど？」

とげとげしくたずねると、だって電話もメールも通じなかったんだよ？　と悪気のかけらもない声で応えられた。転居の時に全てのアドレスを変えた。勇也の電話番号はコール音が鳴り続けるタイプの着信拒否にしている。

「何の用？　もう家に呼ぶ間柄じゃないよね？」

「急に連絡が取れなくなったから心配してたんだ」

さがしもしなかったくせに、と心の中で毒づき、さがす余裕もなかったのよね、と横を向いてせせら笑う。

「紗季が元気そうで良かった。事故があった建物って言うから心配したけど」

「幽霊は出ない。心霊現象もない。三十分後にオンライン会議だから十分で終わらせて」

男が紺ベルトに黒い文字盤のダイバーズウォッチを見て時間を確かめた。肩にかけたボディバッグに光るふたつのチャームは銀のスケート靴と白い雪の結晶だ。スケート靴は娘の所属するクラブのオリジナルグッズ、雪の結晶は一年前の全国大会の出場記念品だ。

「十分じゃ終わらない。会議が終わるまで待つよ。映らない場所にいるから」

「守秘義務って言葉、知ってるよね？」

「家族がいるリビングで会議に参加する人も多いじゃないか」

男の笑顔はあたたかく、表情には全く毒気がない。

「化粧品の新色レクチャー会議。機密保持の契約書を顔写真つきで出すレベルの」

「そういう話ならなおさら問題なし。俺が聞いてもちんぷんかんぷんだから」

「仕事の邪魔をしないで」

苛立ちを込めても迫力がない。温和なしゃべり方はこんな時、裏目に出る。

「曲げて取るのは悪い癖だよ。いきなり来て腹が立った？　だったら外で待つ」

帰れ、と叫びたかった。批判しても怒っても彼は、ごめんね、気に障ると思わなくて、と善意で吸収するに違いないけれど。

「会議の後で飯に行こう。今日は代休で週末は一緒にいられるから」

「お休みならスケートリンクに見学に行けば？」

「娘とは……、理華絵《りかえ》とはあっていない……」

もうお父さんを相手にしない年齢？　寂しくなって私を思い出した？　とは聞かない。

たった一度、彼の愛娘を見た日を思い出す。よく晴れた冬の日のことだった。

あの少女はレモン色のスケードボードに乗り、大きなリボンのポニーテールとピンクのマフラーをなびかせて休日の歩道をすべっていた。敏捷《びんしょう》そうな身のこなしだった。頬骨の高い小顔と一重まぶたの、海外でオリエンタルビューティとほめそやされるはずの容姿だった。

「理華絵、道路でボードに乗っちゃいけない！」

少し後ろから勇也の声が追いかけていた。

自分が居合わせたのは偶然だ。そこは名の知れた公園で近くに美容院やショッピング施設が連なる場所だったのだから。

恋人がいるのに週末をいつも一人で過ごす不満や結婚が延期された鬱屈から気晴らしに髪を切り、奮発してシルクのストールを買った帰り道だった。

あの時、とっさに木陰に入ったのは顔が醜く歪んでいたからだ。口元を隠したストールは買ったばかりの紺地の絹に薄いピンクのバラが浮くものだった。

爪先でポプラの枯れ葉をかき分けるとバックスキンのブーツにエナジードリンクの空き瓶が当たった。

「パパの心配性！　あたし、転んだりしない！」

少女が通る声を発する。ヘルメットもプロテクターも着用していなかった。

休日の歩道は混んでいた。人々がほほえんで見ていたのは彼女がかわいらしい顔をしていたせいだろうか。後ろを追う父親とのむつまじさのせいだろうか。

「理華絵、止まりなさい！　人にぶつかったら大変だ！」

「ぶつからない！　パパ、まじめすぎ！　だから気難しい彼女が文句を言うんだよ！」

聞いた瞬間、思考が消えた。

足もとには円筒形のボトル。目の前には鋪装《ほそう》された歩道。

こつん、とブーツの爪先が茶色い小瓶を蹴っていた。

ころころ、ころころ、と円筒形のガラス容器は道を横切り、すべる少女の進路に交わったのだ。

ぱりん、とも、がりがり、ともつかない音が響いた。

それはスケートボードのウィールがガラスを噛む音だった。

茶色の破片がきらきらと散り、レモン色のボードが制御を失って跳ねる。

身軽な少女は傾いたボードを蹴って高々と跳び、空中でくるりと体勢を整えた。

陽光の中、黒いポニーテールが半月の軌跡を描いていた。

彼女の身のこなしは重力の呪縛を逃れた妖精のようだった。

不幸だったのは少女が着地する位置に杖《つえ》を頼りに歩く老人がいたこと、そして斜めに飛んだボードの先に母親と手を繋いだ幼児の頭があったことだ。

ぐしゃり、と嫌な音が響いた。それはま新しいスケートボードが幼い子供の頭蓋を割る音だった。直後、少女にぶつかった老人が転倒し、その手足が縁石に当たってぽきぽきと折れ曲がった。子供の母親が絶叫を響かせ、老人の白髪が鮮血に濡れそぼり、地に降りた少女は足首を不自然な角度にねじって無様に転がった。

惨状から顔をそむけて細い横道に駆け込んだ時、ストールのフリンジが赤い葉を残したニシキギに絡んで端が破けていた。

知らない。狙ったことじゃない。自分の顔は見られてなんかいない。きっと誰も気にとめていないに違いない。

勇也だって気づいてないはず。あの日の午前中に髪を切り、買ったばかりの大きなストールで口もとを隠していたのだから。

その後、頭痛と不眠に悩まされるようになった。

眠ろうとすると冬枯れの歩道に飛翔する少女が浮かび、手足の折れた老人や頭の割れた幼児が幻出する。やがて貧血と胃潰瘍の病名が病院で告げられ、倒産間近の会社で病気休暇が認められたのだった。

「何をぼうっとしてるの？」男の声が現在に引き戻す。「会議の前にメイクしなきゃだめだろう？」

「邪魔なんだ。帰って……」

「会議なんてうそ。違う？　紗季が会議十分前に普段着のままなんてありえない。そんなに俺を追い返したい？」

「二度とあいたくないんだ。勇也は娘さんのことに専念した方がいいよ」

冷たく言い切ったつもりでも声質が柔らかいから迫力がない。

「娘とはもうあっていない。元妻があわせてくれなくなったんだ」

「他にレッスン代をまかなってくれる人でも現れたのかな？」

意地の悪い言い方だ。けれども悪意を吐けば少しだけうっぷんが晴れる気がする。

「理華絵は足の靭帯《じんたい》を傷めてリハビリ後も復帰できてない。俺ともあえなくなって」

男が陰鬱に語り始めた。娘が路上で歩行者にぶつかって怪我をさせ、莫大《ばくだい》な賠償金を保険でもまかない切れていないこと。前妻が父親の管理不行き届きに激怒し、二度と娘にあわせないと弁護士を通じて伝えて来たこと。

「怪我をさせた幼稚園児は意識が戻らず、転ばせたお年寄りは寝たきりになって……」

男に背を向けて深呼吸をする。知らない。自分は知らない。狙ったわけじゃない。

紗季さん、人間の殺傷を試みた経験、あるでしょう？　いざとなれば人殺しを躊躇なくやっちゃう……。真帆子の声を思い出す。的確な観察力だ。動物的な勘と呼んでもいい。だからこそいびつな理屈にも説得力が出る。

「自分に不快感を与える者は悪と見なしていいと思います」

「逮捕されない範囲で排除を試みれば良かったのに」

唇が笑いの形につり上がったから顔をそむけて手で口もとを隠した。

「娘があんなことになって……、だから紗季にあうべきだと……」

「娘さんとあえないから私と？　一人でいるのが寂しいから？」

紗季が週末を一緒に過ごしたいと懇願した時、彼は言った。紗季とはいつでもあえるじゃないか、土日だけは娘といたいんだ、と。じゃあ私に子供ができたら？　と聞き返したら実直な笑顔で、僕には理華絵一人がいればじゅうぶん、と言われたのだ。

「さっさと出て行け。それしか言えない」

「ひどいな。俺、こんなに苦しんでいるのに」

真帆子の背後で振り上げた陶器のことを思い出す。あの時、倫理のくびきがいとも軽々と外れた。きっと冬枯れの歩道で茶色の小瓶を蹴ったから。罪のない少女が足首をねじれさせて転倒した時、言葉にできない痺《しび》れが背筋を貫いたから。

冷たい女だな、と勇也が言うから、今まで気づかなかった？　と笑って見せた。男が泣き言を始める。冷酷だ……、人の痛みがわからず……、娘がかわいそう……。

確かに一人の少女の才能の芽を摘んだ。元夫婦二人の経済力を奪った。巻き込まれた人々は不幸になった。けれども殺傷するつもりなんかなかった。

悪意の有無にかかわらず不快感を与える者は悪……、邪魔な存在は逮捕されない範囲で排除を……。明晰な思考。わかりやすい正義。それらが心になじむ。

立ち続けるのもめんどうで、ダイニングチェアを引くとテーブルクロスに隠れていたクッションが露出した。それは紺のシルク地に薄いピンクのバラ模様、端の破れたストールを端縫いにしてリメイクしたものだ。

「その柄……」勇也の口調が変わった。「見つけた。この間のポーチと同じだ」

なぜポーチの柄など記憶しているのだろう。彼のおぼえる布類と言えば娘に買ってあげた服や試合のたび新調するコスチュームだけのはずなのに。

「見たんだよ、俺、その紺に薄桃色のバラの布。逃げる女が巻いていた」

「なにそれ？」

「娘が歩行者を怪我させた場所で見たんだ。同じ柄のストールをひらひらさせた女を。通行人がみんなこっちを見ていたのに、あの女だけは背中を向けて」

「それが私？」少しだけ声が震える。「その場にいたとでも？」

「紗季は理華絵が事故を起こした場所にいた。まちがいないよな？」

「私が娘さんがスケートボードでつまずくところにいて何かしたって言うわけ？」

勇也が目を見開いて沈黙した。

開け放った窓の向こうに雨粒が落ち始め、ヒヨドリの声がやけに高く響いている。

「俺、スケートボードって言ってない。娘が歩行者にぶつかった、と言っただけだ」

「そう？　言ってたよ？」

声に動揺が出る。できない。堂々とうそをつき「まちがえちゃった」と笑う胆力は持ちあわせていない。

「あの子に何をした！　娘をあんな目にあわせて！」

男がテーブルを越えてつかみかかり、両肩が強く揺さぶられる。

「紗季は理華絵を嫌っていたよな？　邪魔だったんだろう？」

首ががくがくと揺れて後頭部が強く壁に当たる。

温和な男だった。怒りなど見せたこともなかった。不満を言われれば困惑した顔をして「少し時間をくれないか」と穏やかに言い、答えを出すこともない人だった。

「何をしたんだよ！　あの場にいたんだろう？　言えよ！」

後頭部に鈍痛が続き、目に火花が散る。

人間の頭って意外に固いから殴ってもかんたんには死にません……。またあのあどけない声を思い出す。死にはしないのね、ちょっと痛いだけだよね、そう思うと布切れ一枚でここまで決めつけ、激昂《げっこう》する男がこっけいに思えてくる。

窓の外で雨音が強まっている。自分の正しさを信じ切ってる人間はだめ……、今度あったら思いっきり蹴り入れちゃえば？

ぞっとするほど愛らしい表情と呪力のある声を思い出し、片足の膝をゆっくりと持ち上げていった。

スリッパの脱げた爪先が男の腹に触れる。波打つ肉の感触が柔らかい。

曲げた膝を勢い良く伸ばして足を男の腹にめり込ませる時、あの小瓶の感触が想起されていた。

蹴り飛ばされた男がテーブルの角に背中からぶつかった。

のどからうめき声を漏らしている。げぼげぼと吐かれる胃液がとても汚らしい。

「帰って。よくある布がうちにもあるからって騒がないで」

「あの後、警察が来たんだ」男が唾液を垂らしながら言う。「事故原因になったガラス片を回収して微物検査をしたら鹿革のバックスキンが付着していた」

男が続ける。怨恨の可能性も……、理華絵がいなけりゃ順位を上げる子もいて……、コスチュームを汚されたこともあったし……。言い連ねたあげく、勇也は泡を吐き散らして吠《ほ》えた。

「この家の革製品は全部、預かる。ガラスに残った成分と比較して娘の仇《かたき》を取る！」

壁を震わせる大声だった。開いた窓の外にも雨音を圧して響いていただろう。

ためらいはしない。これで三度目だ。一度目は冬枯れの歩道。二度目は夜明けのこの場所で。

テーブル上にはお茶で重みを増したブルーのティーポット。勇也は腹を押さえ、よたよたと窓ぎわのチェストを目指している。カーテンが吹き込む雨に濡れている。

どこだっけ？　背後から殴る急所はどこだっけ？

おすすめは天頂部……、第一頸椎と第二頸椎の間の瘂門、第三頸椎と第四頸椎の間の頸中……。また真帆子の声がよみがえる。ためらいはなかった。

髪が癖を見せて巻く首筋を狙う。頸椎のつなぎ目は盆の窪とも呼ばれたはずだ。

薄い青と乳白色の陶器が後頭部で砕け散る。

紅茶がガラスの破片のようにきらきらと乱れ飛ぶ。

男の身体が網戸を倒してベランダに倒れ込み、ブロンズ色のサッシ枠がだらしなく開いた唇でこすられた。

白い歯が砕け散るのを見た時、また少女の周囲にきらめいていたガラス片を思い出し、背筋を悦楽めいた痺れに貫かれていた。


濡れた身体は乾いたタオルに包まれている。

夕立が降り続き夜空にはくすんだ雲がどろついている。

ドアの前に立つ二人は若い男性巡査と私服の女性警察官だ。サイレンは聞こえなかったからパトカーで連れて来られたのではないのだろう。

「殺害してからわざわざ施錠して出て来たんですか？」

ドアを開ける時に巡査が聞いた。手ぶらで走り出た気がする。けれども気がついたら自分はあの紺のポーチを握りしめていた。キーホルダーもその中だ。

我を失っていたはずなのにしっかりと施錠をしていたのだろうか。

「おぼえていません。でも、癖で鍵を、かけたかも……」

雨の中に走り出て、ずぶ濡れで歩いているところを若い巡査に声をかけられ、放心したまま人を殺したと白状した。

ポットを振り下ろした時、陶酔にもにた解放感が突き抜けた。けれども動かなくなった男の失禁の臭いで我に返ったのだ。

揺すっても男は目をさまさなかった。呼吸も途絶えていた。

どこかに隠さなければ、と運搬を試み、動きを失った人体の重さに音をあげた。

切り刻めば捨てられるのだろうか、考えた時、三〇五号室の冷え冷えとした浴室を思い出し、恐怖がこみあげて雨の中に走り出したのだ。

「彼氏は家の中で亡くなったんですよね？」玄関を見た女性警察官が聞いた。「男性用の靴がないようですが？」

「家の中に死体なんてありませんよ？」

室内に入った若い巡査が怪訝な声を出す。開けてもいいですか？　と二人が断ってクロゼットやらバスルームやらの戸を全て開けた。念のため外も見ますね、と濡れそぼったカーテンを片側によせてクレッセント錠をまわし、窓を開いたけれどベランダにも死体は見当たらなかった。

「死体は確認できません」巡査が神妙に断定した。

「彼氏に電話かけてみたら？」女性警察官が冷静に提案した。

携帯電話は充電器に繋いだままだ。勇也の電話番号やアドレスはブロックした後も残している。おそるおそる番号を出し、震える指で通話ボタンをタップするとコール音の後「はい、俺だけど？」と男の声が聞こえたのだった。

ぼそぼそとした言い方だった。一緒に聞こえて来るのはテレビの音のようだ。リュートの音色がゆっくりと雅楽に変わる音楽だ。あれは何の番組のオープニングだっけ。勇也はインターネットの動画が好きでテレビはほとんど観《み》ないはずだったのに。

「勇也……？　今、どこ？　あの、さっきは……」

「もう二度とそっちに行かない」

くぐもった声が告げて通話が切られた。警官達は苦笑いを隠そうともしない。

「ええと、どなたも亡くなってはいないようですね」

巡査の一言を女性警察官が、仲直りできたらいいですね、と笑いながら引き継いだ。

基本的に民事不介入なので、とりあえず当事者間で話しあいを、それより風邪をひくから早く着替えた方が、二人のほっとした声に、ただ謝罪するしかなかった。

彼らを見送る時、五一一号室のドアが開いて桐野家の母親・聖子が顔をのぞかせた。涼しげな薄黄色の麻シャツが少し濡れているのは汗のせいだろうか。

「あらあら、お巡りさん？　何かあったんですか？」

静かにたずねる女に女性警察官が、巡回ですよ、と返答をにごしてくれた。

「あらそう。何もなくて良かった。近頃、子供さんの行方不明が続いて物騒だから」

「はい、我々もパトロールを強化しているんです」

「まあ心強いわ」おとなしそうな声音で聖子が続ける。「実はね、さっきこちらのお部屋から見なれない男の人が出て行かれて、空き巣じゃなきゃいいけどって息子と二人で心配してたの」

それはどんな男性でしたか？　と女性警察官が眼光を隠してやんわりと聞く。

「ええと、そんなに背が高くない方でしたわ。深緑の襟つき綿シャツとジーパンに黒い運動靴、そうそう首の後ろあたりをタオルで押さえてらしたの」

聖子がおっとりと語り、若い警官が、彼の服装ですか？　と小声でたずねたからうなずいた。良かったですね、一件落着ですね、警官達が心から安堵した声を出す。

何かあったのかしら？　と聞かれた二人は、何かのセールスじゃないですかね、オートロックでも玄関にはご用心を、とまたはぐらかしてくれた。

一般車にしか見えない警察車両が走り去る。夏の雨は強さを増し、丸いユウガオをいたぶっている。通路に立ちつくしていると濡れた髪からしずくが垂れ落ちた。桐野夫人が「風邪ひくわよ」と声をかけるから、あいさつもそこそこに家の中に引っ込んだ。

勇也は必ずまた来る。娘を傷つけた女を許すはずもない。

指が震える。チェーンロックがかからない。何度、ためしてもうまくいかない。

よく見るとチェーンロックの差し込み穴が変形していた。最後にチェーンをかけたのは今朝、ゴミ出しの時だ。あの時は何ともなかったのに。

修理しなければ。あの男がまた来るに違いないから。

室内から消えた革製品はない。クッションも残されている。カーテンが雨にぐっしょり濡れている。警官達が来た時、窓が閉じられてクレッセント錠がかけられていたのに？

カーペットが臭う。男の吐瀉物《としゃぶつ》の臭いだ。紅茶がしみになっているところもある。

トイレットロールを片手にしゃがみこんだ時、足底を痛みが突いた。上足底に青い陶器の破片が刺さっている。

これはティーポットのかけら？　そう言えば割れたポットはどこ？　見当たらない。

頭痛と寒気がひどくなる。何が起こったのかがわからない。真帆子なら何かを見つけられるだろうか。

身体が震え始めた。雨で冷え切っている。髪も濡れたままだ。風邪をひいてしまう。お風呂で温まろうと思った時に強いめまいにおそわれてベッドに倒れ込み、そのままどす黒い悪夢の中に引き込まれて行った。

隣家の聖子が訪ねて来たのは熱でうなされている時だった。

彼女はいつもの静かな口調であいさつし、タッパーウェアと水筒を差し出した。

「おかずを作りすぎちゃったからおすそわけを。あら、顔色が良くないわ。もしかして風邪？」

「いえ、大丈夫です。さっきはご心配おかけしてすみません」

「気にしないで。お夕食、召し上がってないんじゃない？　これ食べてちょうだい」

遠慮しようとしたけれど声に力が入らない。きっと熱と心労のせいだ。

「疲れた時はおたがい様。容器は返してくれなくていいのよ」

夕食を分けあう濃密な近所づきあいなど望んでいない。

真帆子なら「ご近所だからっていただく理由がありません」と受け取りを拒むだろうか。

「水筒の中はお茶。香りがいいの。嫌いだったら捨てて。また変な人が来たらベランダで大声を出してね。直樹を、息子をよこすから」

断り切れずに受け取ったタッパーウェアには煮物とだしまき卵と胡麻《ごま》あえが入っていた。捨てるのも心苦しい。口にしてみると少し濃い味つけで湯漬けにした米にあっていた。お茶はほうじ茶と麦茶の中間ほどの味わいで鼻が詰まっていても香りがわかる。

全部は胃に入らなかった。半分ほど口にしてベッドに横たわるとエアコンの風が皮膚を刺した。足先が冷える。身体は熱いのに空気が寒い。けれども起き上がるのがおっくうだ。

浅い眠りに落ち、うなされている時に聖子が枕元にすわる夢を見た。

黄色い常夜灯をつけていたはずなのに、室内を電球色の照明が照らしている。老婦人のブラウスはベージュと白のストライプだ。夕方には薄黄色の服を着ていたのに？　濡れていたから着替えたの？

「あら熱がひどいわ」電球の光の中で女がささやいた。「雨に濡れたんですものね。お巡りさんも最初に着替えをさせてくれればいいのに」

ひたいに濡れた手拭いが乗せられて汗をかいた首もとをあたたかい布で拭かれた。夢の中、ほうじ茶の香りが濃くなってゆく。

今度、ツキノカミサマのところに行きましょう、と汗を拭きながら聖子がささやいた。

ツキノカミサマ？　とたずねるのどが痛い。まず眠って、元気になったらね、心配ごとはツキノカミサマに聞くのよ、ツキノカミサマのおっしゃることを聞いていれば末永く幸福にいられるのよ、と子守唄のように繰り返される。

黄色味がかった照明の中、頭を撫でる手が優しい。心に沁み入る声を聞くうちに再び浅い眠りに意識が溶けて行った。

朝、お茶の香りが残っていた。鼻が鈍くなってもこの匂いだけは明瞭だ。

夏風邪は治りにくい。起き上がるのが辛い。蒸し暑さとエアコンの寒気の中で横になっていたら夕刻にまた聖子がやって来た。

風邪がひどそうね、病院に行くなら直樹に運転させるわ、と彼女は言った。西からの逆光が後光のようだ。彼女のブラウスはベージュと白のストライプ。昨夜の夢と同じものだとぼやけた頭で考える。

上の空で受け取ったタッパーウェアには炒《い》り卵とおひたしと梅干しのお粥《かゆ》が詰められていた。食欲の失せた胃にも優しい、どこかなつかしい味わいだった。

その夜の夢もまた聖子が汗を拭いてくれるものだった。着替えなさいと言われてシャツを着替える夢でもあった。お部屋が整頓されているのね、手作りのクッションもあって良いお嫁さんになる方だわ、と女が小声で言っていた。

ツキノカミサマにあいましょう……、ツキノカミサマのところに行きましょう……。

呪文のように繰り返される声に、ツキノカミサマ？　とまたつぶやき返した。そう、ツキノカミサマに聞けばいいの、心配ごとを取り除いてくれるの、と告げる声が優しい。

熱が引いたのは数日後だった。キッチンのネットには洗った食器が伏せられ、脱いだシャツは洗濯機の中にあった。いつ洗ったのか、着替えたのかおぼえがない。

体力が根こそぎ奪われたかのようにだるいけれど仕事はしなければいけない。

メールをチェックすると受信があった。めんどうな内容が含まれていないのが幸いだ。

勇也は訪ねて来ていない。あきらめてくれたのだろうか。

彼が見つけたのはありがちな布切れ。証拠になどなりはしないはずだ。

レリーフ模様の青いティーポットは見つからない。カーペットには吐き散らされた胃液の跡が見える。人間の頭は意外に固いから、自分じゃ撲殺なんかできないから、きっと彼は蘇生《そせい》して出て行った。たたきつけられたポットを持って？　わざわざ施錠して？

そう言えば玄関に下げていた合鍵も見当たらない。彼が持ち去った？　また来たらどうしよう。明日にでも鍵をつけかえなければ。それからバックスキンのブーツを捨てて、シューケースを掃除して。

心配ごとはツキノカミサマに聞くのよ……。ツキノカミサマのおっしゃることを聞いていれば末永く幸福にいられるの……。ささやく聖子の声を思い出す。連れて行ってください、助けてください、とうなされながら言ったような気もする。

この建物に事件などなければいい。昔の彼氏など消え失せてくれればいい。そう思いながらのろのろと仕事用のデスクに向かっていった。


「紗季さん、風邪、ひいてたんだって？　もう平気ですか？」

鼻声の紗季に向かって真帆子がはつらつとした声で聞いた。

「何で知ってるの？」

「さっき外で隣のおばさんが教えてくれたんです。いつもフランケンシュタインみたいなでっかいマザコン息子を従えてるおとなしそうな七十代後半くらいの」

「フランケンってひどいなあ。私、夏風邪で寝込んでて、たまった仕事をこなすだけで精一杯で……。あ、でも風邪をひく前に事故物件の登記簿謄本は取得しておいたよ」

「仕事が早いですね。あたしは例の受刑者と話しましたけど……」

真帆子は話をとめて鼻をひくひくと動かした。

「ここ、変な臭いがしません？」

「汗臭い？　ごめん。寝汗かいたのにろくに換気してなくて」

「汗じゃない。草みたいな、お茶みたいな……」

「ああ、それはお隣からもらったお茶。鼻が鈍ってても香りがわかって飲みやすかったよ」

「何それ？　だってこれ何だか……、いや、紗季さんと隣のお婆ちゃんにそれはないか。ええと、事故物件の所有者の話でしたっけ？」

「うん、三〇五号室ってね、パートリア淀ヶ月互助会の所有だった」

「は？　互助会って何ですか？」

「会員はここの住民限定。びっくりするくらい会費が高額なんだ。積立金をためて組織の施設として購入したんじゃないかな」

賢い女のきょとんとした顔を見るのも悪くない。少し得意な気持ちで聞いた内容を披露する。

「若いから互助会って知らない？　月々一定額を積み立てて葬祭の時に費用を出してもらうしくみ。たまに参加を誘うチラシが入ってるはずだけど？」

「うちにはそんなお誘いないですよ。やっぱり紗季さんは特別扱いだね」

「新しく入居した世帯にだけチラシを入れてるんじゃないかな」

三〇五号室は虐待事件の二ヶ月後に互助会に移転登記されていた。

互助会の役員はパートリア淀ヶ月管理組合の理事会の役員と同じメンバーだ。築十年目に修理業者との癒着を理由に管理会社との契約を解除し、今の理事長が主導して自主管理に踏み切ったとか。

その結果、管理委託費が年間百万円単位で節約され、外部組織として発足した互助会に多額の支援金を供出して葬祭を取りしきるようになった。空き室を買い取って賃貸に出し、住民の子供世帯に売却仲介までしているとか。

情報は全て人の良さそうな管理人が地蔵尊の前で教えてくれたものだ。「あなたも結婚したらもう少し広い場所に住みかえなさい。葬儀をされてた勝山さんがね、独り身になったから小さい間取りの所に移りたいんだって。おうちを交換したら?」と言いながら。

「管理会社じゃなく住民が管理?」説明を聞いた真帆子が眉をひそめる。「手間がかかりそう！それに管理費を互助会に流すって、まかり通るんですか?」

「互助会への支援については住民投票で過半数が賛成したから可決。昭和中期の団地では自主管理が普通だったらしいよ。以前、団地に住んでいた人達が管理のノウハウを持ってたんだって」

「で、たまった互助会費で三〇五号室を事件直後に買いたたいたと。ちなみにうちの親は事件の後、ここを四割近く値切って入手しました。事故絡みの物件を安く購入して記憶が薄れたら相場価格で売るつもりなんです」

　無邪気な声を聞きながらぞっとする。事故やら事件やら発覚したらここはどれほど値崩れするのかと考えたからだ。

「紗季さん、調べてくれて嬉しい。調査から抜けられる覚悟してたのに」

「抜けないよ。言ったよね、事件性はないって確認したいから協力するだけ。平凡な住宅街にそうそう事件なんてないって思うし」

「平凡な住宅地に怪事件がひそむからネタになるんです！　ありえないことを嗅ぎ出す、人々がしがみつく良識の破壊者を見つけ出す、それが記者の醍醐味《だいごみ》です」

「うん、わかった。もし事件だったらその時はその時で考えるから」

　応じる声に力がない。真帆子がクッションを抱きしめてぼやく。

「芽衣の行方は知れない。骨壺だけがある。くやしいなあ。互助会に潜入したいけど会費は高いし。それに自主管理って、理事会の役員がまわって来たらめんどうですよね」

「理事会も互助会も役員はずっと同じメンバーで固定してるって。理事長は村長、つまりルーフバルコニーのある家のおじさんが二十年以上やり続けてるみたい」

「ああ、声のでっかい親父ね。屋上ジャングルの老いぼれターザン」

「真帆子ちゃん、その言い方！」

村長と呼称される理事長は最上階に妻と五十代の一人息子と住んでいる。ルーフバルコニーの手すり沿いに樹高のある鉢植えが並び、確かにジャングルに見えないでもない。

「あの爺さん、うるさいんだもん。あたしにスカートが短いとか若い娘が夜遅くまで出歩くなとか言うんですよ！　余計なお世話だよ！」

紗季も、いつまでも一人でいちゃいかん、ここの入居者の中からいい人を紹介する、と言われ、「自分で選びますから」と苦笑いしたことがある。

「ついでに事故物件の下の二〇五号室の登記簿謄本も取得してみたよ。岩上家にクレーム入れてたって言う家、そこも互助会の所有になってた。移転登記は事件の数ヶ月後。今もカーテンが下がってるから賃貸に出して収益を作ってるんじゃないかな」

「互助会が物件をふたつも所有してさらに管理組合と役員が一緒？　二〇五号室も変なリフォームされてるかな。二階ならクライミングロープか脚立があれば登れますね」

止めてもむだだろう。おおごとになる前に現在の居住者のことなど管理人の音坂に聞いてみようと考える。

「ところでさっきの続きですけど例の受刑者の話です。タケシ先輩のアシスタントってことで面会に行って文通したいって言ったら即、お手紙くれました。読みますか？　胸くそ悪い内容だけど岩上達人のことが書かれています」

刑務所で面会室に現れた童顔の美女に文通を申し込まれ、その受刑者はすぐに便箋《びんせん》を買いに走ったのだろうと思う。

「最初ね、受刑者のタトゥーにびっくりしたんです。首や腕の血管をなぞるみたいに筋彫りしてるように見えて」

「保健室の人体の血管図みたいな？　タトゥーでやるって悪趣味だね」

「違うんですよ。注射の跡でした。血管に針を刺した無数の跡がびっしり繋がってて、良く見ると黒いポッポッポッが見えて引きました。薬物中毒になると目の前にある血管ならどこでも刺すんですね。で、これがその彼が送って来たお手紙」

「これコピー？　うわあ、何この読みにくい字！」

手紙の冒頭には癖のある文字で面会室に来た美女への賛辞が並んでいた。塀の中に降りた女神……、子猫のような女性……。数行で読むのが苦痛になった。あからさまに嫌な表情をしたのだろう。真帆子が苦笑して、四枚目から達人のことが書いてますよ、汚い字を読むのも仕事のうち、と言いながらからかいつまんで説明してくれた。

「達人の死因は破傷風といううわさですが真相はわかりません。我が子を殺した男だから、案の定、所内で壮絶にいじめられてたようです。検閲を意識して控え目に書いてるけど。服役数ヶ月で自傷行為を始め、傷がふさがる前に運動場で泥の中に転んで、たぶん突き落とされたんでしょうけど、発熱して医療刑務所に護送されて死亡だって」

「いじめって？　刑務官は止めないのかな？」

「目をごまかすくらいできるでしょう。児童虐待死事件や子供への性犯罪の加害者連中は刑務所内で精神を病むそうですよ」

はきはきとした口調がしんみりとしたものに変わってゆく。

「心の底から思いましたね。子供相手の犯罪をやっちゃったらさ、逮捕される前に死んだ方がましなのかなって……」

「一番かわいそうなのは殺された子供なんだろうけど……」

また目の前に浮かぶ。中空に舞う少女、不自然な方向に折れ曲がった足、そしてスケートボードで頭を割られた幼児。

発覚したらどうなるの？　自分も拘束される？

そしてふいに聖子の声を思い出す。心配ごとを取り除いてくれるの……、ツキノカミサマのところに行きましょう……。

「紗季さん、どうしたんですか？　目がとろんとしてますけど？」

「ごめん。何でもない。まだ身体がだるいだけ」

「病み上がりだもんね。長居して申しわけないです。もう退散しますけど、体調が戻ったらその気持ち悪いコピーを読んでみてください」

「わかった。がんばって解読する」

勇也のことを話そうか、と思う。けれどもどう説明していいかがわからない。

彼が来たこと？　頭を殴ったこと？　そして昏倒《こんとう》した男も割れたティーポットも消えたこと？　だめだ。彼が家さがしをした理由を言いたくない。どう隠してもこの利発な女に過去の罪を嗅ぎ当てられそうだ。

玄関を開けると真帆子が深呼吸して、風を通した方が健康にいいですよ、と妙にまともなことを言った。

一人になって窓を開けると夜風が流れ込む。風邪で寝込んでいたせいか、いつ窓を閉めたのかわからない。

外の空気を吸いたくてベランダのサンダルをはくと爪先に痛みが走った。足の指に陶器のかけらが刺さっている。皮膚に血の玉が丸く盛り上がっていった。抜いた破片は薄いブルーで表面に白い模様が隆起している。これは勇也にたたきつけたティーポットのかけらだ。

しゃがんで見ると同じような破片が散っている。あの時、確かに窓を開けていた。だからかけらが外にも散った。そして戻ったら窓は施錠されていた。

月は見えない。家々の灯りにぼやけた星が散るだけだ。

かすかに隣のテレビの音が聞こえる。桐野家も窓を開けているようだ。

「今夜も歴史の館へようこそ。文化探訪クルトゥーラの時間がまいりました」

耳に届くのは知的な女性アナウンサーの声。全国放送で何度も再放送されている人気番組だ。オープニングテーマは最初はリュートで奏でられ、ゆっくりと雅楽の調べに変わって行く特徴的な構成だ。

あの時もこの曲を聞いた。

くぐもった音だったけれど、確かに聞いた。

「はい、俺だけど」そう言って携帯電話に勇也が出た時、一緒に聞こえたのはまちがいなくこの音楽なのだ。

めまいを感じてしゃがみ込むと、アルミの手すりとパーテーションの留め具に糸が絡んでいた。太く強靭《きょうじん》な糸だ。一般の洋服ではなく作業着などに使用される丈夫なものだ。少なくとも自分の衣服ではない。色から見て勇也のものでもない。先端に千切れたらしいボタンがついている。プラスチック製らしい貝調の黒ボタンだ。

隣から桐野夫人の控え目な笑いが聞こえる。直樹の声が語るのは番組の感想だろうか。

軽いめまいがまた襲う。心を落ち着けなければ。むしょうにあの香りの良いほうじ茶が飲みたい。少しふらつく足を踏みしめて紗季は家の中に戻って行った。


洗ったタッパーと水筒とお礼のお菓子を持って桐野家を訪ねたらお茶でもいかが、と誘われた。辞退したけれど、新しいほうじ茶を買ったからと誘われ、あの好ましい香りを思い出してつい上がり込んでしまった。

居間で直樹が、おふくろがカステラを焼いたばかりで、と、とても嬉しそうに迎えてくれた。

傷跡だらけの顔が気にならないわけではない。けれども最初よりも違和感が薄れたのは彼の声や目が穏やかで優しいからなのか。それとも可憐な老母によりそっているからなのか。

質素で清潔な室内が好ましい。家具は古いけれどていねいに使い込まれ、樺細工《かばざいく》の茶櫃《ちゃびつ》やら刺し子の座布団カバーやらが郷里を思わせる。

仏壇の中に飾られた老人の写真は聖子の夫なのだろう。間取りは紗季の家より一間多いようだ。通路側の一室が直樹の仕事場兼寝室、居間と和室がベランダ側にある。

和室のふすまが少し開いていた。麻のれんの向こうに鎌倉彫の三面鏡と長押《なげし》にかかった紺のワンピースが見える。六畳間の大半を占めるベッドが大きい。奥行きから見てダブルサイズ？　と思ったけれど見続けるのは失礼かと目をそらし、和室を背にして座布団にすわった。

淹れたてのほうじ茶は冷えたものより遥《はる》かに香りが高い。その熱さが胃に優しい。お茶の匂いに高熱でうなされていた夜のことを思い出す。もやもやとして寝苦しくて身体が重くて、けれども酩酊感《めいていかん》が妙に心地良い夜だった。

「もう体調は大丈夫ですか？」

直樹が聞く。「大丈夫」と言う時、母とは違って『ぶ』にアクセントが来る言い方だ。

はい、と応えて見つめ返すと男は少し恥ずかしそうに横を向いた。

「ご心配おかけして、それにお騒がせしてすみませんでした」

「怖いわねえ。変な人が来たら直樹を呼んでね。また子供さんの行方不明事件があったって言うし、物騒な世の中ねえ」

聞こえる左耳をこちらに向けて聖子が言葉を挟む。カステラをすすめられて口に入れると控え目な甘さが舌になじんだ。熱いほうじ茶がのどに沁みる。エアコンが柔らかな涼風を吐く。

仲の良い母と息子が交互に話しかけてくる。

いつでも遠慮なく呼んでね……、夜中でも何かあったら俺がかけつけますから……。

二人の声がゆらゆらと響く。麻のれんの藍色がエアコンの微風に溶ける。

かすかに眠気を感じた。いけない、訪問先でうたた寝など行儀が悪すぎる。

母子は緑茶を飲んでいた。聖子の湯飲みにはえんじ色のうさぎ、直樹の大きめの湯飲みには紺色のうさぎ。まるで夫婦用のような、と淡い睡魔の中で考えた。

「あら、直樹、ふちが欠けてるじゃない。危ないわ。別の湯飲みにかえましょう」

「いいよ母さん、別に今かえなくても。ゆっくりすわってていいから」

「だめ、だめ、怪我したら大変。今度、ふたつとも買い直さなきゃねえ」

親子の会話が子守唄のようにしんしんと響く。そよそよと空気が流れて肌をなでる。

紗季さん、お疲れなのかしら？　と聖子がたずねた。なぜか素直に、はい、と応えたら、少しここでお昼寝しなさいよ、とたたんだ座布団をさし出された。俺が邪魔だったら仕事場に引っ込みますから、と直樹が気をきかせた時、側にいてください、となぜかせがむような声が出た。

あの場で横になった理由がわからない。日なたの匂いの座布団に頭を乗せ、身体に乾いたタオルケットをかけられて淡い眠りに落ちた。

母子の湯飲みの、えんじと紺のうさぎが白壁の前で踊るような夢を見た。

まどろんでいると、ご近所の方を紹介したいからこれからご一緒しない？　と聖子が耳もとにささやいた。わかりました、と応える自分の声が遠くに響く。二人のほほえみが紺地に咲く薄桃色のバラ模様のように混じりあったと思ったら、勇也が来る恐怖がわきあがって小さな悲鳴が漏れた。

わからない。気持ちの揺らぎがつかみ切れない。一体どうしてしまったのだろう。

悲鳴を気にする様子もなく聖子が言う。暗くなる前に行きましょうか、と。

逆らうこともなく腰をあげた。直樹が肩を支えてくれる。男の肌から淡い汗の匂いが漂った。

外は暑い。太陽が西に傾きかけている。エレベーターに乗った時、意識とともに足元が揺らぎ、また大きな手に肩を支えられた。

その時に気がついた。彼が着ているのは黒い貝調ボタンの紺の作業着だったのだ。


案内された七階の家で出迎えてくれたのは細い鼻筋の整った顔立ちの女性だった。

祭りのやぐらの上にいた女性、子供の呪文じみた声を聞き取れる言葉に換えていた人、そして中庭で村長に「みどりさん」と敬意を込めた呼び方をされていた母親だ。

水色のワンピースの子供も出迎えてくれた。「笙ちゃん」と呼ばれ、夏祭りで経文じみた文言を唱えていた幼児だ。側で見るとおかっぱの毛先が少し不揃いなのがわかる。

「直ちゃん、直ちゃん！　来てくれたんだ！　いらっしゃい！」

子供が直樹の腰に抱きついた。細い脚のまわりで水色の布地が淡くひらめく。

支えられていた紗季にも幼児の軽い体重が当たって、また視界がゆらゆらと揺らいだ。

「笙、だめ。ツキノカミサマを聞きに来た方なんだから」

母親にたしなめられて子供は不満も露わに直樹から離れた。視力が弱いと聞いたけれど室内の動きには全く不自然さはない。

「こちらはみどりさんとお子さんの笙ちゃん。お二人ともツキノカミサマと呼ばれている方よ。そしてこちらは五一〇号室の紗季さん。もうご存知ですよね？」

「お地蔵様を拝んでおられる方ですね」端整な顔をしたみどりがひっそりと声を出した。「きれいなお花をあげて、介護のお勉強もされて、ご近所のご評判が良い方で」

出されたお茶で唇を湿らせる。より麦茶に近い味の冷えたほうじ茶だったと思う。

六畳ほどの洋室にい草のカーペットを敷き、長テーブルの祭壇の奥には三幅の掛け軸が下げられていた。中央には読めないほどに崩された字、両側の絵は地蔵尊と観音像だろうか。古びた幣束や鉦《かね》やろうそく台が置かれ、紙垂《しで》と呼ばれる紙が下がっている。

焚《た》かれた線香は白檀《びゃくだん》だ。見なれた市販品なのにこの場では妙な格式を感じてしまう。

聖子とみどりが世間話を始めた。暑さが長引きますがお菜の実りも良く……、お日様の恵みがこのような都会にも……、近くで子供が出前の男にさらわれたとかで……。

　女二人の声が絡む。香が揺れ、出されたお茶が胃をあたため、また眠気がおしよせる。かくり、と首が傾き、隣にすわった直樹が支えてくれた。

　うつろな視界の中、笙がこちらに向ける黒々とした瞳を見た。焦点は曖昧だけれどにらんでいるようだ。ああ、わかる。この気配は嫉妬。あの子は直樹が大好きで、彼に肩を抱かれた大人の女を忌々しく感じているのだ。

「不用心と言えば今日のご相談なんですけどね」聖子の声が高まった。「紗季さんのお宅に変な男がおしかけて。道切りを抜けたんですよ。我が子を殺《あや》めたあの女みたいに」

「警察が来ていましたね。外から良い者が来ることもありますがごく稀で。淀ヶ月の道切りを強めるように早く進めなくてはいけません」

「あの男の人は二度と現れないと、お巡りさんが来たりしないと、ツキノカミサマに言ってもらいたいんですの」

「承知いたしました。それでは降りていただきましょう」

　みどりが傍らの塗り箱を取り上げて正座していた子供に差し出した。

　黒い漆のふたを開くと、長い黒数珠が納められている。

　子供の小さな手が数珠を取り、胸もとで、じゃらり、じゃらり、とかき鳴らし、切り揃えられた黒髪を揺らしながらかん高い声を発し始めた。

かんじざいぼさつ、ぎょうじんはんにゃはらみたじ……

しょうけんごううん、かいくう、どいっさいくやく……

これは般若心経《はんにゃしんぎょう》だ。昔、曾祖母《そうそぼ》が仏壇の前で唱えていた。

幼い読経が延々と続く。直樹によりかかりながら酔いにためまいを噛み締める。

涼しい人工の微風が頬をなで、どろり、と眠気が強まった時、子供の声の調子が変わった。

「いずれのあいのまくらは、にしのじょうどのえもんをくぐられ……」

声が低音になっている。これは少なくとも般若心経ではない。

断片的に「枕」「西の浄土」は聞き取れる。けれども、あとは全くわからない。

「あきらめえぬが……、すでにかわをわたりて……、いずれのあいのまくらはみずのたむけに、まみえることもかなうはなけれど……、いちのうまれのすえをおもえば、こころおしや……、みずのたむけにいちのうまれのすえをうらませ……」

詠唱じみた声が続く。閉じかけたまぶたにストールのバラ模様が渦巻き、黒い半月の幻影が浮かぶ。あれは少女の長い髪。地に堕ちる前の、最後の飛翔の軌跡だ。

ごめんなさい、ごめんなさい……、そんなつもりではなかったのに……。

流れた泣き声は自分のものだった。

涙がひざにぼとぼとと落ち、震える肩を直樹が抱きしめてくれていた。

聖子の声がつぶやいている。そうでしたの……、知りませんでした……、なんてお気の毒に……。直樹がうなずくのも気配でわかる。呪文じみた唱えが延々と続き、ゆるい睡魔に意識が飲まれそうになった時、幼い笙がひときわ高い声をあげた。

ほぉれぇぇぇ……、ほぉれぇぇぇ……

響き渡る声に覚醒する。脱力した身体を直樹にあずけ切っていた。この荘厳とも奇怪とも言える場で居眠りなどしていたのだろうか。頬が涙で濡れている。男の紺の作業着に涙が黒々とした染みをこしらえている。

瞳を半分閉じた子供が数珠をかき鳴らし、真っ黒な髪を揺らしながら声の調子を変えた。

「ありがとなんし、ありがとなんし、おもどりなんし、おもどりなんし……」

声が次第に細くなり、かくり、とその身体から力が抜けた。

小さな手から母親が数珠を取り、塗り箱に戻して大きく息をついた。

「終わりましたよ。ありがとうさんです」

桐野母子がうやうやしく礼を述べ、つられて、ありがとうさんです、と言ったら女達がほほえんだ。直樹の傷に囲まれた目もとにも笑みが浮かべられている。

「ツキノカミサマは戻られましたよ。お山の黄金淵《こがねぶち》に帰られたんです」

「ありがとうさんです」もう一度、意味もわからず礼を述べた気がする。

「お言葉をお伝えしますね」横にすわった聖子が声を出した。「カミサマ言葉はね、なれない人にはわかりませんもの。ねえ紗季さん、この間いらしてた男性は前の交際相手、もしかしたら元婚約者。違いますか？」

「はい……、そうです……」

「別れた後なのにしつこくされて？」

「はい……」

「あの方は何か逆恨みをして追いかけていらした？」

「はい、その通りです……」

その通りなのか。あれを逆恨みと呼んでいいのか。もやりとした疑問がよぎる。けれども聖子が疑いもせずもの静かに問いを重ねるから、そのたびに、はい、そうです、と低い声で繰り返してしまう。

お子様のことで紗季さんとお考えがあわなくて？　お子様は事故にあってしまわれて？　紗季さんはもうあの方を好いておられないから争いになって？　真帆子にすら言っていないできごとをすらすらと当てられる。

「ねえ、紗季さん、あの男性はもう来ないとツキノカミサマが言っておられます。二度と淀ヶ月には現れないんですって。だから安心していいの。ここからは私の考えなんだけど、あの方のことはもう忘れて良い方を別に見つけるのがいいと思うわ」

お告げを伝えた最後に聖子がやわやわとした声音で締めくくった。

「ツキノカミサマはこの子に、筌に降りていろいろなことを教えてくれるのです。例の男性が来ることは二度とないとはっきり言っておられました。紗季さんは心安らかにくらせるし、あの方との間に争いがあっても蒸し返されることはないそうです」

　みどりが言い添えた。側にすわる笙のスカートを直しながらの言葉だった。幼児にストローを刺したカップを渡すしぐさが優しい。それが呪術めいた空間を日常的で身近なものに変えている。

　最後に無口なはずの直樹が力強く言ってくれた。

「もうあの男は決して来ませんよ。災厄はツキノカミサマがよせつけません。もし道切りが破られても俺が絶対に紗季さんを守るから」

「ありがとうさんです……」

　二度と来ないと周囲に言われ、直樹に守ると告げられて、心強さが芽生える。それが勇也が来ないという確信に変わる。真帆子なら「根拠は何ですか？」と問い詰めるのだろうか。

　理由なんかいらない。来ないと言い切ってもらいたい。安心してくらせるのだと思いたい。側にいる人々が自分を気遣い、守ろうとしてくれるのが嬉しいだけだ。

　少し暑いですね、と窓が開けられた。大きな扇風機がまわされて、部屋に満ちた人と茶と香の熱気が流れ出し、外から焼けたコンクリートと湿った土の温気《うんき》が流れ込む。

「お疲れでしょう。今夜はゆっくりお休みください。心配しなくてもいいんです。紗季さんはここでくらしておられる方なのですから」

　みどりが親しげな口調で言い、どこかの窓辺で風鈴が震えるように鳴った。

「ありがとうさんです」

「こちらで休んで行きますか？」

「いえ、もう夜ですし……」

「初めてだからお疲れよね？」聖子が低く声を交える。「直樹に送らせるわ。遠慮はなさらないで。私はツキノカミサマにお礼をしてから帰るから」

立ち上がろうとしたとたんにふらついて、隣にいた直樹がまた支えてくれた。

男の手の熱がまた皮膚に移る。すわった子供がこちらに黒い瞳を向けている。見つめられた皮膚に軽い痛みをおぼえるかのような厳しい、鋭い視線だった。

「疲れましたか？　大変でしたね。災難だったと思いますよ」

外に出て、エレベーターに導く男の声はやはり若々しい。手に触れる肌にも張りがある。

「恥ずかしいです。私、人を見る目がなかったみたいで」

「あの男性もきっと根っからの悪い人ではなく……」

「ううん、悪人」口をついて出た言葉の強さに少し驚いた。「私を不快にさせる人は悪人。どんなに正しくても、悪意がなくても。だから彼は……、悪人です」

言いながら極論だと思う。けれども直樹は否定しなかった。

「そうですね。紗季さんを怖がらせるなんて、それだけでじゅうぶん悪人ですね。他の場所で善人だって言われていても、ここに来ていい人間じゃないですよ」

男の言葉が、声音が優しい。肩を支えてくれる手があたたかい。

エレベーターが降下を始め、わずかな重力が身体を押し潰す錯覚にとらわれた。

「大丈夫ですか？　気をつけてください。なれないとふらついたりするんですよ」

素直に体重を預けてしまったのはなぜなのか。直樹のあごが頭の上にある。男の吐息が髪の分け目を撫でる。柔らかいような甘いような汗の香りに身体の奥が疼く感覚にとらわれた時、無機質な到着音が鳴り、小さな箱が停止した。

ドアが開く。外の空気が流れ込む。狭い箱の中にこもった男の匂いが流し出されていくようだ。

「今夜はゆっくりと休んでください。後でおふくろが夕食を届けます」

「食事まで甘えるわけにはいきません」

「ツキノカミサマを聞く時は重箱を持って行く習慣で。一人分増えても手間は変わりません。どうか遠慮しないでください」

別れ際に直樹が頬を撫でた。無骨な姿ににあわないとても優しい手つきだった。指の肌にはざらざらとした傷が残されている。背の高い男が少しかがむ。間近に迫った皮膚のひきつれが痛々しくも愛《いと》おしい。

そっと目を閉じたけれど男は唇を触れることもせず、軽く頰をすりよせただけだった。

「事故物件の下の二〇五号室には誰も住んでいないはずです！」

真帆子が自信満々に断言した。

「カーテンが下がっているのに？　時々、窓が開いているのに？」

「空き家の畳の焼けを防ぐためにカーテンを下げたりします。互助会所有の物件を二件も遊ばせておくなんて不自然。せめて賃貸に出さなきゃ会員が文句を言いますよ」

「そうだね。あそこはうちと同じ2DKで需要のある間取りだもんね」

言いながら思い出した。葬儀をされてた勝山さんがね、独り身になったから小さい間取りの所に移りたいんだって……。お家を交換したら？　管理人の言葉だ。紗季と取り替えなくても二〇五号室が空いているならそこに移ればいいのに。殺人事件のあった場所の下には住みたくない？　いや、あれは単なる軽口だったのか。

真帆子はいつものように、クッションを胸に抱きながら、カバーを夏用に替えたんですね、涼しげですね、とほめている。紺のシルクのカバーはポーチと一緒に処分した。どちらも細かく裂いて、シンクで燃やしてゴミに出してしまったのだ。

「実は時間帯を変えて何度も二〇五室のチャイム鳴らしてみたんです。早朝四時や夜中の二時に鳴らしても誰も出て来ませんでした。空き家の可能性が濃厚です」

「夜中や早朝にチャイム？　なにそれ、迷惑行為じゃない！」

「常識的な時間帯に鳴らしても誰も出て来ないから早朝や深夜にやりました。万一、人が出た時のためにオンライン出前サービスのかっこうして。通販でデリバリーバッグのレプリカまで買ったんですよ。人がいてもまちがえましたって言えるように」

「それは別の意味でまずいよ。小さな子供が出前サービスらしい服装の人に連れ去られてるから。ニセモノのバッグを持ち歩いてたら女性でも怪しまれるかも」

「そうでしたっけ？　じゃああれは処分します。もったいないな」

その準備周到さとあざとさにあきれ、やはり勇也のことを話すべきではないと考えた。この女なら話の断片から過去を嗅ぎ当てないとも限らない。教えはしない。知られたくなんかない。罪を暴かれることへの恐怖は真帆子がくれた次の手紙を見てふくれ上がってしまったのだから。

真帆子がアシスタントとして面会した受刑者は仮釈放になり、刑務官の検閲を受けない手紙を書き送って来るのだとか。タケシ先輩と呼ばれる記者は「シャバで薬を始める前に取材を固める」と意気込んで毎日、元受刑者とあって手紙を託されるそうだ。

ガキ潰し、クズ親、ゴミクソ野郎……、それらが岩上達人の刑務所内での呼称だったと手紙に書かれていた。差出人は真帆子への賛辞を書き連ね、美しいあなたが知りたがるからゴミクソ野郎のいたぶり方を教えてあげる、と告白とも暴露ともつかない悪趣味な内容を記していた。

達人が便器をこすった歯ブラシを使わされていたこと、時に汚物をかけた米を喰わされていたこと、夜中に腹を蹴られ口腔性交を強要されていたこと。

てめえのガキ潰したクズに人権ないから……、強姦《ごうかん》魔以下だしサンドバッグがわりに……、クズ親いじりってムショぐらしの娯楽だったし……。さらに手紙は岩上芽衣についても言及していた。子殺し女はシャリアゲで骨にされる……、メシ足りないから歯が抜けて……、便秘でもなかなか薬もらえず普通に脱肛《だっこう》になって……。

「シャリアゲって、わざと食事の量を少なく配られたり、同室の人に食事をうばわれたりする陰湿ないじめです。一日二日なら耐えられても毎日やられるとやせこけて身体も心もガタガタになって老け込むそうです」

登記簿謄本から目を離した真帆子が先輩記者に聞いた内容を続ける。

「芽衣の指が黒かったのはしもやけの痕だと思います。女子刑務所って今も洗濯機がなかったりして、もちろん給湯器もないから冬の洗濯でしもやけになるって。あたし、しもやけって見たことすらないんですけどね。血行不良で皮膚が割れたり、腫れて変色するとかで。悪化すると皮膚が壊死《えし》してどす黒い跡になるって聞きました」

「だから指が黒くなってたんだ。お地蔵様をお参りして英雄君の名前を呼んでたのに。元々はお父さんが毎晩、子供と遊んでたってだけだよね。一戸建てが当たり前の地方にいたら『子供は元気に遊んで育つ』で許されてたはずなのに」

「いきさつがどうあれ子供を相手にやらかしちゃったら世間は容赦ないですよ」

スケートボードで頭を割られた幼児の姿が、手足の折れた老人の姿が、また目に浮かぶ。

あの男性はもう来ないと……、紗季さんを守るから……、良い方を別に見つけるのがいいと……。

芽衣の境遇を思うとツキノカミサマのお告げにすがる心が強くなる。

あの男はもう来ません……、俺が守ります……。

直樹の声を思い出すと心が熱くなる。自分を守ろうとする男がいてくれる。

隣人達に好意を示されて、この場所で細々と生きる道がある。

大丈夫。勇也は来ない。あのクッションは細かく千切って捨てた。紺地にバラ模様のストールなど数え切れないほど販売されているはずだ。

「子供や老人など社会的弱者を被害者にするのは圧倒的な悪です」カルピスのストローを唇に挟んだまま真帆子が言う。「なので、万一、やらかしてしまったら常に死ぬ覚悟を固めておくべきだって思いましたね」

「子供や高齢者を傷つけてしまったら死んだ方がましな目にあう……」

勇也は来ない。そうツキノカミサマも告げていた。俺が守ると直樹が強く言っていた。

これまで地蔵尊を拝む形を演じていた。明日から本気で祈るに違いない。

願うのは世の子供の無事などではない。自分の安穏なくらしを頼むのだ。

あの小さな石像は慈悲を垂れてくれるだろうか。それともばちを当てるのだろうか。

「紗季さん、ぼうっとしてて色っぽいなあ」

舌ったらずの声が想念を破った。

大きな瞳が見つめている。桃色につやめく唇にカルピスのしずくが白い。

「え？　色っぽいって？　私が？」

「もの思いするところがセクシーなんですよ。好きな人でもできたんですか？」

「まさか！　あんな怖い目にあったんだよ。しばらく男性とは縁を持ちたくない！」

「怖い目に？　それ、娘べったりの彼氏のこと？　偶然あうだけでそんな怖かったんですか？」

顔に動揺が出るのがわかる。言っていない。真帆子には教えていない。妖精のような少女のことも、勇也がここに来たことも、薄青いポットが砕け散ったことも。

「つまり……、悔いの残る交際を何年も続けたから、気持ちが冷めちゃうと過去への嫌悪感が恐怖に近いレベルになっちゃうってことで……」

「そんなもんなんですかね。あたしも一応、女だけど女心はよくわかりません」

彼女はさっき放り出した登記簿謄本をもう一度、手に取ってながめている。調べたいのは芽衣の行方、二〇五号室の使用状況とつぶやく唇が白い液体を吸い上げている。

知られたくない。暴かれたくない。だから協力をする。怪しまれたくないから。彼女が自分の罪を嗅ぎ当てそうになったら隠したいから。そしてこの場所に事件などないのだと知りたいから。

知りたい？　いや、違う。もしかしたら事件があっても目をつぶるため？　そこまで思って否定するように首を振る。

傍らで真帆子が小首をかしげてこちらを見つめ続けていた。

朝夕の風に涼しさが混じるようになった。あたたかい飲み物を淹れようとしてカップにひびを見つけた。今朝、燃えないゴミを出したばかりだと言うのに。

次の収集は二週間後だ。まだ午前十時前。収集車は来ていない。割れ物は紙に包んで燃えないゴミの袋に入れ「危険」と書いた指定シールを二ヶ所に貼るのがこの自治体の決まりだ。また新しい袋をおろすのはもったいない。さっき捨てたゴミ袋にカップ一個なら押し込めるだろう。

カップを不要なチラシで包んで走り出る。ゴミ集積場に積まれたゴミ袋のうち少し色が薄いのは去年まで使われていた古いデザインのものだ。自分が出したのはあまり透けない新タイプだけれど中の口紅ケースやアイシャドウパレットの形状が浮き出ている。

積まれた袋の山から引っ張り出したら周囲の袋が崩れた。側に転がった袋を元に戻そうと手をかけ、そこに透けるものに目が吸いよせられた。

去年までの「危険」シールの横にとても特徴的な形が浮き上がっている。

忘れようもない。銀のスケート靴のチャーム、そして雪の結晶のキーホルダーだ。

会員に靴のチャームを配るクラブまでここから車で二時間はかかる。雪のキーホルダーは一年前、スポーツウェアメーカーが主催したフィギュアスケート全国大会の出場記念品だ。

遠いスケートクラブに子供を通わせる家庭がここにあるのだろうか？　地方戦を勝ち上がって全国大会に出場する子がいればうわさになり続けるのではないだろうか？

袋の結び目にかける指が震えた。来なくなった男。糾弾を緩めるはずもない男。

ゴミ袋の中に腕時計も透けている。紺ベルトに黒い文字盤のダイバーズウォッチだ。

「おはようございます」

背後からの声に飛び上がるほどに驚いた。

「びっくりさせてごめんなさい。あら、しゃがんじゃって、どうなさったの？」

声の主は顔見知りの主婦だ。五十代で近所の人々が「大原さん」と呼んでいる。

「分別を守らない人がいたの？　規則を破るっていやねえ。管理人さんが袋を開けてチェックしてるのにその後を狙って出す人もいるから」

「違います」とっさにうそをつく。「入れ忘れたゴミがあって。だから袋を持ち帰って入れようと自分のゴミをさがしていたんです」

「あら、几帳面なのね。新しい袋に入れればいいのに」

「大きなゴミじゃないからもったいなくて……」

「まあしっかり者の節約家さん！　今もお一人だなんてもったいない！」

話し好きの大原夫人がしゃべり始める前に袋をつかみ「収集される前に出したいので失礼します」と早口で告げて走り去った。

家に入り、玄関で袋の結び目をほどく。まちがいない。この凝った、特徴的なスケート靴のチャームと雪のキーホルダーは勇也のものだ。

あの年、全国大会に出場したのは理華絵の通うスケートクラブからは一人だけだった。紺ベルトのダイバーズウォッチは限定品で全国に数十個しか出まわっていない。スマートフォンのカバーも、ボールペンも見おぼえがある。こまぎれにされて詰められたクレジットカードを繋ぎあわせれば勇也の名前が現れるのだろうか。

男の人が出て行かれて……、首の後ろあたりをタオルで押さえて……。

雨の夕方、勇也にポットをたたきつけ、玄関から走り出た。手もとのポーチを握りしめていた。あの時、施錠までしていたのだろうか。開いて雨が吹き込んでいたはずの窓は警察官を伴った時、しっかり閉じられていなかったかしら。そして施錠された窓の内側でカーテンがじっとりと雨に濡れていた。

軽々とパーテーションを乗り越えた真帆子を思い出す。ならば直樹も乗り越えられる？　彼なら男の一人くらい楽々と運べるのでは？　ベランダから入り込み、倒れた男の身体を玄関から運び出し、あれ以来、見つからなくなった合鍵で施錠したとしたら？

次々に思い浮かぶ。突然に使えなくなったチェーンロック。熱にうなされた夜、室内にすわっていた桐野家の母親。

袋をさらに探る。中には古びたホースにゴム靴にブラシ。ありふれた家庭のゴミに混じって新聞紙に包まれているのは瀬戸物だ。開いてみると飲み口がかけた湯飲みが現れた。藍色のうさぎの絵が描かれた大きめの品だ。

もしかしてあの母子が私を守ってくれた？

だとしたら勇也はどこに？

三〇五号室にあった調理場にもにたステンレス台を思い出す。ずらりと並んだ肉切り包丁や岩上芽衣の名の骨壺も目に浮かぶ。

駐車場ではミニバンの屋根のアルミハッチが晩夏の朝陽をはね返していた。外に電子音のオルゴールが響いた。あれは収集車の流す音。

ドアのレンズからのぞくと丸く歪んだ視界の端にゴミ置き場の入り口が見える。集積場の敷地側は常に開かれ、道路側の扉は収集日の朝だけ外に向かって開かれる。

近づいていたオルゴールの音が止まった。大原夫人が集積場に向かう大柄な男にあいさつをしている。あの後ろ姿は直樹だ。彼は手に袋も何も持っていない。

とっさに新しいゴミ袋を取り出して使い古したプラスチックのキッチンボウルや水切りかごを詰め込み、規則に従って「危険」のシールを二ヶ所に貼って走り出た。

「すみません。これもお願いします」

敷地側から集積場に走り込み、収集スタッフに袋を渡し、「間にあいました」と大原夫人と直樹にこわばった笑顔を向けた。

パッカーと呼ばれる収集車がゴミ袋を呑んでいく。何を出したかを調べることなど、もうできはしないはずだ。

ミニバンの屋根が金の陽光をはね返す。北東のフェンスの日陰にヒルガオがみっしりと咲き、真昼の月を思わせる花々がぞよぞよと風にうごめいている。

「おはようございます。暑くなりそうですね」

直樹に話しかける。不自然な笑顔にならないように。声が震えてしまわないように。

「私、入れ忘れたゴミがあったのに気がついて慌ててしまいました」

「紗季さん、持ち帰った袋を開いたんですね？　見てしまったんですね？」

並んで家に戻りながらたずねる声が昏く、同時にとてもあたたかい。

「見るって何をですか？」

「袋の中、見たんですね。わかっちゃったんですね」

横に立つ直樹が着ている作業着は紺だった。

太い糸で織られた丈夫そうな生地だ。縫い目を形づくるのはベランダに引っかかっていたものと同じ糸。黒い貝調ボタンにも見おぼえがある。

「俺もおふくろも紗季さんに安心して住んでいて欲しいと思いました。ツキノカミサマも歓迎しています。だから……」男がぽつぽつと言葉を連ねる。「あの男はもう来ません。二度と怖い思いはさせません。俺が守ります。二度とあんなやつが来ないように、道切りを破って入る者はきっちりと掃除しますから」

口数の少ない男の素朴な語りかけだった。親愛と慈しみを含む声だった。

バンの屋根で銀のハッチが輝く。地蔵尊の前で折り紙の花が咲く。勇也が消えた恐怖と守られる安堵がせめぎあう。

「だから持ち帰った袋は返してください。全部、俺が消さなきゃいけないんです。紗季さんが静かにくらせるように」

見上げると朝陽を逆光にして男が立っていた。

表情は見えないけれど視線の柔らかさだけは感じ取ることができる。

四方を囲まれた沼底のような中庭を陽光が射す。フェンスの日陰を朝陽が侵す。生白いヒルガオが光にさらされる。人魂めいていた花々が、朝の光の中でごくありふれた草花になるのだとぼんやりと考えていた。

第三章　替わる男

「袋を返してください。俺、全部、処分しますから」

金の朝陽を浴びながら直樹がせがむ。白い花が揺らめき、銀のハッチがまた光る。

出勤する人々がエレベーターから吐き出され、エントランスに向かっていた。

「あの、どういうことでしょうか？」

わかっている。彼の言いたいことは知っている。けれども言葉で認めるのが怖い。

「紗季さん、うちの袋を持って行きましたね」

「私は自分の袋を持ち帰っただけです」

「割れ物の袋に危険シールを二ヶ所に貼る規則なんだけど、今朝、おふくろがまちがえて一ヶ所しか貼らなかったから。俺、シールを持って出て来たんだけど、紗季さんがシール一枚の袋……、つまりうちの袋を持って行っちゃって」

「私も、一枚しか貼っていなかったんです」

もう知っているはずなのに。全部わかってしまっているはずなのに。

「持って行った袋は、紗季さんの家のものではありませんでした」

「どうして？　名前を書いてるわけでもないのに？」

「去年、ゴミ袋と危険シールのデザインが変わりました。今年、引っ越して来た紗季さんは新しいものしか買えないはずで、でもうちはまだ古いのを使ってて……」

やだなあ、それ直樹さんの見まちがいですよ！　女性のゴミを詮索するってセクハラになっちゃいません？　真帆子ならそう明るく言い放つのだろうか。

「返してください。俺、処分するから。何も見なかったことにして……」

「私は自分の袋を持ち帰って、追加のごみを入れて出しただけ」

「紗季さんが持って行った袋は古いものだったのに、さっき出したのは袋もシールも新しかったんです」

そのチェック、怖いですよ！　あたしがうそついてメリットあるのかな？　また真帆子が言いそうな言葉が浮かぶ。

「見たんですよね」目をそらした横顔を直樹の視線が焼いた。「おふくろがうっかり入れちゃって。俺が仕事場に運んで細かく粉砕する前のものを」

だから返して……、と男が低い声でせがんだ。小さな弟が大好きな姉におねだりをするような、とても心もとない声だった。

「それでは、あんまり……」

勇也が哀れな、と言いたかったのか。巻き込むのはすまなくて、と言いかけたのか。

白いヒルガオがひしめく。晩夏の光はまだ強く、薄い花びらの下に丸い影が黒々と揺らぐ。

「紗季さん、わかっちゃってますよね？　俺のしたこと、気づいていますよね？　だから、全部なくさなきゃ。あの男が紗季さんを狙った理由を隠すためにも」

通夜の夜に人々が悔やみを言い交わすようなとてもひそやかな声だった。

「ごめんなさい、俺、あの日、洗濯物を取り込もうとしてベランダに出てたから、声が聞こえちゃって。あの男が紗季さんを怨んでつきまとうこと、俺でも予想できたし」

「私がしたことを知っていて……？　彼が私を責めた理由も聞いて……？」

「少し聞いたけどきっと紗季さんは悪くないって。失礼だけどベランダ越しにのぞき込んだんです。そしたら男が頭から血を流して倒れてて。俺、バイトで高所作業をやったこともあるし、ベランダの仕切りくらい越えられるし。あの男が気がついて警察に行ったりしたら嫌で、玄関からこっそり運び出してきちんと処分しました」

「処分？　やっぱり彼はあの時に？　私が頭を殴ったから？」

「違います。違うんです。お願い、安心して」

大きな身体の男がおろおろと言葉を繋ぐ。

傷だらけの顔が少し歪んで、目が泣きそうに震えていた。

「紗季さんは殺していません。とどめを刺したのは俺です。運び去ったのも俺です。だから安心して。お願いだから悲しい顔しないで。汚れ仕事は俺がしますから」

大きな身体に頼りない声。まるで姉をなぐさめる男の子のようだ。

男の長いまつ毛が光を弾く。傷痕の中に甘い顔立ちが見て取れる。

眉間から鼻梁に続く線が鋭角的で、首筋から鎖骨、胸に連なる筋肉の盛り上がりが眩《まぶ》しい。

「お願い、あの袋を返して。きれいに消すのは俺の仕事なんです」

せがむ男が指で頬を撫でた。ざらざらとした、日々の労働を思わせる肌だった。皮膚の凹凸がそわそわとした官能を誘い、身内に沸き上がった感覚にとまどい、手を振り払って階段を駆け上がった。

「返してくれるって信じて、俺、待ってます」

背後から男の声が低く、切なく響いた。

まるで恋人を追う男の声だ。けれども同時に姉にすがる弟の頼りなさも含んでいる。いや、むしろ母を慕う幼児の声に近いのではないかしら。

自分の気持ちがつかめない。心がざわめいて胸苦しい。だから逃げてしまう。視界のかたすみに月のしずくめいたヒルガオが揺らぐ。家にかけ込む間際まで、待っています、信じています、と男の声が低く追いすがっていた。

赤い和紙でハイビスカスを折り、藤色の色紙でアサガオを折る。地蔵尊に供えるために始めた折り紙が上達している。秋になったら複雑なヤエギクや葉のついたリンドウを折ってみよう。

元々の目的は聞き込みだったのに、いつの間にか習慣になった。顔見知りができるのもあいさつを交わすのもそう悪いことではないと今は思う。紙を選び、花を折るのも楽しい。仏像に手をあわせると心が安らぐ。慈悲など得られなくてもいい。ただ手をあわせるだけで癒されるのだ。

祠《ほこら》の赤い前垂れが日焼けして白い。新しいものに私がかえてもいいのかな、と思った時、上から甲高い女の声が降って来た。

「こんにちは！　ごめんくださあい！」

見上げると上階でインターフォンに向かう小太りの女が見えた。

「あ、どうも、山本です！　勝山幸子《さちこ》さんはご在宅ですか？　ずっとおあいできないからお顔だけでも。あらお散歩？　それはそれは……」

女が何やら言い続けても玄関ドアは開かれなかった。山本と名乗る女は階段を降りて下の階の別の住戸の前に行き、またインターフォンを押した。

「佐藤さん、お久しぶりです！　ええ、市の方から。正彦《まさひこ》さんはご在宅？　ご旅行？　お帰りはいつ？　一度おあいしてお話を……」

ぽってりとした体型に耳に刺さる高い声をおぼえている。前に虐待死事件について長々と語ってくれた民生委員の女だ。佐藤家も在宅らしいのにドアを開かれない。彼女はたて続けに何軒かのチャイムを押し、大声でインターフォン越しにあいさつを放つ。ドアを開ける家はない。

勧誘のような、と思った時、彼女が紗季を見つけた。

「こんにちは。まあまあ、この暑いのにお参り？　お偉いのねえ」

女は花柄のパラソルを広げ、ブラウスに汗をにじませて近よって来た。

こんにちは、とあいさつを返すと、マンションにお地蔵様って本当に珍しいわねえ、と隣にしゃがんで手をあわせ、早口で話し始めた。

「前もお参りしてたわよね？　信心深いのねえ。マンションの皆様とは顔見知り？　ここ、ご高齢の方が多いから皆さんどうしておられるか心配で」

「お若い世帯も多いようですが？」

「百歳以上の方が何人もおられる超高齢マンションなのよ」

「知りませんでした。ご高齢の方はあまり外出をされないのかも知れません」

「いいえ、皆さんいつもご旅行とかお散歩って。特に九十歳以上の方はよくお出かけしててあえないわ。民生委員として状態を知っておきたいのに。失礼だけどあなた何階？　五階？　さんざし通り側の？　あら違う？　じゃあ理事長さんの菜園側ね？」

「理事長さんの菜園、ですか？」

「ご存知ない？　南東のレンタル菜園はここの理事長さんの所有。あの方、資産家さんでここが建設された時からずっと理事長をされて、菜園はパートリア淀ヶ月の方にだけ貸して」

ぱくぱくと動く唇が赤い。次々と言葉が吐き出され、息継ぎの間すらわからない。

「五階なら桐野さんをご存知？　ご主人はお元気？」

「ご主人？　それは直樹さん、つまり男性の方……」

「あらあ、もちろん男性よ。いわゆる世帯主さん」

「直樹さんが世帯主？　ええ、いつもお元気……」

「まあ良かった。ここ何年もお顔を見てないし、今日もお留守だったし」

留守？　さっき桐野家のガスメーターが微音を発していた気がしたけれど。

「ご主人は入院して要介護だったでしょう？　また寝ついてないか心配で」

顔と手をおおう傷跡があっても五階のベランダの仕切りをすり抜けるように通り、昏倒した人間を担ぎ出す男。彼に寝つくという言葉がそぐわない。

首筋から胸もとにかけてのひきつれた皮膚を思い出し、その下に息づく筋肉が目に浮かんで頰に淡く血が上る。

「あそこから回復なんて奇跡よねえ！　このマンションって要介護からお元気に戻る方が多いでしょ。特別な健康法があるんじゃないって民生委員達がうわさしてるわ」

ツキノカミサマのおっしゃることを聞いていれば末永く幸福に……、災厄はツキノカミサマがよせつけません……。あの母子は老人や怪我人を回復させる神通力も持つのだろうか。

「奥様の聖子さんもお元気？　ご主人がぴんぴんしてるならそれはそれで心配よ」

「お元気のようです。お二人はとても仲良しだと……」

「あらまあ！　いくつになってもあつあつなのね！」

息子の直樹をご主人と呼び、母子をあつあつと表現する女はさらに口調を早める。ご主人が長期入院した時は奥様もご苦労なさって……、いきなり要介護認定の更新をされなくなったから……。声の高さが増して行く。暑い中、家々をまわってドアを開けてもらえないうっぷんも見え隠れする。

「ねえ、あなた、桐野さんに民生委員に連絡するよう伝えてもらえない？」

丸い指が「民生委員／山本みさと」と書かれた名刺を差し出した。わかりました、と応えたものの直樹と顔をあわせづらい。

汚れ仕事は俺がします……、袋を返してください……、よるべない声が耳にまだ残る。

たくましい男。口べたで無口な男。きっと聖子がかなり高齢で産んだ息子。不器用で実直で、けれども世間並みの善良さや誠実さには、きっと当てはまらない。

「ねえ、あなたも将来は民生委員になられたら？」汗を拭く女がひときわ大きな声を放った。

「このマンションに民生委員が一人いれば助かるわ。ご高齢の方の見守りにね。でも今はまだ無理かしら？　子供さんが大きくなられてからの方がいいわよねえ？」

子持ちの主婦と決めつけられても害はない。ただ量販店スタッフにいきなり外国語で接客されるような違和感があるだけだ。

「他の方々のご様子もさりげなく見てくれない？　四〇八号室の八十歳の勝山幸子さんと六〇二号室の九十代の佐々木洋三さんと二〇九号室の高山さん夫婦と……」

次々と高齢者の情報が吐き出され、三軒目からおぼえられなくなった。守秘義務はないのだろうか、と思う。陽射しが暑い。のども渇いた。聞き流していると女がふいに口調を変えた。

「あらあ、いやだ、また出て来られたわ。私、あの方に嫌われてるのよ」

彼女の視線の方を見ると管理人の音坂が駐車場を横切って近づいて来る。

「もう失礼するわ。あの人、民生委員に冷たくて。いやあねえ、市の嘱託で来てあげてるのに。じゃあお見守りをよろしくね」

丸い背中をゆすって女がそそくさと立ち去って行く。茶色いスカートのすそと花柄のパラソルが揺れている。入れ替わるようにやって来た音坂の表情が苦々しい。

「つかまってましたね。あの人、うわさ好きだから気をつけてね。あることないこと掘り返して言いふらすから誰もあいたがらないんですよ」

「市の民生委員だからご高齢の方にあいたいのだとおっしゃってました」

「あんな人を嘱託にするなんてお役所もねえ。誰も戸を開けないのにオートロックをすり抜けて入って来るんですよ」

温厚な管理人が心底、苦々しげな声で続けた。

「外の者が入ると悪いことが起こりますからねえ。宅配便の人によそ者がついて入らないように宅配ボックスを設置して、変な人が入居しないような規則を作りますから。あ、そうだ、ところで互助会のお話は考えていただけましたか？」

忘れていた。互助会への参加を呼びかけるチラシがまたドアポストに入っていたのだ。

「私には会費が高額で……。引っ越したばかりでお金がなくて。すみません」

「残念ですね。強制じゃありませんし、若いうちは入らなくてもやって行けますもんねえ。でも、もし良ければ互助会の慰安旅行に来ませんか？　バスは貸し切りだから一人くらい増えてもいいし宿泊費は団体割引で格安ですよ」

「旅行？　互助会って慰安旅行があるんですか？」

「黄金淵っていうところです。紅葉はまだだけど涼しくて川魚がおいしくて夜は月がきれいですよ。隣の桐野さんも行かれますし」

仕事がありますから、と断った。顔見知りも増えたとはいえ宿泊旅行は重い。直樹と同宿というのも気まずい。

「予定が変わったら言ってね。直前でも一人くらい何とかなるから。まあ今年がだめでも来年があるし」

予定があうようなら、と言い、この調子で来年も誘われるのかと少し憂鬱になる。

「ツキノカミサマにおあいしたんでしょう？」

いきなりの質問に驚いて管理人を見る。いつもと変わらない温厚な顔がほこほことほほえんでいた。フェンスには無数のヒルガオが今日も白く、丸く、ひしめいている。

「黄金淵は代々のツキノカミサマが修行や禊《みそぎ》をした場所でね。それはそれは神々しい場所で、お月様が冴《さ》え冴《ざ》えと照る山ですよ。あなたも一度は来てくださいよ」

空に太陽がぎらつき、汗が、ぽとり、とシャツの襟もとに落ちた。

ハンカチは持って来ていない。手に持った古い紙花に汗が移って気持ちが悪い。

「あの、すみません、日なたにいたら何だかぼうっとしちゃって……」

声が震えていた。音坂は、暑いのにつかまってたもんねえ、と笑顔を浮かべ続けている。窪地に溜まった熱気がこたえる。冷たい水が飲みたい。今日はエレベーターを使う方が良いだろう。

五階の通路を自宅に向かうと桐野家の前に男が一人、立っていた。客なのだろうと軽く会釈をする。

「すみません。五一〇号室の方でしょうか？」

たずねる男は四十代後半だろうか。中背で顔も手も黒く日焼けして白髪が目立つ。

少し垂れた目尻と下がった眉をどこかで見たような気がする。

「あの、僕は五〇九号室の家の者なのですが、桐野は留守なんでしょうか？　久しぶりに戻ったら鍵を換えたみたいで開かなくて」

「お世話になっております。桐野さん、お出かけなのかも知れません」

ガスメーターの微音は消えていた。窪地めいた敷地にセミの声だけが満ちている。

「では桐野はここに住んでいるんですね」

「はい、住んでおられます」

「そうでしたか。電話に出なくて心配したんですけど、留守ならまた後で来ます」

男が会釈した時、しぐさが聖子ににているのだと気がついた。温厚そうな目尻も下がり眉も、発する声の調子もそっくりだ。

このマンションはエントランスキーと各戸の玄関キーが違う。建物に入っても家の鍵が換わっていれば入れないのだ。

汗がまた流れる。シャワーを使いたい。

暑い道のりを駅まで戻る訪問者を気の毒に思いながら涼しい自宅に入って行った。


「これがランダムに取得してみた登記簿謄本。一〇五号室のもあるよ」

登記簿謄本の「全部事項証明書」を差し出すと、真帆子がそれを凝視する。

「所有権なんかを記載した『権利部』に関して三十年以上前のものは『コンピュータ化による閉鎖謄本の申請』をしなきゃだめで。一枚数百円としてもお金かかるね」

「費用は記録してください。後で折半しましょう。可能なら経費として請求します」

真帆子が持参したホワイトチョコをかじっている。乳白色の塊を唇にさし入れ、白い歯で砕く様子は骨を喰っているように見えないでもない。

「それにしても登記簿謄本ってかんたんに取れるんですね」

「不動産屋さんに誰でも取得できるって聞いてたけど、身分証明書も印鑑も不要とは思わなかった。オンライン請求もできるけど支払い方法とかいろいろ登録が必要だから窓口に行く方が気楽みたい」

民間企業が個人情報流出でたたかれてもお役所はおおらかですねえ、と真帆子があざける口調で言った。

二〇五号室は前所有者の尾田勇《おだいさむ》から相続により尾田みどりに移り、その彼女は二〇五号室を互助会に売却して七〇二号室に移転している。

尾田みどり、それはツキノカミサマと呼ばれた二人の母親の方の名前だ。

彼女が虐待死事件の下の階に住んでいた？　当時、妊娠していて夫の事故死の後、三〇五号室に怒鳴り込んでいた？

目の前の女ならどんな結論を導き出すのだろうか。

けれども言えない。尾田家に招かれた経緯も、そこで聞いた話も知られたくないからだ。

「マンション内の移転が多いですね」他室の登記記録を見ながら真帆子が感想を述べる。「一〇四号室の住民は元二〇八号室？　２ＤＫから３ＬＤＫに転居、か。建設当時からずっと住んでる人も多いし、二戸所有してる人もいる。ちょっとした村みたい」

「親世帯と子供世帯が住んでるケースもあるし、結婚や出産を機会に広い所に移ることもあるよ。互助会がパートリア淀ヶ月内の物件を斡旋《あっせん》したりリフォーム業者を紹介したりするって」

二〇九号室の老夫婦が三〇二号室を購入して四〇四号室の息子と結婚した娘に買い与えたとか、一〇六号室の親が派遣切りにあった長男とブラック企業で健康を害して失業した三男を六〇三号室に住ませ、清掃スタッフとして雇用しているといった話は全て地蔵尊の前で聞いたものだ。

「マンションが村化して変なお祭りがあって、児童虐待死に加害者乱入、そして互助会所有の物件に骨壺、と。これだけでイロモノ物件の記事にできるんだけど」

「興味本位で書くのはやめて。私、ここに長く住むかも知れないんだから。それに互助会は葬祭のための組織だから……、お骨があっても、普通……」

言いかける語尾が消える。汚れ仕事は俺が……、災厄はツキノカミサマがよせつけません……、とどめを刺したのは俺……。

「犯罪の証拠なんか……」続ける声が震える。「出ない、きっと……。地域交流が密なだけ。夏祭りが独特だったり互助会で慰安旅行したりするだけの……」

「互助会の慰安旅行？　何ですかそれ？」

甘い声が割り入った。きょとんとした表情で真帆子が見つめている。

「互助会で二泊三日のバス旅行だって。今度の週末だからって誘われたんだ」

「紗季さん、本当に気に入られてるんですね！　それ、参加してください！」

「いやだよ。二泊三日なんて間がもたない」

「潜入のチャンスです！　紗季さんみたいな優しげな美人が浴衣でお酌したらおっさん達が大喜びで何でも話しますよ」

「だったら真帆子ちゃんが行けば？　私より若いから歓迎されるよ」

「やだ、あたしじゃ溶け込めずに嫌われますよ！　そもそも誘われてないし」

その口調に少しだけ世間から外れた者の気配がにじんでいた。とは言っても彼女は孤立など苦にもしないのだろうけれど。

「ああ、くやしいなあ！　虐待死事件と不法侵入する加害者の行方不明と死体をばらしたかも知れない現場と骨壺と。こんなおいしそうな材料が揃ってるのに決定打がないんだもん。殺しの証拠が欲しいよお！」

紗季さんは殺してない……、とどめを刺したのは俺……。

また直樹の言葉が鼓膜によみがえる。言えない。真帆子には言えない。

知ったら彼女は喜ぶだろう。頬を紅潮させ、瞳をきらめかせて聞くに違いない。紗季さん、元彼の撲殺未遂に至った心境を聞かせて！　子供の傷害に計画性はありました？　巻き添えになった人にかける言葉は？　質問も、口調も、表情も想像できる。それとも「子供の傷害と父親の殺人未遂だけじゃ数字を取れません」と言い捨てるのか。

ガキ潰したクズに人権ない……、強姦魔以下だしサンドバッグがわりに……。真帆子にもらった手紙の文面が目に浮かぶ。シャリアゲで骨に……、指が黒いのはしもやけの痕……。思い出すと震える。

アイスティーを氷ごと口に含み、テーブルの端にグラスを置いたつもりが、ごとり、と音を立てて床に落ちた。カーペットの上だから割れはしない。けれど茶色い液体が床に飛び散った。ティッシュを手にした真帆子がしゃがみ込んで床を拭き、スリッパを拭こうと裸足になって、痛い、と小さな声を上げる。

ターコイズブルーに塗った足の爪先が顔の前まで持ち上げられている。股関節の柔らかさ、脚の細さ、くるぶしの丸みが美しい。小さな母指球に赤い血の球がふくれている。足指の裏の皮膚まで白く、なめらかだ。

「ごめん、何か落ちてた？　ばんそうこうを持って来るね」

「たいしたことないけど、これ陶器？　紗季さん、何か割った？」

「ああ、それ……、前に落として……」

真帆子が陶器のかけらをつまんでいた。勇也の頭を割ったポットの破片だ。薄いブルーに乳白色のレリーフ。掃除したのに。住居のすみずみまで拭いたのに。

「よくあることですよ。掃除しても家具の隙間に入り込むと残るんですよね」

かけらをティッシュでくるんでいる。彼女にばんそうこうを渡そうとしたら、女の細い指先が、すぅ、とこちらに伸ばされてくるくると顔の横で髪の毛を巻きつけた。

「紗季さん、髪、きれい。柔らかくて、つやつやで。色白だから茶色の髪がにあうんですね。カラーしてます？　全然、ダメージがないけど手入れがいいのかな」

毛先に絡む指先に自分の唇が触れた。水色の爪が髪を巻き取りながら耳たぶを撫でる。

「カラー、していない……。髪の色は生まれつきで……」

応える声が弱い。指がするすると髪を梳《す》く。

指先が頬からあごをなで下ろし、眼前に揺れる黒髪が淡い香りを漂わせた。

「真帆子ちゃん、あの……、今日は髪を結わないの？」

「ふだんは髪をおろしています。おだんごは不法侵入とか活動的なことをする時だけ」

顔がさらに近づいて吐息が耳もとにささやいた。

「ねえ、紗季さん、抜け毛が絡んじゃってますよ。ほら取れた。本当に抜け毛まで一本一本がきれい。柔らかくて、つやつやで。これって紗季さんの身体の中で作られて皮膚の中を抜けて来たものなんですよね。だからこんなにきれいなんですよね」

毛髪をつまんですべる指が毛根には触れることなく止まった。髪が美しいのは真帆子の方なのに。きつく結わないとゴム跡ひとつつかないコシのある艶髪なのに。

「抜け毛なら……、悪いけど捨てて……」

「じゃティッシュもう一枚ください」

抜けた髪の毛二本がそっとティッシュにくるまれた。そのままごみ箱に捨てて、と言うと真帆子がうっとりとした顔で言う。

「夜、抜け毛をそのまま捨てると鬼に持って行かれます。だから包まなきゃいけません。夜に爪を切るなっていうのと一緒ですよ」

「若いのに意外と迷信を気にするんだね」

「古い言い伝えには先人のライフハックが含まれる可能性がありますから」

「鬼が持って行く、はさすがにないんじゃない？」

「鬼の非実在を証明した人はいません。もちろん実在を証明した人もいません。ゆえに鬼がいるかいないかは立証されていないと判断します」

彼女は足指にばんそうこうを巻き、手でカーペットをさわさわと撫でている。

「他に何か落ちてない？」

「なさそうです。でも紗季さんってやっぱり家庭的だなあ。カーペットにほこりとかほとんどないもん」

涼を求めるように窓近くににじりよった女はカーテンを撫で、次にサッシ窓の枠を指でなぞっている。

「カーテンのすそも汚れてない。几帳面ですね。サッシの溝もちゃんと掃除しててえらいなあ。あ、でもちょっと何かついてる。拭いておくからティッシュください」

「レディスコミックに出て来る姑《しゅうとめ》みたいだよ」

「確かに嫌味な姑のセリフですね！　あたし、ほめてるのに！　あ、そうだ、網戸を開いていいですか？　雨、降ってないですよね。実は洗濯物、干したままで」

彼女は床にすわったままサッシを拭き、外に身を乗り出した。

「洗濯物が気になるなら取りに行こう。真帆子ちゃんのところで打ちあわせしよう」

「散らかってるし、前も言ったけど趣味のものを飾ってて恥ずかしいもん。紗季さんに耐性があるってわかったら呼ぶから」

「耐性って何の？」

「好き人じゃなきゃ不快に感じるかも知れない絵とかグッズとかがあって。ちょっと、その……、自作のもあって……。やだ、まだ恥ずかしい！　焦《じ》らすみたいでごめんなさい。ええと……、ティッシュもう一枚ください。手を拭きたいから」

怖いもの知らずな女が頬を染めて恥じらうから、それ以上、聞けなくなった。

真帆子が隠したがるのは何？　特殊な趣味のゲームや書籍？　もしかしたらアダルトグッズなど？　絵があると言っていたから絵画、あるいは同人誌のようなもの？

俳優やアイドルのポスターだらけだったら嫌、と思うのは娘の写真で埋められていた勇也の部屋を思い出すからだ。

窓の外にはふくらみかけた月が浮いている。宵月と呼ばれる満月の前の、向かって左側がぼやけたまろやかな形だ。

真帆子が外を見る瞳が濡れて輝き始めている。頬に赤味を増している。これは彼女が骨壺を見つけた時と同じ高ぶりの表情だ。

「雨、降ってないですね。良かった。そうだ紗季さん、次は理事長の登記簿謄本を取ってもらえませんか？」

「ああ、村長？　あの人は建設当初からの住民だから変化はないはず」

「あのターザン爺さん、気になるんですよ。前に三〇五号室から出て来たのも体格から見て確実にあの人。最上階のベランダジャングルを調べたら何か出そうだな」

「今度は何をするつもり？　人が住んでるから入ったらだめだよ」

「うん、しません。本当は空撮したいけど住宅街だと目立つし、夜は音も響くし」

床にすわった真帆子がこりこりとホワイトチョコをかじる。

またあの骨を思い出す。勇也も白い骨になったのだろうか。三〇五号室の座卓に置かれているのだろうか。とどめを刺したのは俺……、運び去ったのも……。あの袋は今もまだキッチンのシンクの下。いつか返さなくては。お礼を言った方がいいのだろうか。それとも何も言わずに戻すべきなのか。

窓の外にふっくらとした月が淡い笠をまとう。もの思う側で真帆子が見つめている。こりこり、こりこり、と白いチョコレートを噛む音と夜半のセミの声が混じりあっていた。

残暑の中、朝夕の風が涼しくなったけれどセミの声は途絶えない。

今朝、駐車場の横に貸し切りバス数台が横づけされ、はしゃぐ子供や声高な老人達の声が聞こえていた。互助会の旅行が今日からだ。管理人室には休業の紙が貼られている。正確な参加人数はわからないけれどかなりの住民が黄金淵なる場所に行くのだろう。

昼すぎから仕事に出かけ、戻った夕方、階段を上がったところで見おぼえのある男に声をかけられた。

「こんにちは。たびたびすみません。桐野がいつ戻るかご存知ないでしょうか」

前に隣家を訪ねていた親族の男だ。顔が真っ黒に日焼けしていても顔が聖子ににているのがわかる。穏やかなしゃべり方も、語尾が下がる軽い訛もそっくりだ。

「桐野さんは今夜は戻らないと思います。ご旅行と聞いていますから」

「旅行？　母が？　いつまでなんでしょう？」

「互助会の関係とかで。明後日には戻られるかと」

また黄金淵？　と男がつぶやくのが聞こえた。彼は下がり眉の間にしわを刻み、連絡くらいくれよ、とぼやいた。

「あの、ポストにお手紙を入れておくとか……」

「何度もやっています！」

その口調の強さに押されて、失礼いたしました、余計なことを、と謝罪した。

「あ、すみません」人の良さそうな男は申しわけなさそうに言い直す。「いつ来ても留守だから。実は明日、海外に戻るから今日中に母にあっておきたかったんです」

「息子さんだったんですか。お世話になっております」

「あの、母は元気ですか？　僕、ずっと海外勤務で何年も戻ってないもので」

「そうだったんですか。二人ともお元気ですからご心配はないと思います」

「え？　二人とも？　今、二人でここに住んでいるんですか？」

「はい、とても仲良しでうらやましいくらいです」

目の前の男が眉をひそめ、あの状態で自宅介護？　と小声をもらした。要介護からお元気に戻る方が……、特別な健康法があるんじゃない……。小太りの民生委員の声が想起されて男のつぶやきに重なる。

「あの、ずうずうしいかも知れないですがお願いがありまして」

恐縮しながら言われ、私にできることでしたら、と応じた。

「母が戻ったら僕に……、息子に電話するよう伝えてもらえませんか。ポストにも連絡先を入れてますけど。僕、前に勤めていた会社を辞めて二週間後から海外企業に勤務するんです。退職と再就職の間を利用して帰国したのは現地の女性との婚約を報告したいからで」

「ご婚約？　おめでとうございます。お母様にお電話するように伝えます」

「お手数をかけます。放っておいて今さらだけど親も年だから心配で」

「頼りになる息子さんがおられるから安心だと思います」

「いや、ずっと海外勤務で鍵を換えたことも知らされない息子なのに」男はさらに眉を下げて自嘲的な顔をする。「あの、ずうずうしいようですがもし母に何かあったら教えてもらえませんか。これ、前の会社の名刺ですが携帯番号は一緒です」

英語と現地語らしい外国語を併記した名刺を差し出され、ちょうだいいたします、と受け取り、名前のアルファベット表記を見て、もう一度しげしげと見直した。

「あの、お名前はナオキさん、でよろしいのでしょうか？」

「はい、親父の直治《なおじ》から一文字もらった名前で」

「失礼ですが……、お名前の読み方が弟さんと同じということで……？」

「弟？　俺の？」

「はい、お母様とご一緒に住んでおられる。とても仲の良い親子で」

温厚そうな男の表情が歪んだ。

晩夏の陽射しの中、日焼けした皮膚の下から血の気が失せていくのがわかる。

「ええと、つまり……」桐野家の息子がつかえながら続けた。「母が僕の弟くらいに見える男と住んでいる？　親父も一緒に？」

「お父様とおあいしたことはありませんが、お母様と弟さんはいつもご一緒で……」

男の発する異様な空気に言葉が切れた。

巨大な夕陽が建物に隠れかけ、フェンスのヒルガオが日陰にとろとろと揺らめいた。

「そんなことになっていたのか！　冗談じゃない！」

いきなりの荒い言葉に立ちすくんでいると桐野家の息子がにじりよって聞いた。

「母は僕より年下に見える男と二人でくらしている。まちがいありませんね？」

「あの、ご家族構成をあらためて聞いたことはありませんが……」

「少なくともあなたは父を見たことはない。その男と母はいつも一緒。そして母の戻りは二日後ですね？」

「だと思いますが、確認したわけではありませんので……」

「くそっ、いい歳して！」そこで男は深呼吸して感情を殺した声で謝罪した。「品のない言い方を許してください。お引き止めしてすみません。これで失礼します。あと悪いけど、僕が来たことを母には内密にお願いします」

言い放って彼は一礼をし、エレベーターの方に歩き去った。

豹変《ひょうへん》ぶりにあっけに取られ、名刺を預かって良かったのか、と考える。

「外からはいつも嫌な者が入り込みます」それはツキノカミサマの母、みどりの言葉だ。

「外の者が入ると悪いことが起こりますから」管理人のぼやきも思い出す。

まさか。あの人は外の者じゃない。桐野家の長男、久しぶりに母を訪ねて来た海外在住の息子。

不吉なことなんか起こるはずがない。

四方を囲まれた敷地が暮れなずもうとしている。何ごともありませんように、めんどうなど起こりませんように、眼下にたたずむ地蔵尊に願いながら玄関の鍵をまわす。

セミの声がせせらぐように響き、無数のヒルガオが薄暮に白く溶けかけていた。


手間のかかる仕事を終えて夜食のサンドウィッチをつまみ、通販で購入した書籍の配達通知に気がついた。早く目を通したい本だったから夜中の二時すぎだったけれど集合ポストに向かうことにした。

階段を下り、一階から見上げると上空に真円の月が浮いている。縁がぼやけることもなく、灰白色のうさぎ模様も明瞭だ。

残暑の重たい空気の中、降り注ぐ月光は淡い銀の粒のようだ。

ここは窪地なのだといつも思う。L字型の建物と小さな崖地とヒルガオのフェンスで囲われた人工の沼底だ。敷地の外で見るより中庭であおぐ月の方がおぼろなのは、この場に重たい湿気がたまって視界を淀ませるせいだろう。

夜空から視線を上階に下ろした時、何かが白銀の月光をはね返した。

最上階の七階の共用通路から屋上に向かってアルミの脚立が立っているのだ。

立入り禁止の屋上にこんな夜中に？　管理人不在の夜に工事？　ポストわきの掲示板を見ても

工事予定など貼られていない。

わざわざ七階に上がったのは屋上にある給水設備の故障を懸念したからだ。これからシャワーだ。水が止まったらこまる。工事スタッフに詳細を聞いておくべきだ。

「設備点検のためご迷惑をおかけします。何かございましたら下記にご連絡ください　有限会社設備工事　24時間電話ＯＫ」

それが脚立に貼られたＢ４の紙の文言だった。固定電話の番号も記載されている。

夜中に屋上のスタッフに向かって声を上げるわけにはいかないから番号を書き留めて自室で電話をかけることにした。

深夜にもかかわらず対応に出た女性は「担当者が現場に出ておりますので折り返させます。お電話番号をお教えください」と応じた。番号を教えたけれど二十分ほど待っても電話は鳴らない。

玄関から外を見るといつの間にか脚立は消えていた。きっと工事はすぐに終わったのだろう。

着信をあきらめて軽くシャワーを浴び、ベッドに入り、うとうとと眠りかけ、そして連打されるチャイムにたたき起こされることになった。

「紗季さん、紗季さん、起きて！　入れますよ！」

ドアを開けると黒髪をだんごにまとめ上げた真帆子が飛び込んで来た。

音を消した携帯には彼女からの着信がいくつも並んでいる。

破天荒な美女にベッドから引きずり出されるのは二度目だ。今度は何を発見したと言うのか。

「寝てた？　ごめんね。でもあたし、思いついたらすぐ行動しちゃうから。だから来て。なんかね、ああ、もう、すごいんだよ！」

白い頬が桃色に染まり、瞳が濡れて光る。ダークグレーのスラックスとシャツが暗さになじんで彼女の肢体をいつも以上に細く見せていた。

「ちょっと待って。着替えさせて。それから水を飲みたい」

「わかりました。動きやすい服にしてくださいね。それから脱ぎやすい靴で。あ、あたしにもお水ください。のど、渇いちゃった」

寝起きで身体がだるい。顔がむくんでいるのがわかる。水を飲む真帆子の白いのどが今夜も獲物を呑む白蛇のようだ。

「さあ紗季さん、行きましょう。二〇五号室のドアを開けましたから」

外に連れ出されると月が西に傾いてふくれ、闇夜に跋扈《ばっこ》する女を照らし上げる。

「ねえ、さっき、開けたって言った？　また解錠業者を呼んだってこと？」

「今度は自分で開けました。互助会の一味は旅行って聞いたから一階の庭から堂々とベランダに上っただけです」

「堂々とって……、一〇五号室の人に見つかったらどうするのよ！」

「夜中にチャイムを鳴らしても出て来ないから留守です。二〇五号室ってしょっちゅう窓が開けっ放しだから楽ですね。今夜もカーテンがひらひらしてるのに照明がついていませんでした。不特定多数の住民が出入りしてるせいで施錠が甘々なんですよ」

「不特定多数の住民が出入り？　なんでそれがわかるの？」

「共用廊下の足もとに小型カメラをしかけました。三個で割引だから一〇五、二〇五、三〇五に。足もとしか写せないけど三〇五に出入りするのは男ばっかりで、二〇五はお年寄りや子供が多くて、一〇五は若夫婦。ほら、紗季さん、中を見て」

その行動にあきれながら踏み込んだ部屋には壁一面に黒々とした夜空が広がっていた。

深い闇に白い満月が浮いている。白銀の粒子にもにた月光が散り落ちて、地上には光をはね返す渓流がさざめいていた。筋状の水流もまた銀色にきらめき、細かなしぶきが舞っている。

一室に異空間が閉じ込められているのか。

あるいは壁がどこかの山境に繋がっているのか。

違う。良く見ると風景に奥行きがない。水は動かない。せせらぎの音も聞こえない。

「ねえ紗季さん、この壁画、きれいですよね？」耳もとの声で我に返る。「黒と銀できらきら。個人的にかなり好き。でもね、全面が無粋な扉なんですよ。ロッカールームかな？　まさか金庫じゃないですよね？」

近よってなぞると確かに正方形のロッカーの継ぎ目がわかる。通常のコインロッカーのような片開きではなく観音開きだ。目立たないダイヤル式のキーと浮き彫りにされたネームプレートもわかる。楷書体に浮き上がった文字は勝山家、佐藤家、音坂家、そして桐野家などだ。

「ダイヤルロック式のキーにお手上げです。ここじゃ業者を呼べないし。だから紗季さんの意見を聞いた方がいいかなって」

眠気でぼやけていた目が少し冴える。同じようなデザインを知っている。月とせせらぎの構図は初めてだけれど満開の桜や紅葉や新緑の山なら目にしたことがある。

「想《おも》いをつなげて子孫によりそう」

「やすらぎと静けさの室内墓所を」

しめやかなキャッチコピーと清楚《せいそ》な女性モデルが手をあわせるポーズが定番だ。

「ここ、納骨堂じゃないかな。今、割とあるんだよ、こういう風景画や花を描いたロッカー式納骨堂。たぶん、プレートに名前が書かれているのが売れた場所」

「つまり開けると中に骨壺が？　もしかしたら岩上芽衣もここに？」

「納骨堂っていうのは私の印象。こだわりのあるロッカー式トランクルームかもよ」

それにしても手の込んだ絵画だ。単なる飾りとは思えない。

深い思い入れを、あるいは信仰心のようなものを感じさせる。

百歳以上の方が何人もおられる超高齢マンションなのよ……、よくお出かけしててあえないわ……。民生委員の山本はあとは何と言っていたっけ？　勝山幸子さん、と言わなかっただろうか。

思い出した。梅雨時の通夜提灯の夜、送られていた人の名だ。彼女は他にどう言っていただろう。

佐々木？　佐藤？　音坂？　ユウゾウ？　ヨウゾウ？　思い出せない。

「マンションの中に納骨堂って気持ち悪い。法的にまずくないんですか？」

「納骨堂は……、市区町村の許可があれば、作っていい……」

真帆子は室内を写真に撮っている。こぼれる後れ毛が肌の白さを引き立てている。煌煌《こうこう》とした月と輝くせせらぎの壁画と美しい女。この配置が妙に神々しい。

「合法だったら嫌だなあ。連続殺人の上、三〇五号室で死体を解体してどっかで骨にしてここで供養しつつ隠蔽ってストーリーなら最高なのに！」

「これだけたくさんの人を殺す動機がないじゃない」

違う。理由が思い当たらないでもない。首を急角度に折られた芽衣がいる。頭を割られた勇也がいる。転居して半年足らずで二件も『処分』らしきものを見た。築後約四十年の時間の中、それはどれほど繰り返されているのだろうか。

「紗季さん、もし互助会が暗殺集団だったらすごい反響が期待できますよ！」

「互助会って、お爺ちゃんお婆ちゃんばっかりで……、暗殺は、無理……」

違う。直樹がいる。勝山家の葬儀でも黙々と動く若い世代がいたはずだ。

「ここにも若くて活《い》きのいい男がいますよ」心を読まれた気がして身震いする。「アサシン教団の首領だって『山の老人』です。まあ本当に年寄りかどうか不明ですけど。中枢は高齢でいいんです。実行部隊として体力のある年代を抱き込めば」

「想像つかない。普通の住宅街で暗殺集団とか……、無理が、ある……」

「無理があるくらいがおもしろいんです！　常識をぶち壊した事例、タブーを破っちゃった人々、そういうものこそが魅力なんです！」

熱を帯びた声が高ぶって、彼女の陶酔が伝播《でんぱ》する。

「アサシン教団みたいにハッシシを使って若い男を暗殺者に変えるとか、インドのサッグ団みたいにターゲットの財産略奪を許すとか。なんてすてき！　ぞくぞくしちゃう！」

推理というよりは妄想だ。けれども真帆子は悩ましく頬を染めている。うっとりしちゃう、もう興奮して眠れない、とつぶやく声が睦言《むつごと》めいている。白い肌におくれ毛がけぶり、それに指を絡めたいとすら思ってしまう。

想いを振り切るために玄関に行き、作りつけのシューケースを開けると中にスリッパが並んでいた。靴べらもある。玄関マットも敷かれている。

「帰る時は窓を閉めてエアコンを切って」「使ったら元の位置に戻しましょう」

貼られた注意書きがありふれている。それが場の異様さをきわだたせていた。

通路側の一室には壁画じみたロッカーはない。フローリングの上に長テーブルと座布団があるだけだ。プラスチックトレイに紙コップが伏せられてウエットティッシュが置かれている。作りつけのクロゼットの折れ戸を開けても中に衣類などはない。

「こっちは平凡ですね。公民館の集会室みたい」

真帆子が側に来て耳もとにささやく。

彼女にクロゼットの上棚の奥が見えなかったのは、少し背が低かったせいだ。高い位置にある棚、そこに押し込められた数個の箱は、紗季が思い切りつま先立ちをしてやっと見えるものだった。

まちがいなく白い骨壺覆いだ。「岩上芽衣」の文字が見える。享年と没年月日も見える。それ以外の骨壺には何の文字も書かれていない。

自分が頭を割り、直樹が処分してくれた身体、その成れの果ても、きっと、ここにある。

「クロゼットは空だね」淡々と言い放って折れ戸を閉じた。「ここはお茶のみ場。ロッカーを使う人が荷造りしたり休んだりする場所だよ」

「納骨堂であって欲しい！　三〇五号室で解体してここで供養するんですよ。もう一回、上に入りたい！　せっかく明日も留守なのに！」

「もう不法侵入はやめよう。見られたら大変だよ」

「その時は寝ぼけたって言い張ります」

見つけられても堂々と言い逃れるだろう。そしてきっと咎《とが》められはしない。それに彼女はここの居住者だ。忌まわしいのは外から来る者達だ。芽衣も勇也も外部から災厄と騒動を運び込んだ。そして消えた。ただそれだけだ。

「全体を撮り終わりました。床に落ちてる髪の毛やほこりも採取しました。とは言っても自分じゃ分析できないけど。明るくなる前に紗季さんは玄関から出てください。あたしは鍵をかけて窓から出ます。ベランダに脚立を立てたまんまだから」

　押し出されるように外に出ると白銀の満月が輝いていた。清浄な光輝が人工の窪地に降る。ミニバンのハッチが銀の光をはね返す。フェンスのヒルガオがほの白く浮く。夜中に咲く花々は満月の現身《うつしみ》のような。あるいはここで生を終えた人々の魂のような。

　すぐに家に戻らずさんざし通りに出てみると、古びたベンチとアルミの脚立が街灯に照らされていた。真帆子が一〇五号室の庭に降りて来る。小柄で敏捷で、とても成人女性と思えない。どこか少年じみた、あるいは空から降りる天人を想わせる軽やかさだ。

「一〇五号室は庭の手入れが悪いから少し荒れても気づきません。自分の車にこれを積んでから紗季さんの家に行きます」

　なれた手つきで脚立をたたみ、わきに抱えた真帆子が植え込みを乗り越えて来た。

「それ、重くない？　運ぶの手伝う？」

「助かります。ここの駐車場で脚立を出し入れするのはまずいから今夜だけ近くのコインパーキングに車を置いてるんです」

　行動力のある女。大胆不敵な女。いずれ勇也のことも探り当てるに違いない。

「紗季さんのおうちにお邪魔してばっかりだから、今夜はドライブしながらおしゃべりしませんか？」

　パーキングで誘われて同意した。車は駐車場で見かける赤いワンボックスカーだ。

たたんだ脚立をトランクに入れる時、脱ぎ捨てられた作業着が目に入った。濃紺の出前用リュックのレプリカもある。青いジャージの上下やニット帽や黒いランニングウエアも丸められている。かたづけが苦手というのは謙遜ではないようだ。

シートの上に放り出されたコピー用紙も目に留まった。黒々とした太ゴチック体で書かれている文字は「設備点検のためご迷惑をおかけします」「24時間ＯＫ」だ。

「この紙、どこから持って来たの？　設備業者の貼り紙だよね？」

「これですか？　給水設備のある屋上に潜入する時に使いました。管理人も理事長も今夜、留守だって聞いたから業者になりすましたんですよ」

「なりすまし？　給水設備？　そこにハッシシを溶かし込んでるとでも？」

「まさか！　給水設備を開けるなんて素人には無理です。屋上から理事長のジャングルに飛び降りたかったんです。あそこでやばいものとか栽培してそうな気がして」

「ジャングルって村長の家のルーフバルコニー？　あと、やばいものの栽培って？」

「順に説明します。ジャングルに入るには旅行中の今夜がチャンス。給水設備のある七階の屋上から七階に居住する理事長のルーフバルコニーに降りられます」

車を発進させ、住宅街を走らせながら真帆子が天真爛漫《てんしんらんまん》に語る。

「もしかして、あの会社って……？」

「企業名と固定電話を書いてれば不思議なくらい怪しまれないものです」

「電話に出た女性は、お友達？　それとも記者仲間？」

　ここを探る人物が他にもいる？　真帆子なみに頭の切れる人間がもう一人？

「問いあわせた女性って紗季さん？　なんだ！　旅行中の管理人に連絡されたかもってびびって損した。電話に出たのは電話代行サービスのスタッフですよ」

「代行サービス？　なにそれ？」

「秘書代行サービスとも呼びます。企業や個人の電話受付を請け負うんです。連絡が入ったら『担当者に折り返し電話させます』って言って電話番号を聞くだけ」

　思いもよらないことをする女。悪知恵とも言える機智《きち》に富み、ひたすら話題性のあることを嗅ぎまわる女。敵にまわしたくない。探られたりなんかしたくない。

「次の説明ですけど、理事長の庭に侵入したのは大麻の栽培を疑ったからです」

「え？　大麻？　だからアサシン教団？」

「アサシン教団は冗談です。でもね、紗季さん、この建物ってたまに大麻臭がするんです。火もないのにたき火の臭いがしたり、独特なハーブティーとか焙煎したお茶みたいな。室内栽培かと思ったけど目をつけた三〇五と二〇五にはなかった。だから理事長の庭を疑いました。ルーフバルコニーの手すり沿いに背の高い植木を置いて何かを隠すみたいにしてるし」

「なんで大麻の臭いなんか知ってるのよ？」

「外国の一部の都市じゃ普通に臭ってます。あたしも海外でたしなみました」

「違法だってわかってるよね？」

「合法の国もあります。何ごとも経験だし。で、ジャングルの中央にそれらしいのが植えられてました。何枚か葉っぱを取って来ましたから業者に依頼して種類をつきとめます。まさか七味唐辛子の生産許可なんか取ってないでしょう」

「七味唐辛子？」

「七味には麻の実、つまり大麻の実が入ってます。発芽しないように加熱処理したものが。都道府県知事が許可する大麻取扱者免許を取らずにやってたら犯罪ですよ」

「大麻……？　ここで？　何のために？」

「まだわかりません。集会室でマリファナパーティも考えにくいし。紗季さん、住民からお香をもらっても使っちゃだめですよ。なれない人だと副流煙でアウトだから」

ツキノカミサマの座敷にくゆるお香。あれに混じっていた？

いや違う。焚かれていたのは白檀の線香、それも見なれたパッケージの市販品だった。

「楽しいなあ。骨の線は行き詰まってるけど葉っぱ、出ちゃった。変なロッカールームも見つけちゃった。大麻を使うカルトだったら衝撃的ですね！　紗季さん、理事会と互助会の所有物件、調べ上げましょう。どっかから暗殺セットが出るかもよ」

「ごめん……、そういうの、怖い……」

「確かに怖いかも。おうちの売却手続き進めてます？　価格は落ちるかも知れないけど、安心して長く住む場所じゃないですよ。実家の親父に話、通しておきましたから。ボロだけど離れだったら無料で住んでいいって」

かわいい真帆子、賢い女、けれどもとても危ない人物。

どうすれば安全でいられるの？　どうしたら自分の罪をたどられずにすむの？

汚れ仕事は俺が……、紗季さんに安心して住んでいて欲しい……。恥ずかしげに伏せられた男の瞳が澄んでいた。勇也ににた癖っ毛のうなじの男だった。頬に触れた荒い指の皮膚が生々しくよみがえる。そして次に髪を梳く真帆子の指を肌が思い出す。

どちらにつく？　どちらの方が安全？　ううん、一体どちらの方が愛しい？

運転席の真帆子が笑いながらはしゃぐ。月がふくらんで西に沈もうとしている。思考がからまわる。疲労が淀む。東に差す黄金色を見ながら薄く目を閉じていた。


太陽が沈み窓の外にゆるい薄暮が降りていた。小雨が地面を濡らし、ヒルガオや咲き始めたヨイマチグサが雨滴に飾られている。ハーフパンツのくるぶしを川からの風が撫でるのが心地良い。つけっぱなしのラジオが沈黙した間隙に外の声が明瞭になる。東京は蒸し暑い……、都会は空気が重たくて……。旅行を終えてバスから降りる人々のようだ。

桐野親子も戻ったのだろう。村長は侵入の痕跡に気づきはしないだろうか。

僕が来たことを母には内密に、そう言った男は日本を離れたに違いない。海外で就職し、現地の女性と結婚する男は母とは疎遠になるのだろう。

照明をつける前にコーヒーを淹れようとキッチンに立った時、通路側の開いた窓から桐野母子のむつまじい声が聞こえた。

黄金淵の冷たいお月様がなつかしいわ……、俺、荷物を持って入って窓を開けておくから……、じゃあ私は一階のポストを見て来ましょうね……。鍵をまわす響き。ドアを開ける軋《きし》り。その平穏さに突然、異質な詰問が割り入った。

「母さん、今、家に入れた男は誰なんだ？」

海外に戻ったはずの桐野家の息子の声だった。

「僕の弟みたいな男と住んでるって？　相手はどこのどいつだよ！　二人ぐらしって聞いたけど父さんはどうしてるんだ！」

「直樹……」困惑の声は聖子のものだ。「あなた、外国にいるんじゃ……」

「男とくらしてるって聞いて帰国を延期したんだ。いい歳《とし》して若いツバメをくわえ込んで息子呼ばわりかよ！　父さんはどこなんだ！」

とにかく中に入って……、ここじゃなんだから……、うろたえた声にドアが閉じる音が続いた。

ツバメ？　息子呼ばわり？　父さん？

好奇心と呼ぶのは適切ではない。隣人への危惧がベランダに走らせた。夕暮れの菜園にシソやトウモロコシがぞわぞわと揺れ、紅《あか》い、巨大な月が浮かびかけている。

「父さんはどこだ？　施設に聞いたら三年前に退所して自宅に戻ったって言ってたぞ！　父さんがいるのに間男を引き込んで恥ずかしくないのか！　あんたもこんな婆さんに取り入りやがって！」

ベランダの仕切り越しに詰問の声がはっきりと聞こえる。

「やめて！」女の声が叫ぶ。「乱暴はやめて！　この子に手を出さないで！」

「息子面しやがって！　この化け物が！」

「暴力はやめて！　あんたなんか外国に行って父さんが倒れた時も帰らず……。父さんの世話してくれたのも、看取《みと》ったのもこの子なのに！」

怒声が止まる。静けさが響きわたる。そして男の声が吠えた。

「看取った？　父さん、死んだのか？　聞いてないぞ！」

何かが倒れる音と女の悲鳴と皮膚を打つ音が響く。やめろ！　と叫んだのは今まで直樹と呼んでいた顔に傷のある男の声だった。

男同士の暴力沙汰など目の当たりにしたことなどない。けれども伝播する物音が殴りあいだとわかる。肉を殴打する音が続き、くぐもった悲鳴が聞こえ、そして、背筋が凍るような無音が訪れた。

乗り越えるなんてかんたん……、下さえ見なきゃ平気……。

真帆子の声が耳もとにそよいだ。

手すりに片足をかける。下を見なければいい。高い身体能力が必要な動きではない。乗り越えて薄いパーテーション部分だけ外を伝い、隣のベランダに降りる。

不思議なほど怖くはなかった。ハーフパンツ姿で良かった、と脈絡のない思いがよぎっただけだ。

「ちくしょう……、母さん……」

ベランダに降りて聞いたうめきは海外から来た男のものだった。

開いた窓からレースのカーテンが揺らぎ出している。訪問者が背中から血を流し、赤く染まった刺身包丁が転がっている。

両手を濡らし、顔面と上半身に返り血を浴びているのは物静かなはずの聖子だった。

血を散らせる男が年老いた女の頬を打ち、これまで直樹と呼んでいた男が年嵩《としかさ》の男の髪をつかんで引きはがす。

「直樹、だめ……、やめて……」

聖子が低く制止の声を上げる。

それを聞いて、ぴたり、と動きを止めたのは、顔に傷のある男だけだった。

相手の頭頂に打ち込まれかけたひじが寸止めされ、年嵩の男はその隙を見逃さずに年下の男の腹を蹴り上げた。

大きな身体が崩れ落ち、背中から血を垂らした男が相手にのしかかって首を絞める。

窓のカーテンがふくらみ、倒れた男と視線が絡まった。傷痕の中、瞳が何かを訴えている。へたり込んだ聖子の唇が、助けて、と動く。

またあの女の言葉が浮かぶ。

背後から頭を殴るならおすすめは……、初心者なら棒状のものでこめかみ狙い……。

窓の側に扇風機が倒れていた。モーター部から羽根とガードが外れている。

真帆子ちゃん、私でもできそうだよ、とささやく。

三度目だもの。初めてじゃないもの。今度はちゃんとできるよね？

扇風機のスタンドポールを握ってゆっくりと振り上げた。

凶器の重みを感じながら、こちらに背を向けた男のこめかみを狙う。

ぶん、と壊れた家電が空を切る。濃密な重量が腕にかかり、台座がずっしりとした衝撃となって年嵩の男の側頭部にめり込んだ。頭蓋骨を砕き、脳漿《のうしょう》に沈む感触が手の平に伝播する。

この感覚を知っている。勇也の頭を窪ませた時と同じ。ううん、違う。あの時より、ずっと、ずっと、確かな手応え。とてもすてきな、心地良い打撃。甘い痺れが背筋を伝わって全身の細胞を震わせる。その恍惚《こうこつ》は絶頂感ととても良くにたものだった。

頭部を陥没させた男の全身が硬直し、断続的に、びくり、びくり、と痙攣《けいれん》していた。

「やだ、またしくじっちゃった……」自分のつぶやきが耳に届く。「私、だめだなあ、何度やってもうまくできない。こんな不器用だから仕事も今ひとつなのかな……」

震える肌が、男に抱きしめられる感触を捉えた。

太い腕の重みが柔らかく肩にかかり、淡い汗の香りが鼻腔《びこう》をくすぐっている。

「紗季さんはしくじってなんかいません」

これまで直樹と呼んでいた隣家の息子があえぐように耳の側でささやいた。

「助けてくれてありがとう。失敗してません。俺も母さんも命びろいをしました」

傷痕の肌に髪の毛が貼りついていた。汗に濡れた首筋も、乱れた髪も、ひきつれた皮膚も今まで見たどの時よりも魅惑的だ。

「でも死んでない。私、初めてじゃないのに、相変わらずへたなまんま……」

「いいえ、とても、とてもじょうずです。一撃で絶命させるには経験が必要なのに。いきなり動きを止めるなんて、とてもすごい」

「そうなんですか？　私、じょうずですか？」

「とてもじょうずです。俺だって二度目でこんなうまくはできなかったし」二度目じゃない、と言いかけたけれど言葉にはしなかった。「紗季さんは思い切りがすてきで、きれいで優しいだけじゃなく、強くて、凜々《りり》しくて」

甘い声に目を閉じる。このまま身をあずけてしまいたい。けれども直樹と呼ばれた男はそっと身体を離してささやいた。

「ごめんなさい。俺、母さんを」

　男が震える母親を抱きしめている。聖子が息子にしがみつき、ごめんなさい、ごめんなさい、と泣いている。彼女は誰に謝罪しているのだろう。頭を潰された男に？　それとも蹴られて首を絞められた男に？

「俺、この人にとどめを刺さなきゃ。送り屋だから。それにこのままじゃ家が汚れちゃう。すみません、俺が仕事をする間、母さんの側にいてくれませんか？」

「直樹……、直樹……、ああ、どうしたらいいの、私……、私……」

「母さん、ごめんね。それから、ありがとう。俺、守ってもらえて、本当に、すごく嬉しかった……。ありがたかった。ごめんな、俺のせいで。怪我してない？」

「自分の息子を守るのは当たり前でしょう。確かにこの男は私が産んだの。でもね、とっくに他人なの」

　大きな男に抱きしめられた聖子が涙を落としながらくすくすと控え目に笑った。

「だって出て行ったんだもの。ツキノカミサマを大事にしないし、ここの決まりをばかにするし。こんなの私の息子じゃない。動けなくなった父さんを放って外国に行って、村も家も親も捨てちゃったんだもの」

「母さん、何も言わないで。辛かったね。あとは俺がやるから横になってて。俺、ちゃんとここを守る。きちんと仕事もする」

聖子が震えながら息子の顔を撫でた。ねえ、疲れてない？　無理しないでね。怪我していないわよね？　案じる言葉が慈しみ深い。疲れてないよ、無理なんかしてないよ、と男がひとつひとつ応えながら母親を抱き上げて寝室に運んだ。

ふすまの向こうに和室の大半を占めるベッドが見える。母親を寝かせ、タオルケットをかける手つきが優しい。

ベッドの側で直樹が携帯電話をかけ「通じない」とつぶやいた。村長さん達は飲みに行くって言ってたから、と横になった老女が力のない声で告げる。

「じゃあ今日は俺の判断で斎場を使うよ。みんなには後で説明するから」

毅然《きぜん》と告げた息子に対して横たわった母親がゆっくりとうなずいた。

昏倒した男の口に直樹がタオルを詰め込む。身体が毛布で包まれ、太いビニールロープで縛り、頭部にはビニール袋をかぶせている。素人目にも手際の良さがわかる。

「俺、これを送って来ます。ここで仏様を出したくないし。あの、その間だけ、すみませんが母さんを頼みます」

直樹は痙攣を繰り返す男を通路側の一室に運び込んだ。

数分後、運び出されたものは家電メーカーのロゴの入ったダンボールだった。それは台車に載せられて室外へと運び出されて行く。

閉じかけた玄関の隙間から夕陽の朱色が筋になって流れ込み、ドアが閉じると同時に室内に昏さがたれ込めた。

「みずのたむけの、おもいをくみせば、あいのまくらに、うらみものこらず……

にしのじょうどで、うみのぬしに、そのてをあずけて、かわをわたりて……」

聞きおぼえのある般若心経の後、短いおかっぱ頭の子供が唱え始めた。

聖子がほろほろと涙をこぼしながら、あの子は怨みを忘れてくださいますか、父親に手を引かれて成仏してくれるんですね、とたずねている。

笙が漆黒の髪を揺らし、大きな目を半眼にしたまま数珠を鳴らしている。

今日、直樹と一緒に来た紗季を見た時、子供はあからさまなねたみを放った。けれども今、その顔から世俗的な感情は拭い去られている。

呪文めいた文言は理解できないけれど、この子が依童《よりわら》と呼ばれる口寄せ巫女《みこ》なのだと察しがつく。

死者の魂を呼び、身体に宿らせて、生者に声を聞かせる者だ。盲目の女の生業《なりわい》とされる土地もあれば無垢な子供を使う場所もある。修行を積んだ女が敬われながら行う地域もあれば、ごく普通の農婦が家業の合間に口寄せをする村々も多かったとか。

子供の声が満ちる室内でまた周囲がゆらゆらと揺らぐような、すわった膝が波打つような感覚にとらわれた。

今夜もほうじ茶を出されている。とても香り高いお茶だった。

お香をもらっても使っちゃだめ……、なれない人だと副流煙でアウト……、思い出す言葉。軽い酩酊の中でうっすらと想像がつく。経口摂取という方法もあるはずだ、と。

人の心を落ち着かせ、宗教的な没入感に誘うため少量の大麻を使うのは古くから世界各国で行われていたことだ。

海外から戻った男を直樹が運び去った後、聖子が大きなベッドの上でむせび泣いていた。

私、まちがったことはしていないわ……、でも元の直樹は私を許さない……、ツキノカミサマに助けてもらいたいの……。

かける言葉もなくただ彼女の手を握り背中を撫で続けた。彼女の身体はか細かった。

質素だけれど清潔なブラウスの向こうに汗ばんだ肌が震えていた。白い髪が寝具の上に乱れ、筋の目立つ指が枕を握りしめる。彼女の顔は殺された男とよくにている。困惑や悲嘆の時、眉尻が大きく下がる表情もそっくりだ。

日が暮れて、真っ赤な月が白く変わる頃、直樹が戻って来た。

泣き疲れてまどろんでいた聖子がその気配に目をさまして男にしがみつき、疲れたでしょう？　怪我はしていないわよね？　と労《いたわ》りの声をかけていた。

大きな息子が小さな母を抱きしめて、俺は平気だよ、母さんこそ無理をしないで、と応えながら白い髪を撫でていた。

その絆《きずな》を美しいと思うのはすでに異界に足を踏み入れたということなのか。

そして考える。勇也が愛娘と抱きあう姿を見たらどう思っただろうか、と。感じただろうものはたぶん嫉妬、そして忌々しさ、もしくは生理的な嫌悪に違いない。

直樹が手際良く聖子を着替えさせている。やっと気がついた。彼女のブラウスに血痕が散っていることに。老女の下着を替えるのも、汗と血に濡れた裸体を拭くのも無骨な男が手際良くこなし、ほんの数分で聖子はこざっぱりとした、見なれた老婦人の姿を取り戻していた。

何も口にできそうなかった聖子が尾田家で出されたほうじ茶を飲み、小さな菓子を嚙んでいた。クッキーと呼んでいいのだろうか。油分を含んだせんべいと言った方が適切なのだろうか。甘味のあるものを摂《と》っておかないと疲れますから、と言われ紗季も口にした。それはほんのりと未知のハーブが香る菓子だった。

愛らしい地蔵様のような幼児が声をあげる。頭を振るたびに短い髪がさわさわと揺らぐ。頭上の垂紙が踊るように見えるのはお茶と菓子がもたらした幻覚なのだろうか。

「ごくらくじょうどに、まいられむかえて、なきもうらみも、けせてむかえて……みずのたむけの、こころもくみせて、あいのまくらにじひをねがいて……」

聖子がむせび泣く声が高まって行く。

「ああ、ありがとう。父さん、ありがとう。どうか、どうか許してください。父さん、あの子を蓮《はす》の花の咲くあたたかい極楽に連れて行って……、どうか仏様のお側で……」

聞き取れない詠唱と聖子の涙声が絡み続け、やがて笙が、ありがとうなんし、ありがとうなんし、お戻りなんし、お戻りなんし、と声を張りあげ、かくり、と力を失った。

母親に支えられて顔を上に向け、子供はきょろきょろと周囲を見まわし、直樹を見て何ごともなかったかのように無邪気に笑いかける。次に紗季を見て、また少しだけかわいらしい顔を曇らせた。

「紗季さんはまだカミサマ言葉がわからないのでしたよね」

数珠を塗り箱に納めながらみどりがたずねた。

「あの、すみません、突然だったから……」横からおずおずと直樹が答える。「今回はとても急で。一緒に来てもらったんだけど、俺、何もお話ししてません」

「承知いたしました。では私からご説明いたしましょう」

背筋を伸ばしたみどりがゆっくりと話し始める。

「八百万《やおよろず》の神様や仏様が降りた時、カミサマはカミサマ言葉で話します。『みずのたむけ』というのは『水の手向け』つまり死に水を取った者を意味します。今回も亡くなられた方に死に水を与えたのは直樹さんですね？」

「はい、俺、お送りする前にちゃんと口に水を垂らしました。息を止める前に、必ず死に水を取るようにここで教えられましたから」

「良いお心がけです。死に水がなければ死者ののどが焼けてしまいますから。そして、『あいのまくら』は『相の枕』で配偶者のこと。先ほどツキノカミサマに降りたのは聖子さんのご主人の直治さんですから『相の枕』は聖子さんのことになります。なので『水の手向けの、想いを汲《く》みせば、相の枕に怨みも残らず』は『死に水を取ってくれた直樹さんの気持ちを汲み取って思いやれば、私の妻への怨みなど残りません』と解釈されます」

ご主人は入院して要介護……、何年もお顔を見てない……。うわさ好きの民生委員は真実を述べていた。父さんを看取ったのもこの子、と聖子も言っていた。

「『うみのぬし』は『産みの主』、つまり産んでくれた実の親のこと。ここでは父も母も『産みの主』と呼ばれます。『西の浄土で、産みの主に、その手を預けて、川を渡りて』と言うのは、聖子さんの息子さんが『浄土に向かって実の親、つまり直治さんに手を引かれて三途《さんず》の川を渡ります』という言葉になるのです」

みどりがツキノカミサマと呼ばれた子供の言葉を朗々と復唱する。

「『極楽浄土に、参られ迎えて、泣きも怨みも、消せて迎えて。水の手向けの、心も汲みせて、相の枕に慈悲を願いて』。つまり、亡くなった方は極楽に迎えられて泣きたいことも怨みごとも消して穏やかな心を迎え、死に水を取られた方の心も汲み取り、仏様が私の妻への慈悲を垂れてくださるように願います、といった意味になります」

みどりの声が耳に沁みる。妙にしっくりと、不思議なほどに心になじむ教えだった。

「言ってよろしいですか？」みどりがたずね、直樹が隣でうなずいた。「前に紗季さんの家に押しかけた男性の死に水も直樹さんが取りました」

「知っていました」ごく自然に声が出た。「助けていただいたんです。私は素直にお礼を言えずに。すみません、なかなか受け入れられずにいて……」

「いえ、俺も最初、驚いたから。よその人がびっくりするのは当たり前で。つまり、俺も血筋は淀ヶ月じゃないから。紗季さんの気持ちもわかるし」

「血筋など重要ではありません」みどりが言い放つ。「大切なのは淀ヶ月を故郷と思う心、そしてツキノカミサマを信じる心です」

「あのカミサマと呼ばれるのは、いわゆる……、口寄せ巫女？」

「はい、淀ヶ月村……、つまりこのマンションの住民の多くが住んでいた地域の風習なんです。とは言っても遠い昔から伝わるものではありません。最初のカミサマは昭和の始まる頃、遠い北の土地から嫁いで来た女性だったそうです」

正座していた笙が立ち上がり、ぺたぺたと直樹にかけよってその膝にすわって細い声で言い始めた。

「ハツ女、北より嫁ぎ来て仏を降ろす。古き文言を用いて、在の者にも仏の言うことを伝える。ハツ女の教えを受け、あるいは霊気に当たり、村の女子供に仏を降ろす者、増える。ハツ女、北の訛の強き女なれど、仏を降ろせば古き句を連ねて淀ヶ月の者にわからせる……」

意味がわかるようなわからないような。仏降ろしをしていた時とは口調が異なるような。

「この子が暗唱したのは淀ヶ月の村史に書かれた内容です」みどりが言い添えた。「ハッさんという女性が北の地方から嫁いで来て仏降ろしを伝えたんです。それまでは村に仏降ろしをする人はいなかったとかで」

　死者の霊や天地の神々を身体に宿してその言葉を伝える巫女は古くから存在していた。青森県恐山《おそれざん》のイタコ、沖縄県や鹿児島県奄美《あまみ》諸島のユタなどが知られている。

「ハッさんの言葉は北国の訛が強くて淀ヶ月の人にはわかりにくかったとか。でも仏降ろしの時は別の言葉を使うから何となく誰もが理解できて。だから在の人……、在というのは在郷、つまり田舎の人も聞きに来るようになってカミサマに弟子入りする人も増えました」

「相の枕、とか、水の手向け、といった言葉の方がわかりやすくて、それがカミサマ言葉として使われて？」

「ハッさんのお国のあたりでお父さんのことはどう言うんだっけ？」

　みどりが笙の方に顔を向けて静かにたずねた。

「とう、おど、とさま、おとさ、おじこ、おどちゃ、とっちゃ、おどと、つぁ」

　子供が細い声で答える。

「じゃあお母さんは？」

「かが、かぁ、あば、おばさ、かさま、じゃちゃ、あばこ、かあさ、かかこ」

「今、笙が言ったのはハッさんの郷里近辺の言葉でお父さん、お母さん、もしくは夫、妻の意味です」

みどりが淡々と説明した。笙によくにた顔立ちの品のある女性だと思いながら聞く。毛先の不揃いな髪をカットして化粧をすれば人目を引くほど華やかになるだろう。

「ハツさんが育ったあたりは山が多く村々が分断されていたため、隣の村に行けば言葉が異なることもあったとか。お父さん、お母さんの呼び名さえも村ごとに違っていました。

一生、村から出ない人は他村の言葉など理解できません。けれども配偶者を『相の枕』とまとめて呼び、知恵のある方が訳して伝えれば多くの場所で通じます。カミサマ言葉はそういった事情から生まれたらしいと伝えられています」

「由来が残されているんですね。伝統がここに、生かされているのですね」

「ハツさんに関する言い伝えから村史が作られたのは昭和十年代とのことです」

意外な新しさに少し驚いた。何百年も前から伝わることのように思えていたからだ。

みどりが続ける。巫女になる女はいつの時代も一定数、存在したと。厳しい修行を積んでなる者もいた。生まれながら能力を持つ者もいれば、突然にその力を授かる者もいた。

「昔の人はこまったことがあればカミサマに聞いたんです。死んだ方が誰かを恨んでいなかったか、失せ物がどこにあるか、病気が治るかどうか、日常的なことから健康のこと、今で言う行政のこともカミサマにお聞きしていたと聞きます」

鬼の非実在を証明した人はいません……、実在を証明した人もいません……。

真帆子が言っていた。同じことだ。霊力を否定する根拠などない。けれども、と考える。常に村人の話を聞くカミサマは情報に通じていたに違いない。そして誰かに悩みを話すだけで心が穏やかになる人もいたはずだ。

「カミサマはたくさんいたの。区別をつけるために土地の名をつけてニシノカミサマ、カワノカミサマなどと呼び分けられたのよ。ツキノカミサマは『淀ヶ月のカミサマ』のこと。先代のツキノカミサマがみどりさんを見込んで跡継ぎにしたの」

聖子が語る。目にハンカチを当てているけれど、青ざめていた顔に血の気が戻っているようだ。途切れた言葉をみどりが引き継いでしゃべる。

「私と笙とは『上ノツキノカミサマ』『下ノツキノカミサマ』と呼び分けられます。とは言っても私はパートと育児でカミサマのお役目に手がまわっていませんが」

あどけない顔に戻った笙が直樹の膝に乗って首にしがみついている。お地蔵様が仁王様に抱かれているような、と今夜もまた考えた。

「お話がそれましたね」みどりがひっそりとほほえみながら続けた。「紗季さんを訪ねて来た男性も直治さん、つまり聖子さんの亡くなられたご主人が引いて行かれました。桐野さんのご主人は徳の高いお方です。他人でも穏やかにお迎えして三途の川で手を引いて浄土に連れて行ってくれるお方です」

「ええ、ええ、主人は根っからの善人で」沈黙していた聖子が目を押さえて涙声を発した。「淀ヶ月が水に沈んだ後、ここに住んで働いて、平凡な人かも知れませんけど情に厚くて、心が優しくて、争いごとを好まず、ツキノカミサマへの信心も深くて……」

「とても仲の良いご夫婦でした。どなた様もがうらやむような」

「主人に引かれるのなら元の息子も果報なことです」

とても果報者でございますね、とみどりが応じてほほえみ、現世の生などはかないもので、執着やら情などはささいなことで、と言葉を繋いだ。

聖子の表情が安らいだものに変わっていく。見ていると心が和らぐ。小さなツキノカミサマが直樹に抱かれたまま大人達につられるかのように笑う。

お茶の香りが漂う。ここは居心地が良い。下げられた紙垂が揺らぐ。みどりがまたほうじ茶を淹れた。

通路側の窓に月が見える。禍々《まがまが》しいほどに紅かった月は天空で清らかな白に変わり、闇の中にはヒルガオが今夜も無数に揺らめいていた。

川原に銀の月光が降っている。小さな取水堰《ぜき》から流水音がさあさあと響く。

夏草がそよぐ中、幼児が跳ね踊っていた。短い黒髪が白い頬を打ち、ひらめくスカートが細い脚の周囲に広がるのが美しい。ムカショヨモギ、ノゼリ、ワルナスビ、オオケダテ、踏まれた草が匂う。

直樹と呼ばれる男と並んで川原に腰を下ろして舞いを見ている。この状況を今日の夕方までは想像すらできていなかった。

ツキノカミサマと崇《あが》められた子供は、仏を降ろした後、月光を浴びて身を清めるのがならわしなのだとか。

今夜は急な仏降ろしだったから、このツキノミソギと呼ばれるしきたりが夜遅くにずれ込んだ。通常はみどりと直樹が同行するのだけれど、聖子がツキノカミサマの座敷で横になってしまったため紗季がみどりの代わりをすることになったのだ。

「いろいろなことがあって驚きましたよね？　疲れてるんじゃないですか？」

横の直樹がたずねる。視線は紗季には向かず、少し離れた場所で踊る子供だけを捉え続けていたけれど。

驚きました、と答えたらいいのか、窓から入ってすみません、などと言ったらいいのか。それとも、殺し方がへたでごめんなさい、と恥じらうべきなのだろうか。

言葉が見つからないからみどりに持たされたお茶でのどをうるおした。

「嫌になったり、怖くなったりしませんか？　ツキノカミサマなんて迷信じみてるって思わないですか？」

「うまく言えませんけど、ただカミサマの声に癒される気がしました。なつかしい、と言ったらいいんでしょうか。死んだ人が浄土に行くのだと言ってもらえて、身勝手だけどありがたくて。

もちろん殺した私の罪が消えるとは言わないけど……」

「違います。違います。紗季さんは殺していません。とどめを刺したのは俺です。紗季さんの手を汚したりなんか、俺がさせません」

「それは……、それが直樹さんのお仕事だから？」

「はい、それが俺の仕事、いえ、違います。仕事だからじゃなく、前の時は紗季さんの味方になりたくて。ええと、俺は淀ヶ月の送り屋……、つまり災厄を持ち込む者や亡くなる人をあの世に送るのが仕事だけど、あの男は紗季さんをいじめてたから……」

涼しい湿度の川風がそよぐ。みどりに渡された手作り防虫剤の香りが心地良い。

「俺も元は村の人間じゃなくて。大人になってから母さんにひろわれて、みどりさんに救われて、直樹として生き直して……。だから俺に優しくしてくれる人を守るのがお役目なんです。紗季さんも大事にしたいんです」

口べたな男がたどたどしく語る。口調が朴訥《ぼくとつ》なだけに真心が伝わって来る。

「どうして聖子さんの子供になったのか聞いてもいいんでしょうか？」

「もらい事故にあって意識不明で入院してました。大怪我で顔もわからなくなって、全身が包帯だらけで、桐野直樹の保険証を持ってたから母さんに連絡が行って」

「でも、あなたは聖子さんの実の息子の直樹さんではなかった」

「保険証は偽造品で。つまり俺、そういう物を持つような人間だったわけで」

「聖子さんは気づかなかったんでしょうか？　その、体型や年齢がずいぶん……」

「気づいていたと思います。でも、おふくろは俺を直樹って呼んで、ずっと看病してくれて、退院してからは家に引き取ってくれたから。俺も事故で譫妄《せんもう》状態になってた時、耳もとでずっと『直樹』って呼ばれてよくわからず返事してたから……」

目の前で子供の踊りが続く。白っぽいスカートが丸く広がって揺れている。にている。あの丸さ、ほの白さはフェンスに咲くヒルガオの花にそっくりだ。

子供はとても身軽な動作で、ひょい、ひょい、と二歩前に跳び、くるり、とまわって左右に一歩ずつ踏み出して前方に手を交差させる。次に両手を斜め上に上げて、ぴょん、と跳ねる。

どこかで見た動きだ。ああそうだ。音のない盆の踊りとにているのだ。けれど大人達に比べて動作が格段に大きくて軽い。跳ぶ高さも盆踊りのものとは比較にならないほど高い。まるでそこだけ重力が失せているかのような。

これは淀ヶ月に伝わるカミサマ踊りなのだとか。下界に降る月の光を浴びて、俗世の煩悩に触れた巫女が身を清める舞いなのだとか。

俺、まともじゃない方法で大金を稼いでいて……、バイトでどれだけ働いても正社員の半分くらいの収入にしかならないから……、やさぐれてやばい仕事に手を染めて……、男の声が続く。

語りに呼応するように白い光の中に子供が跳ねる。彼の昔の仕事については聞かなかった。どんな育ちかも問わなかった。

過去なんか気にしない。清浄な光の中では皮一枚に刻まれた傷などはっきりと見えはしない。男の横顔の鼻梁が美しい、あごの線が逞《たくま》しくなまめかしいと思うだけだ。

「昔の俺は悪事を誇ってたんです。えげつなく金を貯《た》めた人間から奪うのは正義だって。余るくらい金を持ってるやつから貧しい人間が取りあげるは当たり前だって」

聞きながら漏らしたため息は共感であるような、そして悪事への理解でもあるような。

「わかります。働いても収入が上がらない、がんばってもむくわれないって、苦しくて割り切れなくて、世の中を恨む気持ちになって……」

現世の不条理など口にする側で川がさらさらと鳴る。

側に小さな取水堰がある。わずかな高低差を越えて下流に動く水が、澄んだ音を立てるのだ。

この眺めはあの納骨堂の壁画ににている。あれは黄金淵と呼ばれた地の月夜の景色に違いない。丸カミサマと呼ばれる子供が跳ねて、踊って、切り揃えられた髪とスカートをひらめかせる。丸いすそが細い身体の周囲を飾る。それは地上に咲いた満月であるかのような、そして突き出した二本の脚がまるで花蕊《かずい》であるかのような。

「違法でも働けば金が入るのが嬉しくて、誇らしかったんです。金をまきあげるスクリプトを作るのもカモの名簿を集めるのも楽しくて。仕事がうまくいくと世間に認められた気分になれて、頭脳戦をする義賊か革命家みたいな気分で」

瞳を月光に濡らしながら男が続ける。聖子に息子として愛され、自分を直樹と思い込み、桐野直樹として生き直し、普通の生活の安らかさを教えてもらったのだと。

「悪気があったんじゃないです。自分は直樹だと本気で思ってました。事故で記憶喪失になった直樹なんだって」

「事実に気がついたのはいつですか？」

「親父を送った時、つまり手にかけた時。それまで悪人の記憶は前世のものだと思ってたけど、回復の見込みもなく衰える親父を見て、おふくろが悲しんでるのを見て、身体がね、全部、思い出しちゃったんです」

身体が思い出す？　とたずねると直樹が、残酷な話ですけど、と前置きして続けた。

「苦しませずに死なせる方法やいたぶり尽くして生かし続ける方法を俺、知ってたんです。暴力の使い方、拷問のやり方、人の脅し方、死体の消し方、そんなのをいっぱいおぼえてました。前世の記憶にしては道具や用語が新しすぎて。もしかして多重人格障害かもって悩んで、怖くて、ずっと夜になると泣いてたんだけど」

身体の大きな男が心もとなさそうに肩を震わせた。成人の姿をしているけれど魂は小さな子供であるような。村の大人に守られる存在であるような。

「お母さんは直樹さんの昔のお仕事のことは知ってるんですか？」

「淀ヶ月の送り屋として動き出して、手際とか、知識とか、そういうのを見て真人間じゃないな、ってわかったはずです」

「それでも聖子さんはあなたと一緒でとても幸せそうに見えましたよ」

だから迷わずに実の息子を手にかけて、と言いかけ、不謹慎かと言葉を飲み込んだ。

「俺、おふくろに産み直してもらったんだって思ってます。村でみんなにかわいがられて、粛清を怖がらないくらし、あくせく稼がずに生きられる場所っていいなって。だから淀ヶ月の送り屋としてまじめに働くんです」

「失礼ですけど近所の皆さんは違和感を持たなかったのでしょうか？」

「中肉中背だった桐野直樹がこんな大男に育つはずない。でも、かわいそうなおふくろが俺を直樹と言い張ったから。そしてツキノカミサマが……、つまりみどりさんと笙ちゃんが赤ん坊みたいになってた俺をすごくかわいがったから」

「ずっとパートリア淀ヶ月の人達の死に水を取り続けて？　そして……、ミニバンの火葬炉で遺骨にするため、その……、ご遺体を小さくされるのも直樹さん？」

知っていたんですね、と聞かれたから、葬祭業のクライアントがいて、と答えた。

「音坂さんが言ってました。紗季さんが火葬車をじっと見てるって」

隣の真帆子ちゃんと一緒に、と言おうとした時、踊る子供がひときわ高く跳び、中空でくるりと身体をまわした。その動きが勇也の娘を思わせて口をつぐんでしまう。

「俺にできるのって送り屋の仕事くらいで、まわりも必要だって言ってくれるし。そしてね、送り屋を雇った人の心をなぐさめるのがツキノカミサマの役割なんです」

「笙ちゃんは霊力というか神通力みたいなものを持って生まれた子なんですか？」

「よくわかりません。送り屋を雇らいきさつは俺からみどりさんと笙ちゃんにお話ししてるし、近所づきあいで家のこともわかりあってるはずだから。いんちきだと言われればそれまでかなあ。ただ、笙ちゃんは知らせていないことも言い当てるから」

「皆さんの心を救ってるんですね。事実を受け止めて苦しんだり、人が争ったりするより、許されるのだと、鎮めてもらうのだと言われた方が、きっと、幸せ……」

　紗季さんは優しいですね、と男がつぶやいた時、子供がその場で旋回を始めた。斜めに上げた右手を中心にくるくるとまわり続けている。固定された手の平に丸い月が乗っているかのように見える。黒い髪が顔のまわりに円を描き、色淡いスカートが花のように腰まわりに咲く。

「ツキノカミサマがまわり始めたらじきに踊りも終わりです」

「きれいで神聖な踊りですね。見ているだけで心が清められそうです」

「昔は淀ヶ月村の近くの黄金淵で踊ってたそうです。淀ヶ月は山に囲まれた谷にあって、年中、夜は霧が出て月がぼやけてたって聞きました。少し山を登った黄金淵では月が冴え冴えとしていて、初代のカミサマのハツさんが修行と禊の場にしたそうです」

　四方を山に囲まれた淀ヶ月村は今は水の底にあるそうだ。四十数年前、ダムが建設されて村が沈む時、補償金と共に提案された代替居住地のひとつが同じ建設会社が開発したパートリアマンションだったのだ。

「普通、マンションって最寄り駅の名前がつきますよね。淀ヶ月なんて地名、近くにないでしょう？」

「仲介業者が淀ヶ月はこのあたりの昔の町名だって言ってました」

「セールスのために適当なことを」男が苦笑いする。「淀ヶ月村の名前を残すのが土地を手放す条件だったからですよ。それから名産だった麻布を保存するため麻の栽培を許可させて。当時の村長、ええと、つまり今の理事長のお父さんがすごくがんばって東京の隅っこに淀ヶ月の名前を残したそうです」

「私達以外は全員が淀ヶ月村の人？　事件を起こした岩上家の人達も？」

「淀ヶ月村の出身者が圧倒的に多いです。でも、一般販売もあったからよそから来た人もいます。子供殺し夫婦もよそ者で。家を売る時は互助会が村の縁者を紹介するのに、たまに仲介業者が割り込むから。よそ者が入らない、住まないような規則を作るって村長達ががんばってます」

「あの、岩上家の奥様はお盆の夜に送られて？　実は私、見てしまって……」

「はい、俺が送りました。淀ヶ月を穢《けが》す疫病神だしいつも道切りを破るから。笙ちゃんが言ってました。あの子、勘が良いって言うか、人の気配とか視線とかを肌で感じ取るみたいで。紗季さんが盆踊りの夜に送り屋の仕事を見てたって」

道切りって何ですか？　と聞くと、エントランスのオートロックのことです、と素朴な口調で教えられた。

「昔は病気や泥棒は村の外から入って来るって考えられて、だから村の入り口の道を切る、つまり侵入者が入らないおまじないをしてたんです。先祖の骨を入れた壺に来て欲しくない人の名前を書くっていう方法もあるらしいけど。ここではエントランスに注連縄《しめなわ》みたいな飾りがあるでしょう。あれも道切りのおまじないです。コンクリートの建物に住んでも古い習慣は残るんです」

「建設工事の前に神主さんが呼ばれるのと同じですね」

直樹がほっこりとした空気を発してうなずいた。そして、おまじないに頼る心ってあっていいですよね、何かに守られるっていいですよね、とつぶやいた。

まわり続けていたツキノカミサマが旋回をゆるめている。丸く咲いていたスカートが細い脚にまとわり始めている。

ゆらり、ゆらり、と笙の身体が軸を失い、直樹がかけよって細い身体を愛しそうに抱き上げた。子供は男の頭に両手をまわし、その髪に口づけするかのように頬を埋めている。

直樹と並んで帰る時、自分達は子連れの夫婦に見えるのだろうかと考えた。

「紗季さんは良い人だって思います。地蔵様を信心して、仏様も拝んでくれて」

笙の目が向けられている。敵意は感じられない。けれどもこの男は自分のものだと、自分だけの庇護《ひご》者だと告げるかのようなまなざしだった。

冬枯れの歩道に無様に転がった少女を思い出す。

もし顔をあわせていたら、あの子もこんな目で自分を見たのだろうか。

「俺だけじゃなく、村の大人の人達も紗季さんにずっと淀ヶ月に住んで欲しいって言ってます」

大人の人？　と聞き返す。成人の直樹が周囲を「大人」と呼ぶのが怪訝だったから。

「俺、見た目は大きくても頭の中は生まれて数年の子供……、つまり笙ちゃんの弟みたいなもので。道徳とか常識とか全部、淀ヶ月で教え直されたから。こんな俺がここに住み続けてって言っても頼りないけど……」

朴訥な言い方がほほえましくて、ここに住むのも悪くない、と思う。

同時に真帆子の言葉も浮かぶ。

売っちゃえば……、離れだったら無料で住んで……。

歩く視界に月が揺れた。川原を流れる風が涼やかで透明な月光が清らかに地上を照らす。

直樹を見上げると、背負われたツキノカミサマと目があった。大きな黒目が月光をはね返し、そこにまた幼い嫉妬を嗅ぎ取った。

自分に不快感を与える者は悪……、排除を試みれば……。耳に真帆子の声がよぎる。子供の目が光る。早生まれの秋虫が鳴く。淡く降る光の中で、疲れましたか？　と男が聞いた。いいえ、と答える前に笙が細く、高い声を発した。

「直ちゃん、眠い！　横だっこは嫌！　前でお腹をくっつけて抱っこして！」

直樹が子供を軽々と前に抱え直した。間近で揺れるおかっぱ頭は、やはり毛先が不揃いだ。笙は直樹と腹と腹をあわせて両手と、開いた両足でしがみつき、光る瞳でこちらを見据えていた。

マンションの敷地から見上げる月は川原の月ほど冴え冴えとしていない。輪郭がほんのりとぼやけ、うさぎ模様がかすれ、周囲にあわあわとした笠をまとっている。

笙が直樹の胸にしがみついたまま軽い寝息を立てていた。桃色の唇が開き、きらきらとした唾液がたまっている。あどけない幼児の顔だ。月光を浴びて踊る神秘性も仏を降ろす荘厳さも失せている。

「笙ちゃんを家に返しておふくろを連れて帰ります」と言いかける男の胸もとで笙が、ぱちり、と目をあけた。

まぶたが月光を攪拌したかのような、長いまつ毛に空気が乱されたかのような、かすかな風が伝わった。

「こんばんは、お姉ちゃん」直樹の胸もとからさえずりめいた声があがった。「お仕事の帰り？若い女の人が夜に一人歩くのは危ないんだよ」

何が起こったかがわからなかった。笙を抱いた直樹もとまどいを見せている。

男の胸板を蹴るようにして小さな子供が、ぴょん、と地面に降り、確かな足取りで駐車場に向かって行った。

「こんばんは。子供がこんな時間におんもにいたらおうちの人が心配するよ」

真帆子の声だ。黄色い通路灯にほっそりとした立ち姿が浮き上がる。大きな瞳がちらりとこちらに向けられた。黒いシャツにスラックス。髪が結い上げられている。

「大人が一緒だからいいんだよ」

「夜はお寝んねしなきゃ」

「うん、いつもはちゃんと寝んねするの。でもね、お月様がまん丸い夜……、ええと満月？　それがね、お空のてっぺんになる時間にね、つい一人で外に出ちゃうんだ。いつも行っちゃうのは川の水が小さい滝になってるところ……、しゅすいぜき？　そこの側に一人で行くの。でも今日はね、大人に見つけられちゃった」

常夜灯の下に子供の瞳が輝いていた。真帆子の目も濡れてぬめぬめと光っている。

「こんばんは紗季さん、こんばんは桐野さん。三人でお散歩ですか？」

「違うよ」笙が細い声を出す。「一人でお散歩してたら大人がさがしに来たの」

歩みよった直樹が笙を抱き上げる。もう帰ろう、お母さんが心配してるから、そう語りかける男の髪に子供が顔を埋め、とても素直にうなずいた。

「紗季さん、今夜はありがとうございました。真帆子さん、おやすみなさい」

声が他人行儀だった。自分の過去や淀ヶ月のなりたちを話す時の親しさが消えている。

おやすみなさい、と返す声が虚しい。

笙は直樹の頭を抱き、肩越しに視線を投げたままエレベーターホールに消えて行った。

「紗季さん、マザコン息子と子連れデート？」からかうような声で真帆子が聞いた。「服のすそとお尻に土がついてますね。屋外で並んですわった？」

慌ててシャツをたたくとはらはらと枯れ草と乾いた土が落ちた。

「汚れてるのはお尻だけか。背中や髪に土や葉っぱがついていたら色っぽいこと想像するけど、それはやってないんですね」

「変なこと言わないで。笙ちゃん、つまりあの子のことでつきあってただけ」

そこまで言って考えた。つきあって？　何につきあったと言えばいい？　ツキノカミサマの禊につき添ったと言う？

仏降ろしの話などしたら、カルト現場に立ちあったんですか？　と目を輝かせてにじりよられるだろう。いや、それ以前に帰国した男の頭を割ったことなど言えはしない。

「夜中に一人で出歩く子供の捜索に駆り出されたってことですか？」

「うん、ああ、そうだね。そんな感じ」

「子供に夜ふかしの癖をつけるって良くないなあ。岩上英雄君といいあの子といい最近の親は子供の生活時間を管理できないんですかね。うん、それにしても、あの子、かわいかったなあ。あんまりきれいな顔だから見とれちゃった」

「前に子供はかわいくないって言ってなかった？」

「子供は嫌いだけど見た目が優れているなら賞賛します。あの子の顔の造り、和風で古典的で素晴らしいです。目つきも神秘的。スイレンを飾って絵にしたいなあ。いや、あの子には白蛇のウロコみたいにびっしり咲くヒルガオがにあうかな」

真帆子ちゃん、今夜は何を探ってたの？　たずねる言葉が出ない。会話の端々から何かを嗅ぎ取られそうな気がする。またろくでもないことを聞かされそうで恐ろしい。

フェンスにほのめくヒルガオが満月に産みつけられた卵に見えた。この白くはかなく、けれども生命力のある花は確かに笙ににあいそうだ。

「紗季さん、あの骨、鑑定できそうです」真帆子が横に並んで口にした。「まだ公表されていませんけど火葬した骨からＤＮＡを採取する技術が開発されているそうです。科捜研に出入りする記者の情報だから確かです。鑑定にかなり時間がかかるそうですけど」

「三〇五号室の骨壺の骨とジュエリーの骨の親子関係を調べられるってこと？」

「これで調査が進みます。あたし、コネを使いまくって調べてみせますよ」

淀ヶ月に侵入した女の正体が明らかになる。やがて送り屋の仕事も、勇也の末路も明るみに出る。

「タケシ先輩……、例の弱気な記者、あの人って科捜研にも顔がきくんです。あたしも頼み込みます。土下座でも色じかけでも何でもやるつもりです」

産み直してもらった……、みんなにかわいがられて……、まじめに働くんです……。幸福そうに語っていた男はどうなるのだろう。俺にできるのって送り屋の仕事くらい……、汚れ仕事は俺が……。語る声があどけなかったと思う。

「骨の親子関係が立証できたら岩上芽衣の親からDNAを採取します。鑑定結果と娘の名前の入った骨壺の画像を見せたら嫌とは言わないでしょう」

直樹に教えなくては。骨壺を処分するように言わなくては。

でも、どう言えばいいのだろう。真帆子とパートリア淀ヶ月を探っていたと告げる？　不法侵入を繰り返していたと打ち明ける？　直樹は驚くだろうか。聖子やみどりは悲しむだろうか。そして直樹が自分を見放したら、笙は少しだけ喜ぶのかも知れない。

階段を上がる足もとが揺らぎ、柔らかな女の身体が崩れかけるのを支えてくれた。

「紗季さん、すぐに結果は出ません。けど、じきに忙しくなりますよ」

小柄な女が見上げて笑う。瞳の輝きが獲物を見つけた子猫のようだ。

引っ越しの準備もしましょうよ……、親父が仲介業者も紹介してくれますよ……。声が吐息に混じって耳たぶを撫でる。片腕に柔らかい身体が押しつけられる。

明るみ始めた空で丸い月が西に傾き、地上の灯りの中で灰色ににごりかけていた。

第四章　描く女

　北西の小さな崖地にコナラとシラカシの葉が重たいざわめきを響かせる。季節が進めば樹々の葉が染まり、地蔵尊の前かけに近い赤色に変わり、小粒のドングリがぽろぽろと敷地内にも落ちて来るのだとか。

　取材のために始めたお参りだった。けれども今は人が極楽に行けるようにと祈る。

　今日は色とりどりのコスモスを折って供えた。この頃、紗季をまねて折り紙の花を供える住民が増えた。子供の手による鶴や手裏剣があるのもほほえましい。

　聖子も花を供えるようになった。きっと祈っているのは親より先に死んだ実の子の冥福だ。あの母子が安らかでありますように、末永く穏やかでいられますようにと願う。そして無理と思いながら真帆子が何も嗅ぎ当てず、疑惑を先細らせるよう祈らずにはいられない。

「こんにちは、相変わらず信心深いのねえ」

かけられた声に顔がくもるのがわかった。丸顔の汗をハンカチで拭くしぐさ、肩にパラソルを背負うような癖、パートリア淀ヶ月に侵入する民生委員の山本だ。

「今日も誰にもあえないわ。お隣の桐野さんもお留守。八十歳以上の年金受給者に必ず面会しなきゃいけないのに、こまっちゃう」

「桐野さんはお散歩のようです」するりとうそが出た。「ご夫婦ともお元気です」

「まあ、直治さんとおあいになったの？」

今ならわかる。直治と直樹、よくにた名前を聞きまちがえていたのだ。

「要介護からの自立歩行って本当にあるのねえ」女は秘密めかした声でささやいた。「それはそれで奥様の聖子さんが大変ね。また暴力をふるわれてない？　家にいて殴るより介護施設にいてくれた方が何かと、ねえ？」

「え？　暴力？　桐野さんのご主人が？」

女はパラソルを持ち直し、相手の驚きを味わうかのようにしゃべり始めた。

「直治さんは人前でも奥さんを殴るから。息子さんもそれが嫌で海外に行っちゃったんじゃない？　ケアマネージャーさんも聖子さんを心配されて」

「桐野さんのご主人は……、どなたからも慕われる方なのでは……？」

「あら、いやだ、あんな乱暴な人が！　桐野さんの奥さんが少し足を引きずるのはご主人に怪我させられたせいよ。何度も顔を殴られて片方のお耳がうまく聞こえないし。あの奥さん、いつも顔を横に向けて人のお話を聞くでしょ？」

「直治さんは……、とても徳の高い方です」

真帆子のようにほほえんで発するうそではなかった。

聞いたことや言った人を信じたくて口にした言葉だった。

「丸くなったのねえ。劇的な回復事例だからケアマネージャーさんや精神科の先生が面談したがってるわ。性格も変わったならますます興味を持たれるはずよ」

「静かにくらしていますからそっとしておく方が……」

「それじゃあ何かあった時にねえ。だいたいお散歩なんて危ないわ。お一人で外出って、認知症の徘徊《はいかい》かも知れないじゃない？」

彼女の熱気も早口のしゃべりもわずらわしい。照りつける太陽も熱さを増している。

「認知症と決めつけるのは失礼ではありませんか？」

「帰れなくなったりしないよう市が配布する迷子札をお渡しするだけよ」

汗に湿ったハンカチを口に押し当てて女が笑う。今日は地蔵尊に祈ろうともしない。

昇った太陽が人工の窪地を焼き、地表の湿気が熱を溜める。彼女は、暑い、暑い、と言いながら立ち上がり、じゃあまた来ますね、と紗季の横から歩き去って行った。

「紗季さん、わかりましたよ」

飛び込んで来るなり真帆子が声をあげた。時間はいつものように夜遅くだ。

「今度は何が出たのよ？」

「例の葉っぱの件です。あれ、まちがいなく大麻です」

「理事長のルーフバルコニーで盗んだやつ？」

「農事試験場に持ち込んで調べてもらいました。マリファナが取れる種類です」

あれは麻糸を取るため……、と言いかけるのを真帆子が早口で遮った。

「麻糸もマリファナも同じ植物から取れます。茎からは糸、葉と花穂からはマリファナ、実は食用で加熱処理して販売します」

「互助会が麻の栽培許可を取ってるよ。伝統工芸の麻織物を保存するためだって」

「それ、どこで調べたんですか？」

「お地蔵さんまわりの情報。パートリア淀ヶ月に麻織物保存会があって体験学習もできるよ。参加してみる？」

「合法？　あんなにがんばって採取したのに？　いやだ、なにそれ、冗談じゃない！」

泣きそうな顔をした真帆子だったけれど軽く深呼吸してすぐに声を静めた。

「うん、だったらしかたない。全ての調査が実を結ぶもんじゃないし。大麻の違法栽培の線はなし。排除すべき要素が明確になったのは収穫です。とは言ってもマリファナを精製してない証拠はまだですね。あ、それから二〇五号室をまた調べました。壁画ロッカーを開けたら骨壺だらけ！　これ見てくださいよ」

真帆子が紙に出力した写真を広げる。二〇五号室の観音扉が開かれた画像だった。

「なにこれ？　どうやって開けたの？」

「慰安旅行の二日目の夜以降、同じ方法で入って開けました」

「不法侵入？　二日連続で……？」

「思いついたんです。二〇五号室に出入りしてる人は一般家庭の人でお年寄りも多い。その客層で複雑なダイヤルロックはない。めんどう臭がって施錠しない人もいるはず。あたしも集合ポストのロック、しょっちゅう忘れるし」

「それだけの理由で二回目の侵入？」

「これだけ根拠があればじゅうぶんです！　で、かたっぱしからロッカーを開けてみたら無施錠が五軒も！　決まった人しか入らないから防犯意識が薄いんですよ」

写真を再び見つめる。月と渓流の荘厳な夜景に四角い穴が掘られたかのようだ。

白い骨壺覆いがさらされている。どれにも氏名、命日、享年が書かれている。むき出しの骨壺の写真もある。ふたを開けられて骨があからさまに写されたものもある。

胸に痛みが走る。人々の墓所が暴かれている。悼まれることもなく遺骨がむき出しにされているのだ。

「字が汚くてごめんなさい。骨壺の氏名がこちらです」

真帆子がノートを差し出した。きれいな手書き文字で番号と名前が並んでいる。

「調査中のデータと仮説は紙に書くのが確実ってタケシ先輩にたたき込まれてるんです。会社のパソコンだとシステム部にのぞかれることがあるって。だから、あたし、勝負ネタは最後の最後まで紙にだけ書いておくんです」

「ちょっと待って。無施錠は五軒って言ってなかった？　この名簿には二十以上の名前が書かれてるよ？　ロッカーもずいぶん開いてるし」

「単純なロックだと踏んで全部あたしが開けました」

淡々とした説明が始まる。ダイヤルロックの開け方は一方向に回転させてある数字にとめ、次に逆回転させて次の数字にとめるというパターン、もしくはその繰り返しのはずだと。

「複雑なものじゃないはずだから回転はせいぜい二回。ここの集合ポストのロックも右まわりと左まわり一回ずつで開きますよね？」

「二回転でも組みあわせは二百通り？　右方向、左方向も入れれば四百通り？　全部、試したの？　慰安旅行の二日目の夜、一晩で？」

「閉じた後は隣の数字にずらして終わりにしがちです。例えば5になってた勝山家、きっとロック解除する最後の数字は4か6。なので右まわりに1、左まわりで6で試しました。それで開かなきゃ左まわり1から右まわり6。だめなら次に2と6、次は3と6」

「それだけでも相当に根気が要る作業……」

「いいえ、勝山家は左まわりに2、次に右まわりで6、それで開きました。最初が左まわり、次が右まわりっていうパターンがわかったら後は楽です」

すごい推理力、とあきれ半分に言うと真帆子は初めて誇らしげな顔をした。

「数字を一個ずらすだけじゃない所はすぐあきらめました。さすがに一晩で全部クリアは無理。ただ、下の一〇五号室って元気な若夫婦でよく朝まで外で飲んでるから、終電がなくなっても帰らない夜を狙って侵入しました」

「夜中でも出歩く人はいるし、あの脚立、目立つでしょう?」

女が涙袋を盛り上げてくすくすと笑い、嬉しそうに身をよじる。

「すてき！　紗季さんの目も欺けたんですね！　実は最初の夜、二〇五号室のベランダの手すりのすみに輪っか状にしたテグス糸を下げておいたんです。二日目以降はこのテグスに長いロープの端を結びつけてテグスを引っぱるんです。するとロープの片端は持ち上がるから手すりに通せるわけです。あとはロープの両端を結んでクライミングしました。マザコン息子と紗季さんに出くわしたのもその時です」

あの夜、真帆子は動きやすそうな服装をしていた。黒髪が丸く頭頂部に結われていた。紅潮した頬も濡れ濡れと光る瞳も何かを嗅ぎ当てた時のものだった。

渡されたリストのカ行の先頭に「勝山幸子　八十歳」がある。横の日付は梅雨の頃だ。これはきっと命日、満月を思わせる通夜提灯が通路に淀んでいた日に違いない。

次に目にとまるのは「桐野直治　八十二歳」。日付は三年前になっている。

亡くなる人をあの世に送るのが仕事……。あくせく稼がずに生きられる場所……。年金受給者に必ず面会しなきゃいけないのに……。

「そうか、そういうしくみだったんだ……」

「紗季さん、何か思い当たることでも？」

「うん、わかった」きっぱりとした声が出る。「勝山幸子さんは梅雨時にお葬式をしてた人だよ。この佐々木洋三さんも、桐野直治さんも数年前に普通に葬儀をしてる。ここに納骨してても一ヶ所で手もと供養だと言われたら問題ないんじゃないかな」

真帆子が真っすぐに見つめている。だから見つめ返した。

鋭利な知性に気後れはするけれど目をそらしはしない。

「大麻も殺人疑惑もすれすれでかわされますね。きわどいところをすり抜けられるってかえって怪しいなあ」

「住宅街のマンションぐるみの犯罪？　暗殺教団にハッシシ疑惑に連続殺人？　それが事実だとして動機は何？」

「まだわかりません。カルト集団っていう仮説を立てています。変なお祭りに過剰な地域交流にマリファナ臭。加えて管理組合の総会に排他的な議案が出てますよね？　議事録を見たうちの親父が頭から湯気を立ててましたよ」

「ああ、入居者審査制度のこと？　それとも宅配ボックス新設の件？」

管理組合の議事録が毎月のようにポストに入れられる。真帆子の父親はそれらを全て娘に転送させ、すみずみまで目を通しているとか。

「入居者審査制度です。入居希望者の内覧には現入居者二名以上の推薦を必要とするって。なにこの変な議案！　住民の知人じゃない人はお断りって意味じゃないですか」

外からはいつも嫌な者が入り込みます……、淀ヶ月の道切りを強めるよう……、よそ者が入らない、住まないような規則を作るって……。ずいぶん前から聞かされていたことだ。それだけを聞けば奇妙でも、ある意味、理にかなった方策なのだろう。

「岩上夫妻みたいな人の入居を警戒してるんだよ」

「都内に管理組合が入居者審査を実施している物件があるけど売却価格も賃貸価格もガタ落ち！このままじゃ紗季さんも損をしますよ。親父が管理組合の総会に参加して内容報告しろって命令して来ました。一緒に説明会の偵察に行きません？　こんな場所、いずれ値が下がるから早く出た方がいいですよ」

「うん、そうだね……、でも……」

「でも？」

ここは夜空に月が美しく淀む窪地、ツキノカミサマが守る村、そして自分の罪を葬り去ってくれた場所。

紗季さんに安心して住んでいて欲しいと……、二度と怖い思いはさせません……。白々とした月を見た陶酔感とともに男の言葉もよみがえる。

「紗季さん、まさかカルトに取り込まれちゃった？　だからここを出たくない？」

「何よ、取り込まれるって？」

「教団に洗脳されてないかってことです。もしかしてもうマリファナや殺しに手を染めた？」

「冗談じゃない！　変なこと言わないで！」

真帆子がそっと顔をよせる。唇の動きで乱された空気が頬を撫でる。

「だって紗季さん、出ようとしないんだもん。何か執着ができたんですか？」

「仕事があるからすぐには動けないよ。引っ越しの費用を出すのも苦しいし」

「うちの離れ、古いから断熱材が貧弱です。あくまでも仮住まいで冬になる前に定住する家をさがすことをおすすめします。だから迅速に動くべきですよ」

引っ越しにはお金がかかるんだよ、その日ぐらしの人間は仕事を休めば収入が減るんだよ、そう言っても目の前の豊かな女には伝わらない気がする。

「それから兄貴の子供、四歳男児でしかも双子。かなりうるさいから覚悟してくださいね」

「かわいい盛りじゃない。私は子供は好きだけど」

「地主屋敷の四歳児はケダモノです。マンションでは騒げば苦情になるけど一戸建ては天敵なし。

あたしは世間の『かわいい』が理解できないからたたき潰したくなるだけです」

「危ないこと言わないで。慰安旅行の後にもまた子供が消えているんだよ」

治安の悪い場所ではないはずなのに。

自分が転居して来てから何度、子供の行方不明事件が起こったのだろう。

おぼえているのは真帆子と夜の駐車場を探った翌日だ。次は梅雨が明けてから、三〇五号室に忍び込んだ次の日ではなかったかしら？　そして今度は慰安旅行の直後だ。

「何日か前に三歳児が消えたんですよね。確か二十キロほど離れた場所で。前の犯人はオンライン出前の男で今回は中学生でしたっけ？」

「わかんない。犯人が中学の青い指定ジャージを着てたっていう説が流れてるけど、現役の中学生とは限らないんじゃないかな？」

「どっちにしても不謹慎な発言はやめます。李下《りか》に冠を正さず、です」

素直な言い方だ。周囲に愛され、かわいがられ、不遜なことを言っても許されて生きて来たのだろう。彼女のさばけた言い方を嫌う人間もいるはずだ。けれど、この冷笑的な女は他人の共感など深く求めはしないのだろう。

「真帆子ちゃんもここを出て実家に戻るの？」

「いえ、親父所有の別の物件に移ります。古くて通勤がきつくなるけどテレワークもあるし」

豊かな女、美しく賢い女、そして無慈悲な女。彼女に誘われるまま淀ヶ月を糾弾する？　古い離れに仮の宿を求める？　それは良い未来なのだろうか。

もしかしたら、もっと波風のない道もあるのではないのだろうか。

考え込む姿を真帆子が見つめていた。何か言わなくては、と思う。けれども言葉が出て来ないからそっとお茶を飲む。重たい沈黙を窓から吹き込む夜風がかきまわすだけだった。


小さな取水堰がさらさらと水音を立てる。川原の草がそよぐ。

東の夜空に低く半月が浮いている。

急な仏降ろしがあったとかで、今夜もみどりのかわりに紗季がつきそうことになった。

数日前、地蔵尊の前でみどりにであった時、また笙に同行したいと申し出たのだ。水辺の踊りが美しかったからだ。川原で直樹と二人で語る時間が愛しく思えたせいもある。

物静かな母親は歓迎してくれた。ありがたいことです、私は上ノツキノカミサマなどと呼ばれていますけれど人並みに仕事もあれば家事もありますから、と。

彼女は夫を亡くした時に保険金で住宅ローンを完済した。とは言っても大黒柱を失ったシングルマザー家庭の生活は楽ではないようだ。

「不動産会社のコールセンターで働いているんです。比較的、時間の融通がききますし、服も普段着でいいから。ここは親が仕事に行く時、誰かが子供の世話をしてくれる習慣のある場所。でも夜の川原のつきそいまではお願いできなくて」

確かに敷地内で幼児を何人も連れた大人をよく見かける。あれは住民が他の家庭の子供を引き受け、助けあってくらす姿なのだろうと考えた。

淀ヶ月の初代カミサマのハツも農作業の合間に仏降ろしをしていたと言う。その後も村でカミサマをしていたのは農婦や商店の女房や役場の事務員などだったとか。

考えてみれば依頼など毎日あるものでもない。礼金も気持ち程度のものだ。市井《しせい》のカミサマが他に生業を持つのは今も昔も当然のことなのだろう。

土俗的な神秘性と質素な母親の顔をあわせ持つみどりに親近感が湧く。

住処《すみか》を入手することによる経済的な呪縛、定住と引き換えの閉塞。彼女が上階の騒音に悩んでいた時に感じたはずの葛藤に、今の自分が親和してしまうのだ。

彼女のぱさついた髪を見て考えた。自分は今、美容院に行っている。このままだと遠からず千円カットの店に足を運ぶだろう。さらに収入が減れば伸ばしっ放しになるに違いない。

笙は今夜も紗季が同行すると知って最初は少しふくれていたけれど、道を歩くうち打ち解けた笑顔を見せるようになった。もともとの性格が素直なのだろうと思う。

笙ちゃんはいつからカミサマを始めたの？　とたずねると、気がついたらやってたよ、と直樹にしがみついたまま小さな声で応えた。短い髪が白い頬の上で揺れた。その不揃いな切られ方を見て、もしかして母親が散髪しているのでは、と考える。

「お母さんもカミサマだからお婆さんもカミサマをやってたのかな？」

「お婆ちゃんは違うよ。お母さんが先代様から教えられただけ」

「みどりさんも俺や初代カミサマのハツさんと同じで外から来た人間なんです」直樹がつけ加えた。「笙ちゃんはカミサマのお役目を見て育ったせいか教わることもなくできるみたいで」

「ねえ紗季さん、教えて」

抱かれた笙が小さな声で割り入った。おぼろな瞳がこちらに向けられている。

この子に話しかけられるのは初めて？　そう思うと嬉しくて、わかることなら何でも教えるよ、と応えた声が優しかった。

「紗季さん、この前の夜にあったアイドルみたいなお姉ちゃんと仲良し？」

「真帆子ちゃん？　時々、お話をするよ。アイドルみたいってなぜわかるの？」

この子の目はぼんやりと光を感じても、明瞭な像を結ばないそうだ。見つめているとわかる。明るい場所でも視線の方向が曖昧なのだ。

「あの人、細くて足が長くて顔が小さいよね。髪がまっすぐで肩より少し下。身体が動いた時にできる風でスタイルや髪型がわかるよ」

「すごいね。それだけでわかるんだ」

「それからね、こんばんは、って言った声の感じ……、ええと、自信？　いつもみんなに『かわいい』『きれい』ってほめられる女の子と言い方がそっくりだったから」

「当たってる。びっくりしちゃった。さすがはツキノカミサマだね」

「笙ちゃんは観察力がすごいんですよ。霊力なのか分析力なのか俺にもわからないけど」

「目じゃなく鼻や耳や肌とかで見るの」小さな声が少し自慢げに続く。「あのお姉ちゃんは何のお仕事しているの？　おうちに小さい子がいっぱいいる？」

「会社にお勤めしてて一人ぐらし。子供はいないはず」

「子供の病院の看護師さんとかじゃなく？　子供と一緒のお仕事、してないいんだ？」

「文章を書くお仕事だからそういうことを書いてるかも知れないね」

「今度、あいたいな。お座敷に連れて来てよ」

誘ったら彼女は、仏降ろしって今もあるんですか？　と驚くのだろうか。犯罪マンションのご近所カルトですね！　などと喰いつくのだろうか。

川原に着くと笙は髪を風になびかせてかけ出した。視力が弱くても足もとの空気の流れを感じ取り、どこに草が生えどこに石が転がっているかを知るのだとか。

もやが半円形の月をにじませる。みどりに持たされた甘い焼き菓子を口にして、香りの高い茶を飲むと薄雲の向こうで月が揺らめいて、銀の光が柔らかく震える感覚に陥った。

少し離れた場所にすわって今夜も直樹が淀ヶ月村のことを教えてくれる。

山を切り崩して田畑を作った小村だったこと、日照時間の少ない窪地に育つ淀ヶ月麻から麻糸を紡いで売っていたこと、女達が冬に麻布を織っていたこと。淀ヶ月麻は通常の麻と交配してもなかなか増えず、今では菜園で細々と栽培されているだけだと言う。

「私、仏降ろしのことを調べてみたんですけど北の地方には仏様や神様の依代《よりしろ》になる人がたくさんいたらしいですね」

「淀ヶ月にも常に二、三人はいたって教えられました。降ろすために鐘や木魚を鳴らす人もいれば祓詞《はらえことば》を唱えたりする人もいたそうです。笙ちゃんはお経や数珠がなくても降ろせるけど、使った方が聞きに来た人が納得するからって」

　口寄せ巫女はごく普通の女性が務める土地もあれば盲目の女性がなる地方もある。男性が担う場所もあれば子供だけができる村もあったとか。

「仏様を降ろすと生前の口調も再現されるって本に書いてましたけど、カミサマ言葉というのは独特ですね」

「重々しさを出すためかなって最初は思ってました。あの、こんな言い方すると不信心者に聞こえるかも知れないけど、例えば配偶者を意味する『相の枕』って言われて旦那さんを想像するか奥さんを想像するか聞く人ごとに違っていいかなって……」

「カミサマ言葉の解釈が聞く人によって違ってもいい、と？」

「本当に仏様が降りてるかどうか、言葉が正しいかどうかより聞いてる人の心を穏やかにできるかどうかが大切だと、その、真実がいつも人に優しいわけじゃないし」

「ああ、だから……？　そのために……？」

　防虫スプレーの香りが風に流れる。これをつけていると虫に刺されることもない。菜園の虫除《よ》け草から抽出した薬液には山奥のヤブカもよりつかないのだとか。

「立ち入ったことだったらすみません。あの、お母さん、つまり聖子さんはご主人の直治さんに暴力をふるわれていたということは……?」

誰が言ってたんですか?　と険のある声で聞かれ、民生委員の方、と正直に答えた。

「あの人、うわさ好きだなあ。直治さんが乱暴だったなんて今さら言わなくても」

「みどりさんも聖子さんも直治さんは徳の高い、穏やかな人だったと……」

「その方が幸せですから。ええと、俺、事故で入院してたけど、少し回復してから直治さんと同じ病院に転院したんです。そこで直治さんがおふくろに……」

「暴力を?」

「いいえ、直治さんは身体が不自由になってて。でも、よく大声をあげて、おふくろが怯えていて。殴られ続けた女なんだってすぐわかりました。直樹になる前、ぶん殴られて言いなりにされてる女をいっぱい見てたから」

「直治さんを送ったのは聖子さんを守るため?」

「それもあったのかなあ。俺、よくわからないんですよ。当時はずっと混乱してたから。自分は記憶喪失になった直樹だと信じ込んでて、でも別の男の記憶もしっかりあって。

直治さんを送ったのは確かに俺です。家で死人を出したらおふくろがかわいそうだから外に運んで。それを知ったおふくろが村長に泣きついて、村長が俺の手際を見て、また同じことをできるかって聞いて、それで淀ヶ月の送り屋になりました」

「そして直治さんを徳の高い人にした？」

なぜかくすくすと笑いが漏れる。笑う場面ではない。なのに忍び笑いをしてしまう。

ほうじ茶をもう一口飲む。また笑いがこみあげる。

不謹慎だ。けれども直樹は不快感を見せはしない。空には象牙にもにた半月がふるふると揺れている。

「桐野直治は徳の高い愛妻家。このうそで傷つく人は誰もいません」

男が初めてこちらを見て、ごつごつとした指を頰に触れた。背面の月が明るくて顔が見えない。けれども声の響きでほほえんでいるとわかる。

「殴られ続けた過去より、優しい夫と添い遂げた記憶の方が幸福です。家を嫌って海外に逃げた実の息子より、おふくろが大好きでいつも側にいる俺を選んでくれたのと一緒かなって。俺も汚い大金を稼ぐ自分を消して、平凡な家で母親とくらす息子になって良かったって思ってるから」

「大金を得る仕事をしていたなら、今の生活は物足りなくないですか？」

「派手なくらしはしていません。公安や税務署や反社会的勢力に目をつけられる散財は粛清の対象でした。スーツは三万円以下、百万円以上の銀行預金禁止、女性が接客する店で飲酒禁止。がちがちの規則だったから今の生活はのびのびとしていると思います」

「すごくストイック……」また笑いが漏れる。「まるで修行中の人。じゃなかったら並外れた倹約家」

「こつこつタンス預金して、貯まったらマネーロンダリングして合法的な事業を始めたりして。でも、俺達のグループなんていずれ反社に吸収されるのが目に見えてたし、おふくろに救われて良かったなって」

男がまた紗季の頬を撫でた。皮膚の荒さが心地よい摩擦を生む。

「こんな俺、嫌じゃないですか？　この手、気持ち悪くないですか？」

「どうして？　お仕事をがんばってる人の手なのに？」

直樹がもう片手の指の腹を見せた。薄雲で淡められた月光の中、全ての指先に手荒れとは違った皮膚の凹凸が見えた。

「指紋を全部、焼いてるんです。直樹になるって決めた時、自分でやりました。そういう人間だったんです。嫌いになりませんか？」

また笑う。ここで笑うなんて本当に不謹慎。そう思うけれど奇妙な幸福感に満たされてじっとしているだけで低い笑い声が漏れてしまう。

茶をもう一口飲む。半分だけの月がややもやとした湿度に揺らぐ。

輪郭が二重三重に増えて震え、いくつもの月が角度を変えて重なって、光り輝く蓮の花びらに変わっていった。

「嫌いになりません。私の側にいるのはお隣の親孝行な息子さんだから」

夜空に白々とした蓮が浮く。それは地上の泥から伸びて天に咲く清浄な花だ。

川原の草の匂いが異様なほど明瞭になる。ムカショモギの青臭さ、ノゼリの苦味のある香り、オオケダテのゆるやかな匂い、それらは子供に踏まれて折れる茎が滴らせ、こすれて傷つく葉が吐き出す香りだ。

「俺、ただのお隣さんですか？」

男の手が頬を包んだ。笙ちゃんが嫌がらないかな、と危惧がよぎる。

川原の草が夜風に流れて二人の姿を完全に子供の位置から隠した。その一瞬に直樹の唇がそっと唇に触れたのだった。


エアコンはつけていない。最近は窓を開け、網戸だけを閉じて眠っている。

目がさめたのは物音がしたからだ。サーキュレーターを切っていたから外の音が聞きやすかったのかも知れない。枕もとの時計は午前三時を示している。

さわさわ、さわさわ、とかすかな音がする。あれは水音？　違う。カーテンがそよぐ音？

横になったまま手を伸ばしてカーテンを開くと弱い光が目を刺した。昇りかけの月が細く、灰色の影の部分が多い。

淡い闇に手すりが黒々と浮き上がっている。違和感をおぼえてベランダを見つめ、そこにもぞもぞと動く黒いかたまりを見た。

犬や猫にしては大きい。人間にしては小さい。

網戸に目を近づけた時、纖月にまとわりついた雲が流された。

わずかに月光が勢いを増し、黒いものがずるずるとベランダを動くのが見えた。

ぽこり、と黒い丸いものがつき出した。弱い月光に浮かび上がったそれは、人間の首と頭の形をしていたのだった。

寝起きののどから悲鳴が漏れ、黒いものが、びくり、と震え、ベランダの仕切りの方に移動した。

かすれた悲鳴がもう一度あがる。直後に桐野家に照明がついた。

「紗季さん、何かあったの？　大丈夫？」

パーテーション越しに聞こえるのは聖子の声だ。

「すみません、夜中に」応える声は震えている。「ベランダに変なものが……」

「五階のベランダに？　変質者？　それとも泥棒？　待ってて、すぐ直樹をそっちにやるから。ねえ直樹、早くお隣に」

「わかりました、今から俺がそちらに行きます」

「いえ、あの、散らかってるから」

こんな時に見栄《みえ》を張るのか。けれども今まで寝ていた場所に男を入れたくないと、なぜか危機感より先にそう考えた。

「俺、室内には入りません。ベランダを移動するから」

返事をする間もなく直樹がするりと手すりを乗り越えて来た。

あまりにも軽やかすぎて間仕切り壁をすり抜けたのかと錯覚してしまうほどだ。

「すみません。また入り込んで。あの、俺、普段は絶対こんなことはしないから」

男は今さらのように恐縮した。雲間に弓の柄の形の月が照る。日本の神話で月の神は男だったはず、と考え、場違いな想いを振り払う。

「ええと、紗季さん……」目をそらしながら直樹が聞く。「その、不審者はどこに？」

「このパーテーションの側に。黒い塊が、人間だったと思います。もう片方のお隣の方に動いて見えなくなったんです」

「こっちの窓は施錠してますね」直樹は仕事部屋の窓を調べて小声で言った。「反対側の五〇九号室に侵入した？　五階から飛び降りるのは無理だし」

直樹が室内の照明を頼りにしゃがみ込んでベランダを調べている。

大きく抉れた月の内側が薄灰色に霞《かす》み、流れる黒灰色の雲に隠されて行く。

ぽつぽつと細い雨が落ちて来た。直樹が排水溝をなぞった指先を見つめている。

真帆子の住居に照明はついていない。エアコンの室外機の音も聞こえない。

「ベランダが濡れています。水を使ったりしましたか？」

「いいえ。雨のせいでは？」

「違います。雨は今、降り始めたんですが、ここ、じっとり湿っています」

「こっちのベランダは全然、濡れていないわよ」

聖子がパーテーションの向こうからひそひそと応えた。

「濡れているのは窓のあたりと、うちとの仕切りの周辺だけですね」

しゃがんで見ると確かに窓の付近だけが濡れている。

さあさあと降り始めた雨が水の痕跡を隠すかのようだ。

「桐野さんと反対方向に行ったから、もしかして真帆子ちゃんの所に？　隣も女性の一人ぐらしで。大丈夫かな。心配だからちょっと声をかけて来ます」

「一緒に行きます。でも俺が中を通るのは嫌ですよね？」こんな時でもこの男は遠慮深い。「俺はベランダから自分の家に戻って靴をはいて通路に出ますから」

濡れた手すりをまたぐのは危ない、と言うより前に直樹は身軽に仕切り壁を乗り越えていた。


聖子と直樹を伴って五一一号室のチャイムを鳴らすとすぐにドアが開いた。

「紗季さん、どうしたんですか？　たたき起こす役はあたしだと思うんだけど？」

軽口をたたきかけた真帆子が三人を見て口をつぐんだ。

部屋着らしいシャツにショートパンツ姿だ。黒髪がくねくねと波打って丸い胸に垂れている。

短く切った爪は薄桃色に塗られ、先端には赤いモミジ型のグリッターと呼ばれるパーツが光っていた。

「こんな夜中に皆さんお揃いで？　何かあったんですか？」

「あのね、今ね、ベランダに変な影が見えて、そっちの方に行ったんだ。何か変なこと、ない？のぞかれたりとかしてない？」

「何もないですよ。ずっと仕事してたけど変なものも見てません」

雨が通路を濡らし始め、フェンスのヒルガオが横風で楕円形《だえんけい》に流されている。

「そっちに行ったんだよ。念のために外を調べた方が……」

「大丈夫です。あたし、窓はしっかり閉めてますから」

「何かあったら大変よ」聖子が後ろから声を挟んだ。「女の子が一人なんだから」

「不審者の侵入が疑われるならプロを呼びます」

「プロって？」

「プロって言ったら警察です」真帆子が部屋着のポケットから携帯電話を出した。「緊急通報ボタンひとつですぐに来ます。この階のベランダ全部を調べてもらいましょう」

「いえ、それは……」真っ先にためらったのは聖子だった。「夜中に五階全部？　そこまでするのはちょっと……」

「不審者がいるんですよね？　だから注意しに来てくれたんですよね？　民間人がへたに動くより警察に任せるのが安全だと思います」

「この時間にご近所の皆さんを起こすのは申しわけないわ」

聖子が怯えた顔で細い肩をすくませ、息子が片手で彼女の背中をそっと撫でた。

「あの、この方が大丈夫って言うんなら俺達、ここにいても邪魔かなって……」

直樹が大きな背を丸めて、引き下がる気配を漂わせる。

「わかった。真帆子ちゃん、夜中にごめんね。でも何かあったら大きい声を出してね。私、しばらく起きてるから」

「わかりました。気にかけてくれてありがとうございます」

にっこりと笑う真帆子がきらめくモミジの爪で波打つ髪をかき上げた。

「女の子の一人ぐらしなんだから」聖子も心配そうに言葉を続ける。「気をつけすぎるってことはありませんからね」

「はい、私は迷わず通報しますから」

いつも以上に子供っぽい表情だった。化粧などしていないのに、肌は白く、唇は赤く、頬は扇情的な桃色だ。

毒気を抜かれたように桐野母子と別れて自宅に戻ったけれど寝つけない。

窓の外が白みかけ、スズメのさえずりを聞く頃には眠るのをあきらめていた。

目が腫れぼったい。ベランダは雨に濡れていた。輝きを失くした月が白い筋になっている。

頼りない朝陽の中、黒い影を見たあたりにしゃがむ。錯覚だったのかしら、と自問して排水溝のほこりを眺めるうち、混じり込んだ赤い砂を見つけた。

指で触れると輝く粒が指に張りついた。五本の突起、きらきらとした赤色、凝視するうち足から力が抜けてゆく。頭上でスズメの声が勢いを増していく。農園で黄ばみかけたトウモロコシの葉がぞわぞわと揺れ続けていた。


集会室に入って行くと聖子が紗季を見つけて軽く手を振り、ここにいらっしゃいよ、と横の座布団に招いた。

側には今日も直樹がいる。尾田みどりも後ろの方にいる。十二畳の集会室に集まっているのは二十五、六人ほどだろうか。普段は互助会役員を兼ねる理事六人と管理人さんが参加する程度なのにね、と聖子がひそひそと教えてくれた。

人数が多いのは入居者審査について説明があるせいだろう。反対派の住民から参加を呼びかけるチラシも配られている。将来、ここを売るなり貸すなりしたい居住者には歓迎されないに違いない。とは言っても参加しているのは居住者のうちほんの一部にしか見えないけれど。

人が集まってますねえ……。皆さんが関心を持たれるのは良いことで……。開会前の雑談があちこちから聞こえて来る。

通夜で祭壇が組まれていたあたりに村長こと理事長と七十代前半くらいの副理事長がいる。隣には八十代の名誉理事長と顧問、会計の女性は六十歳前後、書記の男性だけが若く、三十代前半に見えた。

「あの方達が約四十年前の建設当初からずっと理事をやってくださっているわ」

隣にすわった桐野家の母親がゆっくりとした口調で教えてくれた。それを何気なく聞き、書記の男性の飛び抜けた若さに気づいて少し困惑する。

「書記は先代の書記の息子さんで先々代のお孫さん」疑問を察したらしい聖子が続ける。「同じお宅がずっと書記を継いでるの。会計は亡くなられた先代の娘さんよ」

理事の世襲に驚いたけれど他に立候補する住民もなく就任はスムーズだったとか。

参加したのは真帆子に誘われたからだけではない。可決されれば売値が下がるから、様子やら成り行きやらを知りたくて足を運んだのだ。

「紗季さんが関心を持ってくださるなんて嬉しいわ」聖子がにこやかに話し出す。「理事会も高齢化が進んでますもの。若い方が参加してくれれば活気も出るはずよ」

「おい聖子ちゃん！　高齢化とは失礼な！」

正面の中央にあぐらをかいた村長が大声をあげ、周囲が遠慮なく笑った。

「あら、ごめんなさい。でも新しい方が参加する方がよろしいでしょう？」

顔なじみらしい参加者達が、そりゃそうだ、世代交代も大切、などと言いあっている。

十時になると音坂が開会宣言を述べ、村長が入居者審査議案を読み始めた。

住環境の向上をめざし、トラブル回避を目的とし……、入居希望者の氏名、勤務先、収入証明、現住民二名以上よる紹介状を審査委員会に提出し、内見の前に審査委員による面接を義務づけ……、文面を読むだけの単調なものだ。けれども内容は異様としか思えない。

「この件に関しましてご質問は？」

読みあげは数分で終わり、音坂の声に数人が手を挙げた。理事会の役員達に比べてかなり若い世代ばかりだ。

「この議案、どこから出たんでしょうか？　審査は誰が行うのか、審査基準などはどうなりますか？　入居審査に提出させる内容はプライバシーの……」

当てられた男が矢継ぎ早に質問するのを音坂が遮った。

「すみません。部屋番号とお名前を先にお願いします。それから挙手一回につきご質問は一問で。お時間の制限もありまして」

「六〇一号室の林です。この議案が出たいきさつをお話しください」

質問に対し役員の中央にすわる村長が尊大とも思える無表情で答えた。

「規則を守らない入居者が増えたことからこの議案に至りました」

「言い出したのは誰ですか？」

「個人名はこの場では発表できません」

「議案を出すからには名前は出すべきでは？　入居者審査には個人情報の問題もありますし、売却や賃貸の時の不利益にもなりかねず……」

「すみません」音坂がおずおずと質問者を遮った。「ご質問は一挙手につき一問で」

「それでは話が進みません。これはかなり変な法案ですよ！」

数人が、そうだ、そうだ、と同意の声をあげる。

「理事会が入居者を選別するんですか？　判断基準は？　そもそも……」

言いつのる質問者が口を止めたのは集会室の引き戸がするすると開き、そこから何やらきらびやかなものがすべり込んで来たからだった。

くすんだ戸の陰から淡いパステルカラーの布が流れ込む。

地味な色合いの集会室の中、明色の雲が吹き込んだかのようだ。

クリーム色のブラウスにミントグリーンのスカート姿の真帆子だ。派手な服装ではない。化粧も控え目だ。けれどもにじみ出す華やぎが人目を引いてしまうのだ。

注目を浴びた彼女は「遅れてすみません」と、初々しく恥じらい、数人が、ほう、とため息を吐《つ》いた。

「ええと、ですから、審査基準はどう設定するのですか？　入居者の審査に関してプライバシーへの配慮は？　売却価格への影響もあるでしょう？」

毒気を抜かれた質問者が気を取り直したように言い直す。

「慎重に審査基準を設け、売却価格、賃貸価格に影響を与えない方針で臨む予定です」

「具体的にはどのようなことをお考えですか？」

「それは審査委員会で随時、議論を重ねて行く予定です」

「内容が示されなければ賛成も反対もできないでしょう」

「未確定の事項も多く、今後、慎重に議論を重ねる予定です」

質問者が次々と聞き続ける中、音坂がおろおろと「ご質問は挙手をしてから」「一回につきひとつで」を繰り返している。

真帆子がこちらを見てにっこりと笑う。いたずらっ子のような表情からこの質疑応答をおもしろがっていることがわかる。

どれほど質問を重ねられても、村長は、慎重に議論を重ね、やら、居住環境の安定を図り、やらを繰り返すばかりだ。質問者達がいらだちをあらわにし始めた頃、管理人がひっそりと立ち上がり、これまでとは打って変わった大声を発した。

「すみません。時間が迫ってますんで閉会とさせてください。採決は二週間後の総会で行いますので。不参加の方は委任状を管理人室のポストにお願いします」

もう閉会するんですか？　まともに答えてもらってないでしょう？　怒声に近い声が相次ぎ、音坂が消え入りそうに言った。

「あの、すみません、十一時半から住民の皆様のカルチャースクールの予約が入っておりまして。その時間までに私、お掃除をしなければいけませんので。なにとぞご理解を。でないと私が怒られてしまうんです。本当にすみません……」

音坂が深々と何度も頭を下げる。その表情は今にも泣き出しそうだ。

「あの、反対などございましたら採決にて意思表示をしていただければ。反対が過半数だと否決ですから。本当にすみませんねえ。お稽古でずいぶん前から予約が入ってまして、申しわけありません、本当に申しわけありません」

こんな重要な話に一時間しか時間をもうけないなんて、常識的に考えて入居審査なんて通るはずもないだろう、と数名が聞こえよがしに言っている。

音坂はエアコンを切って窓を開け、直樹が座布団を片づけ始めていた。

末席にいた真帆子も立ち上がって外に出ようとしている。

「お嬢さん、もう帰るの？」

出口の側の男が声をかけた。彼女の退出を惜しむ色を隠そうともしない。

「はい、これから仕事なんです」

その笑みに人々が目を奪われている。

引き絞られたウエストとノースリーブの腕が細い。彼女が引き戸をくぐって消えた後、ミントグリーンのスカートと白い脚が華やかな残像になった気すらした。

横を見ると直樹が長テーブルを黙々とたたんでいる。彼の目が真帆子を追わないのが、なぜか少しだけ嬉しく感じられた。

「この間の理事会、何なんですか、あれ?」訪ねて来た真帆子が危機感のない声で言う。「反対する人のいきり立ち方と、理事長ののらりくらりが好対照です。いばりん坊の老いぼれターザンと平身低頭の管理人も良いコンビでしたね。役割分担がみごとです。あの変な議案、可決されちゃうんでしょうね」

「反対っぽい人達ががんばってたし理事長もろくに反論できてないのに?」

「仕事で傍聴する裁判でたまに見ます。原告が熱く主張して被告がろくに答弁しない、なのに最終的に原告の請求棄却みたいな。被告に勝算があるから、でなきゃ被告と裁判長の間に話がついてるパターンだって辣腕記者のタケシ先輩が言ってました」

外の者が入ると悪いことが起こり……、淀ヶ月の道切りを強めるように……。

今、住民の多くは淀ヶ月村の人々。投票は多数決。真帆子の勘は正しいのだろう。

「総会での採決は二週間後ですよ。理事達が完全に実権を握ってるみたいだから変な規則も迅速に制定されるんでしょう。どっちにしても追い出される前にエントランスの合鍵を作っておいて調査を続けます。紗季さん、ここを出る決心はつかないんですか?」

「まだ引っ越して一年もたたないのに。経済的に本当にきつくて……」

「優柔不断だなあ。実は隣の息子と良い仲になって側にいたいんじゃないですか?」

彼女の瞳の中に好奇心が宿っている。同時にかすかな焦燥もあるような。

「何それ?　隣の直樹さんとは年齢が離れてるんだよ」

「年齢？　あのママの息子にしては異様に若いですよ。動作や肌の感じがね。会議で隣にすわってた時や夜中に一緒に来た時、あいつ、ずっと紗季さんを見てました。あの男、ママにそっくりな紗季さんが好きなんですよ」

「私と聖子さんが？　そっくり？」

「気がついてません？　見た目じゃなく雰囲気がにてるんです。おっとり優しそうで淑《しと》やかで。でもやめた方がいいですよ。あの男、やばい過去があると思うから」

「何それ？　想像で中傷するなんて良くないよ」

「前にエレベーターに乗る時、あいつ、手を握って指の関節でボタン押しました。あれは危ない仕事する連中の癖です。指紋を残さないようするための」

「指の腹を触れないのは感染症の防止じゃない？　お母さん、ご高齢だし」

「理事会の時は汚れた座布団を素手で触ってました。感染症に敏感な人間じゃありません。あの親子、おかしいから関わっちゃだめですよ」

「おかしいって何が？」

「実の親子じゃないです。顔の輪郭とか体格とか全然にていません」

「直樹さんは……、きっとお父さんにそっくりなんじゃない？」

「見た目だけじゃなく違うんですよ、訛が。大丈夫？　って言う時、母親は『だ』のところにアクセントがあるんです。管理人も理事長も同じです。もしかしたら同郷？　でも息子だけアクセントが『ぶ』に来る。同じ土地の出身じゃありません」

「世代が違えば言葉って変わるよ」否定する声が少し震える。「あと……、子供の頃の流行が残るとか、大学時代の土地の訛がうつるとか」

「違います。母子じゃない。あれは婆さんと男の妾《めかけ》」

「何を下品なことを！　想像で中傷するなんて最低だよ！」

「あたしが最低？」ちろり、と彼女の目に怒りの炎が宿った。「じゃ、あの親子は何ですか。婆さんと中年男がベッドで抱きあって寝るって異常ですよ！」

「ベッドで抱きあって寝る？　真帆子ちゃん、それ、どういうこと？」

「あ、ごめんなさい。それこそ根も葉もない中傷です。大好きな紗季さんに最低って言われて気が動転して。忘れちゃってください」

　真帆子が手をひらつかせながら笑う。指先にはエナメルもグリッターもなく、素の爪が薄桃色につやめいていた。

「何で桐野さん母子が一緒に寝てるって言うの？　現場を見たわけ？」

「いやだなあ、最低の中傷に突っ込まないでくださいよ」

「窓から桐野さんの家の中を見たんだよね？　この間、うちのベランダにいた黒い影、あれは真帆子ちゃん。その前に桐野さんの家をのぞいてた。網戸だけで寝る季節だから風でカーテンが揺れたら隙間から中が見えるもんね」

「紗季さんのベランダにいた不審者があたし？　それこそ中傷ですよ！」

「あの夜、私が桐野さんと一緒に夜中に行った時、真帆子ちゃんの髪に結い跡があった。直前まで仕事って言ってたのに。ふだんは髪をおろしてて、おだんごにするのは活動的なことをする時って前に言ってなかった？　それにあの夜、窓は閉じてたよね。仕事してたはずなのに照明もエアコンもついてなかったし」

「皆さんが来た時、髪をアップにしてシャワー浴びようとしてました」

「真帆子ちゃんの髪はコシがあるから短時間じゃ結い跡はつかない。それにあの夜、モミジのネイルしてたよね？　うちのベランダの手すりに金属が毛羽立ってるところがあってね、その下に赤いモミジのグリッターが落ちてたよ」

真帆子が頬をふくらませた。唇を尖《とが》らせると目の大きさがいつも以上に目立つ。

「じゃ隠すのやめる！　ごめんなさい！　侵入してた不審者はあたしです」

あまりにもあっけない告白だ。なんでそんなことを？　と聞く声がかすれてしまう。

「ご存知のようにベランダ移動は平気。怖さを感じる感覚が鈍いみたいで。だから五階の住戸を全部のぞきました。教団の存在を示す物的証拠をさがして」

「やりすぎだよ！　教団なんてあるわけないし証拠なんて出るわけない！」

「いいえ、おもしろいものが出ました。それも紗季さんのところから」

「え？　私のところ？」

「紗季さんは遮光カーテンをぴっちり閉じちゃってのぞきは不可能。でもね、内側で見つけてるんです」

女が笑う。蝶を見つけた子猫にもにた純な酷薄さを含む表情だった。

「サッシ窓の溝をティッシュで拭いたことがあったでしょう？　あの時、乾いた血痕と血のついた歯のかけらを見つけたんです。紗季さんの歯が折れてたことなんてなかったのに。ほら、あたしの脚の裏に刺さった水色の陶器のかけら。あれにも固まった血がついてたんです。だから、あの時、抜け毛をいただきました」

薄桃色の素の爪が、くるくると髪を巻き取るしぐさをする。

「毛根には紗季さんのＤＮＡ。歯や陶器の血は紗季さんとは別人のもの。ねえ、誰と流血沙汰になったんですか？　殺《や》っちゃった？　どうやって殺したの？　今回はうまく逝かせてあげられた？　すっきりした？　ねえ、気持ち良かった？」

細い身体がにじり寄る。真っ黒な瞳が白目の中に広がる。桃色の頬に赤味が増して、深紅の舌が唇をなぞっている。

「思った通りだったね。紗季さん、こんな優しそうな顔して人を殺すんだね。初めてあった時から人殺しの目つきだって思ってたんだ」

「待って、私は殺したことなんてない。殺してなんかいない」

殺していません……、俺の仕事なんです……。直樹の声が力づける。そしてなぐさめてくれた。

とどめを刺したのは俺……、汚れ仕事は俺が……。それは睦言に近い甘い声だった。

「殺してなんかいない。けんかしたのは認める。でも、殺してなんか……」

「あの夜、あたし、ベランダで血痕を確認してたんです。暑い中、暗幕までかぶって。暗闇で血の跡にかけると発光する液体、ルミノール試薬って知ってますよね。通販で買えるんです。紗季さんのベランダで血痕がね、ぴかぴか、ぴかぴか、ってね、すごくきれいに青白く光ってたんです。ねえ、誰を、なんで、どうやって殺したんですか。聞かせてください。ね、お願い……」

女がすりよってくる。ささやき声が熱を帯び、甘い髪の香りが強まっている。

「相手は誰？　ひと思いにやった？　紗季さん、優しいのに酷《むご》いね。かっこいいね」

「違う！　おしかけて来た元彼とけんかになって、つい……」殴っただけ、死んではいなかった。

「怪我させたけど殺してなんかいない。彼、怒って出て行って……」

「女にぶん殴られて大の男がすごすご退散？」

「切れる女にあきれたんだよ。あれっきり二度と来ない」

「実は納骨堂の骨壺の一人になってません？　それをネタに住民のアサシン教団に引きずり込まれたんじゃないですか？」

「違う！　彼はここで、倒れたけど」男の人が出て行かれて……、深緑の襟つき綿シャツと……。

「後ろから、ティーポットで」首の後ろあたりを……、タオルで押さえて……。「歩いて、出て行って……」自分が何を口走っているのかがわからない。

「で、どうでした？」

「何が？」

「殴った感じですよ。すっきりした？　気持ち良かった？　頭蓋骨がひしゃげる感触って手に残りません？　癖になったりしてません？」

「変なこと聞かないで！　すっきりなんかしない！　あんなの二度としない！」

「そう？」真帆子が柔らかな胸を押しつけて耳もとでささやいた。「紗季さんってさ、必要があれば一線を越えちゃう人。いざとなったらためらわず殺せるタイプ。その上、癖になっちゃう人に見えるんです。ねえ、殺した元彼を色じかけで落とした隣の息子にどっかに捨てさせてないですか？」

吐息が耳たぶをかすり、細い指がうなじを撫で、爪の先が生え際をさすった。

「お願い、変な想像しないで。私は、私は、殺してなんかない」

「殺してないけど怪我はさせた？　ベランダに血痕が残るくらいの……」

女のしなやかな指先が髪の中にもぐって地肌に触れ、甘い体臭が鼻腔を満たす。

「紗季さん、変なしがらみで引っ越せなくなってない？　あたしね、市役所の都市計画課に行って納骨堂の営業許可のある業者の情報開示させたんです。ここの住所はありませんでした。

互助会の正体って何なんですか？　調理場か手術室みたいな部屋といい、骨壺の部屋といい、おもしろすぎますよね？　入居者を選別するのは部外者をシャットアウトしてここをカルト教団で固めるためって推理、まちがってます？」

「知らない。桐野さんとは単なるご近所。教団なんてあるわけない！」

胸の谷間に真帆子が鼻を埋めた。吐息がシャツを通して肌をぬくめる。

ローズマリーの香りが女の髪から漂う。自然な植物の匂い、きっと高価なものに違いない。

「例の議案は二週間後のスピード採決です。反対派が結束する暇はないでしょう。あたし、ここにいるうちになるべく多くの情報をつかみたいんです」

胸もとで鼻が鳴らされる。彼女の黒髪を撫でるとそのつやが指に心地良い。

「親が広い物件も持ってるから二人でそこに住みません？　家賃なんかいりません。仕事も一緒に、ここの記事だけで終わらせないで。世の中には集合住宅がいっぱい。カルト化してたり犯罪が埋もれたりっていう事例が他にも絶対あります。平凡な生活空間の暗部を抉って、闇の側の人間の声を聞いて、紗季さんと一緒に……。この望みってあたしの片思いですか？」

「真帆子ちゃんと仕事するのはすてきだと思う……」

虚実を取り混ぜた同意の言葉が流れ出る。ここで何を言っても彼女に論破されるのが目に見えているから。そして知られたくない罪があるから。

「二〇五と三〇五号室への立ち入り許可をもらえるようがんばってみるよ。鍵をもらったら入れてあげられるからね」

「紗季さん、ありがとう。絶対、二人で記事、書こうね。できればその後も、ずっと、ずっと、一緒にいたい。あたしね、本当に紗季さんが大好きなんだ」

利発な女に逆らってはいけない。敵にまわられて自分の暗部を探られたくなんかない。

そして、と考える。もしかしたら彼女に失望されることを恐れてはいないかしら、と。

紗季さんは殺していません……。とどめを刺したのは俺です……。

頼もしかった男の言葉が別の意味を帯びる。

自分は子供と男二人を傷つけた。けれども絶命させてはいない。二度も直樹の手を借りている。それを知ったら真帆子はどう思うのだろうか？

失望されるのではないだろうか。賢く、歪んだ女の好意や信頼が消え失せてしまうのではないかしら。

「真帆子ちゃんが大好き。だから少し待って。それからベランダを通るのはやめて」

「わかりました」女が素直に受け入れた。「あとね、引っ越す前に一度、うちに来ませんか。あたしの家を見て欲しいんです。新居に全部、持って行くけどその前に……」

行きたい、見せて、と返す自分の声がとても甘く、聞いた真帆子がくすくすと笑いを漏らす。うれしいな、幸せだな……、興奮しちゃってまた眠れなくなりそう……。女が歌うようにささやいた。

自分はどうなるの？　真帆子と一緒にここを出る？　それともツキノカミサマや桐野母子に守られてここに住む？　まだ心が迷いにふらついている。

真帆子と仲良くしていたい。彼女のことを知りたい。だから隣の住居を訪ねる。もしかしたらこの迷いを破る何かを見つけられるかも知れないのだから。

ツキノカミサマの踊りにまたつきそうことになった。みどりが、もしお時間が許すなら、と地蔵尊の前で頼んで来たためだ。

「笙もなついていますし、紗季さんもご関心を持ってくださっているようですから」

すまなさそうに言われ、時間があう日でしたら、と引き受けた。

月光の中で踊る子供を眺めたい。純粋にみどりの手助けをしたかったせいもある。直樹との時間を持ちたい気持ちも強まっている。真帆子がこれを知ったら、カルト教団への潜入成功ですね！　と顔を輝かせるのだろうと考えた。

助かります、今度お礼を、と繰り返すみどりに聞いてみたのは距離感が縮んだせいだろう。

「あの、尾田さんは前は二〇五号室に住んでおられたのでしょうか？」

「ええ、ご近所の皆様からお聞きになったのですか？」

見つめ返す彼女は地味で飾りっけがなくてもまちがいなく美人と呼べる容姿をしている。

「はい、少しだけ」うわさ好き、詮索好きと思われないよう言葉を選ぶ。「お子さんを虐待死させたご家庭の騒音被害にあわれたと。あの、とても不運なことだと……」

「皆さん知っておられることです。恥ずかしながら、私はあの頃、ずいぶんと心が乱れてしまっていて」

清楚で質素な母親の口調だ。カミサマコトバを伝える時のおごそかさはない。

「妊娠中に夫を亡くしてずいぶんと気が立っていて、岩上夫妻にもひどいことを言いました。上のご夫婦は発作的に子供を殺したのは私のせいだと言ったようで。私、笙がお腹にいる時に何度も警察に呼ばれて取り調べをされて、裁判にも呼ばれてたんです」

彼女には帰る実家がなかった。出産を控え心労でやつれ果てた彼女を別の住居に移し、産前産後の手助けをしたのが先代のツキノカミサマと村長だったと言う。

「上からの音に過敏になっていた私を最上階に住ませてくださいました。二〇五号室との交換のような形でしたから出費もほとんどありませんでした」

七〇二号室に前に住んでいた老人は淀ヶ月村出身だったとか。不動産を互助会に譲るとの遺言を残していたため、彼の死後、そこを互助会の所有とし、尾田みどりに譲り、かわりに二〇五号室を互助会がもらい受けたそうだ。

「抵当権などがなければ所有権の移転登記は素人でもできます。仲介業者を挟まなければ手数料もかかりません。互助会はそうやって使われない家を使いたい人にまわします。ここは争いごとをせずあくせく働かずに生きられる場所なんです」

彼女の口調はおだやかで、身なりは質素でも収入をパートに頼るシングルマザーのやつれた風情はない。

「私は先代のツキノカミサマに救われて、修行をさせてもらい、今は上ノツキノカミサマと呼ばれるようになりました。笙は仏降ろしをよくしますが私は疳《かん》の虫を取るのがお役目です」

疳の虫？　と聞き返すと、みどりは地蔵の前にしゃがんで短く祈った後、続けた。

「夜泣きやかんしゃくを起こす赤ちゃんや大人のお腹にいるのが疳の虫。それを取るのが私です。迷信と思われるかも知れませんけど」

「皆さんが信じていることを迷信だなんて決めつけられません」

真帆子の声がまた耳の奥に響く。鬼の非実在を証明した人はいません……、言い伝えには先人のライフハックが含まれる可能性が……。

みどりが淡い笑みを浮かべたまま言葉を続けた。

「実を言うと私も疳の虫というものをはっきりと見たことがないんです。ただおこまりの方のお話を全部、聞くんです。その後、横になっていただいてお腹の上で、こう、手をくるくるとまわして何かを巻き取るしぐさをすると皆さん、おへそから白い虫が出るのが見えると、そうおっしゃるんですよ。そしてその後は不思議とお心が静まると」

疳の虫が実在するかどうかはわからない。けれども、カミサマと呼ばれる女に話を聞いてもらい、そして腹に触れてもらうだけで安らぐ人もいるのだろう。

紗季さんは本当にお優しい方ですね、よろしければずっと淀ヶ月にいてくださいね、と彼女は声を草木のそよぎに混ぜるかのように続ける。

思考を経ることもなく、私でよろしければ、と応えてしまっていた。

取水堰に水音がさらさらと響き、目の前に小さな子供が踊る。

川辺に淡いもやが淀み、上空の満月をにじませている。みどりに持たされた甘い焼き菓子を口にして香りの高い茶を飲むと、今夜も月が柔らかな揺らぎを見せる。

紗季が来ると知った時、また笙が少し眉をひそめたけれどすぐに機嫌を直した。

「俺、仕事が不規則だし、いつもおふくろにくっついてばかりで、その、母親べったりで変じゃないですか？」

川原で腰を降ろした草陰で直樹がためらいがちにたずねた。

「親子仲が良くてすてきだと思います」

「あの、実は最初、おふくろが気に入ってるから紗季さんを好きになったんです。いい歳して変ですよね。でも、俺はおふくろが良いと言うものを良いと思い、悪いと言われたものを悪いと感じる単純な男なんです」

「お母さんと一心同体のような？　心も、ひとつで？」

「俺、数年前まで別人だったでしょう？　身体に染み込んだあれこれを消されて、おふくろに育て直されて。だから見た目はでかくても中味は生まれて数年の子供です。なにしろ昔と今の違いが大きくて……。昔の悪事を夢に見ると恥ずかしいけど今も夜泣きするんです。そんな時はおふくろが抱いて寝てくれるから」

「一緒に寝るんですね？　朝までお母さんに抱っこされて？」

はい、と男が素直にうなずいた。幼児が母親の添い寝を自慢する声だった。

「時々ものすごく怖くなって。身体の中に二人の人間がいるみたいで。前は泣いてるとみどりさんが腹を撫でて疳の虫を静めてくれました。

だから笙ちゃんは俺を弟だと思ってますよ。年齢的にはおじさんなのに泣き虫の年下に見えるみたいで。だから、その、紗季さんを好きだと思うのもおふくろやみどりさんが良い人って言うからで……」

「きっかけはどうでも、今、私を好いてくれるなら嬉しいと思います」

「その、誤解しないで欲しいんですが……」男が身体をすくめるようにして言う。「最初、紗季さんを気に入ったのはおふくろ達で。でも、今では自分の意志で紗季さんが大好きで……」

「大好きですか？　だからこうして酔わせて口説くようなことを？」

「酔わせる？　俺、直樹になってから酒はやってません」

「酔う、という言い方は違いますか？　今、丸いお月様がゆらゆらして、いくつかに重なって見えます。まるで白い大きな玉の数珠になろうとしているみたい。誰かが空の数珠を鳴らしてお祈りしてくれてるのかな、なんて思うくらい、ふわふわ幸福です」

「淀ヶ月ではお月様の光が鬼を祓うと言うそうです。満月が増えて数珠に変わるとか、半月が重なって蓮の花になるとか言う話も伝わっています」

「お月様の力でも、ツキノカミサマのおかげでもないですよね？　私、調べたんです。きっと、これ、大麻による軽い幻覚。麻の葉や花から抽出して、お茶やお菓子に混ぜた、いわゆる経口摂取。違いますか？」

問い詰める口調ではなかった。楽しそうに笑いながら聞いていたと思う。

「そうです」答える声にやましさも、うしろめたさもなかった。「麻汁は身体を温めて血のめぐりを良くします。カミサマの声もよく聞こえるそうで昔から飲まれてました」

「私に与えたんですね？　風邪をひいた時も、ツキノカミサマのお座敷で仏降ろしを聞く時も、それからツキノカミサマと川原にいる今も」

「淀ヶ月ではお祭りやツキノカミサマの座敷で麻汁をお茶に入れるのが普通だから。悪いことをしてしまったならごめんなさい」

いいんですよ、と言う自分の声が浮き立っている。

だって嫌いじゃないから。ふわふわとした体感が好きだから。月が真珠の首飾りになるのもすてきだし、沼底から水面を見上げる感覚も心地良かったから。

踏みしだかれる草の一本一本の匂いが明瞭に嗅ぎ取れるのも至福だ。これはお酒と一緒。幸せで楽しい時間をくれる飲み物なのだ。

「俺、中味は幼いし顔もこんなだけど紗季さんのこと、好きですから」

「そんなことを言ったら笙ちゃんが怒りますよ」

自分の声が笑う。ふざけているつもりなんかないのに。まじめな気持ちなのに。

けれども笑ってしまうのは、とても幸福なせいに違いない。

銀の月がゆらめき、白灰色のうさぎ模様がにじむ。水面のような夜空に波を思わせる薄雲が流れる。男の胸に顔をよせるとざらついたシャツから汗とほうじ茶の香りが漂った。

草を踏んで踊る子供の足音がかすかな振動をこしらえて地面を伝わる。跳ぶたびに小さな足に潰される草の汁の香りがわかる。

ムカシヨモギ、ノゼリ、ワルナスビ、オオケダテ……、嗅ぎ分けられないはずのかすかな匂いが明瞭にわかる。悪くない、夜空に真珠の数珠が浮き、草の香りを敏感に嗅げることは幸福だ。

「ツキノカミサマの踊り、盆踊りの振りと同じですよね？」

あの夏の夜、恐れた踊りが今は神聖で荘厳にしか思えない。

「村の人が初代ツキノカミサマのハツさんをまねて踊ったのが最初だそうです」

「みんな同じ浴衣で、顔を隠して静かに踊っているのを見ていました」

「以前は泥臭いお祭りだったそうです。野良着のまんまで好き勝手に踊って。盛り上がると着物を脱いで半裸で、その……、女性も上半身を出して踊ったとか。昭和の中頃まではそんな感じだったって聞きました」

「そんなに近い時代まで？　どうしてお揃いの浴衣を着て顔を隠すように？」

直樹が、すごく俗っぽい理由なんですよ、と前置きして語り始めた。

その間も視線は月下で跳ねる笙から離そうとはしない。

「お祭りを撮影したいって全国放送の人が来て、裸はだめって言われて慌てて浴衣を注文したとか。同じ柄をいっぱい注文すると安くなるからみんな同じ柄にしたというだけの話です」

聞いて笑う。恐ろしく見えた祭りの成り立ちが世俗的すぎて、神秘から遠すぎて、怯えた自分を笑わずにはいられない。

「笑ってごめんなさい。不思議な雰囲気のお祭りが現実的と言うか人間臭いと言うか……。いえ、決してばかにしているんじゃなく、いきなり身近になったから……。あの、じゃあ、その時に身体と一緒に顔まで隠して？」

「前の年にカメラが入った近くの町では立派な法被や花笠を買い揃えたんです。でも淀ヶ月にはお金がなくて浴衣が安っぽくて、だから顔を隠して美男美女の村って言えば見劣りしないだろうって。踊りも見栄えを良くするため一生懸命に練習したそうです。

撮影に来たテレビの人はお祭りの様子が変わって慌てたけど、企画は変えられなくてそのまま放送されて、神秘的とか言われて、そのまま定着したとか」

また笑う。あざけるのではない。血の通った素朴な話がほほえましすぎるからだ。

何も怖いことなどない。種明かしをすれば不気味な盆踊りが俗で、田舎じみた、生活臭に満ちたものになる。

「村長さんや先代のカミサマが言ってました。テレビカメラが入ったり観光客が来たりするとお祭りは変わるそうです。荒々しさや土臭さが消されて、最初の形を失くして、お行儀良く、無難になるって。それでも消えるよりましですよね」

「時代にあわせてしたたかに姿を変えてきたんですね」

目を閉じるとあの静謐《せいひつ》な祭りが目に浮かぶ。

同じまぶたの裏に白い数珠の残像が咲く。

この眺めは美しい。ここで穏やかに、村になじむのも悪くない。踏みしだかれる草の香りがゆらゆら流れて来るのも悪くない。ツキノカミサマが跳ねる小さな足音も好ましい。

そっと直樹に頰をよせ、彼の肌を愛《め》でた時、もうひとつの軽やかな足音が聴覚に割り入った。

踏まれ、潰される草の香りが倍になる。

男の肩が跳ね上がり、もたれかけた頭が軽く突き上げられた。

直樹が走り出している。自分も立とうとしたけれど足がふわふわとおぼつかない。

夜空の闇にいくつも真珠めいた月が舞う。

白銀の光輝の中、三体の者が跳ねあっていた。

清らかなツキノカミサマがみっつに分かれたのかと考えた。

違う。大きさが、違う。一体は小さくて軽やかな子供。走りよる大きな一体は直樹。二人に重なる中くらいのもう一体は何？　もしかしたらツキノカミサマを月に連れ帰ろうとする者？

月の使者がツキノカミサマに手を伸ばした。細い身体、細い手足の敏捷な動きだ。宙に跳んだツキノカミサマの片手がつかまれて、ぶん、と振りまわされる。

小さな身体が描く軌跡は美しい半円形だ。あれはスケートボードの少女が黒い髪で描いた形と同じ。盆の夜に頸《くび》を折られた女の髪も同じ半月の筋道をこしらえていた。

細い悲鳴が響く。それはツキノカミサマの声。夜啼《よな》き鳥《どり》のさえずりのように細く、高く、川原の湿気に鳴動し続けている。

ツキノカミサマが月の使者に捕われている。連れて行かないで。ツキノカミサマがいなくなったら踊りを眺められない。あの人の隣にすわる時間がなくなってしまう。カミサマを失ったら淀ヶ月の人々が悲しんでしまう。

そう嘆いた時、走りよった男の影が月の使者に交わり、ツキノカミサマの身体が、とすん、と川原に落下した。

ああ、良かった。地上で守護する者が天の使者を追い返してくれそうだ。

直樹が吠える。

使者に向かって放たれた野太い声が地上の卑語らしいと意識のどこかが知覚した。

使者の身体が、ひゅう、と飛んで後頭部から藪《やぶ》の中に落ちた。守護する男が使者を投げ飛ばしたからだった。

「紗季さん！　ツキノカミサマを安全な場所に！」

直樹が叫ぶ。意味を理解するのに少し時間がかかったと思う。

立ち上がろうとしたけれど濃密な川原の空気がまとわりついて身体が重い。

草の中で天の使者が立ち上がった。背丈は直樹の肩までもない。

巨体からの連打をひらひらとかわす捌《さば》きが美しい。天上の者にとって、地の人間の攻撃など意味を成さないのだろうかと考える。

放り出された笙が起き上がり、川原を疾駆して軽やかに、高い跳躍を見せた。

小さな足が使者の胸にめり込み、天の者が地に転がった。

ふうわりと地上に降り立つ笙を見て思う。ツキノカミサマは身軽な方、と。

高く跳んで無様に足首をねじれさせた地上の娘とは違うのだ。

使者の頭を直樹がつかんだ時、ずるり、とその皮がむけた。毟《むし》り取られた頭皮を惜しむかのように天の者は顔面を月光から遮り、背を向けて草の中に走り去った。

月の使者なのに空に戻らないのかな？

どうして地面を走るのかな？

とらえどころのない思考が泳ぐ。遠くに自動車の音を聞いた気がした。ああそうか、ここは都会。天人が降りても道路には車が走り、周囲には家々の灯が見えるのだ。

すわり込んだ眼前に直樹が歩みよって来た。腹と腹をあわせて笙を抱きしめている。

「紗季さん、戻ります」

「ツキノカミサマは……」応じる声がうつろだ。「連れて行かれないのですね？」

「はい、追い払いました。物騒なやつが出没して危ないです」

銀の満月を光輪にした男が強《こわ》ばった声で告げた。その手はしがみつく笙の頭を撫でていた。

「今の人、髪がマンネンロウの匂い」直樹の髪に顔を埋めたまま子供がささやいた。「あの匂い、知ってる。まちがいない。あの髪の匂いだよ」

「子供を狙う変質者でしょう。このあたりでも何人か行方不明になっているから」

「変質者？　月からの……」

使者ではなくて？　と聞きかけ、直樹と笙の張り詰めた空気に問いを封じられた。

手を取られて立ち上がる。足もとが軽く波打つ。天空の数珠がぱらぱらと糸が切れたかのように散っている。

使者が走り去った小道を歩くと爪先を草に取られてつまずいた。

足もとに闇ににた色の布が落ちている。手に取ってみると黒々としたニット帽だった。俺がむしり取ったやつです、と直樹が言う。

それは月の使者が身につけるにしては、あまりにも世俗的で、悲しくなるほどありふれた品だった。

「中に入れてもらっていいかな？」

隣を訪ねると真帆子が笑顔で迎えてくれた。

玄関は作りつけのシューケースと量販店で買ったらしいマットがあるだけだ。入り口から九十度の位置にドアがあり、ダイニングキッチンなどの生活空間が玄関から目に入らない。

「紗季さん、ここに入るのって初めてですよね」

タオル地のスリッパをさし出しながら真帆子があどけない声で聞く。

ショートパンツに腰丈のシルクシャツが彼女の可憐さを引き立てている。首まわりに淡くフリルがあしらわれ、小さな顔は襞布《ひだぬの》の中の白い花芯のようだ。

「耐性があるかどうかわからないって呼んでもらえなかったもの」

「訪ねて来たってことは耐性に自信があるんですか?」

「何に対する耐性? わからないけど思い切って来ちゃった」

初めて招き入れられる部屋の壁紙は、黒地に銀のアラベスク模様が散るものだった。

黒と銀が好き、そう言っていた彼女にとてもしっくり来る色あいだ。

キッチン部分はアイアン製のパーテーションで目隠しされ、ダイニングには猫足のテーブルと椅子がある。アンティークの黒い扇風機が室内の空気をかきまわしていた。

「すてきな部屋に作ってるんだね」

「自力でリフォームしました。親から原状回復の費用を請求されると思います」

額装されて黒と銀の壁を飾るのは日本画の複製ばかりだ。甲斐庄楠音《かいのしょうただおと》、月岡芳年《つきおかよしとし》、伊藤晴雨《いとうせいう》、わかるのはそのあたりまでだ。主に無残絵と呼ばれるもので逆さづりの妊婦やら顔面の皮をはがれる男やら生きたまま狼《おおかみ》に喰われる女やらが描かれている。

「飲み物はコーヒーでいいですか？　発泡水もありますけど」

発泡水でお願い、と応えると黒いパーテーションの向こうからとても普通の冷蔵庫の開閉音が聞こえた。

ダイニングに続く一室の窓は開けられ、光沢のある厚地のカーテンが紐《ひも》タッセルでゆるく縛られている。ベッドは黒レースの天蓋つき、照明はバラを模した布シェードだ。

「きれいなお部屋だね。すごく手間もお金もかかってそう」

「手間はかかってるけどお金はそんなにかけてません。アンティークショップでさがして自分で磨いたり、ペイントしたり、壁紙を貼ったり」

「このおしゃれな部屋に耐性はいらないよ。無残絵のファンは珍しくないし」

もったいぶってごめんなさい、としおらしく謝る姿が幼く見えた。

「一般的な趣味じゃないから恥ずかしくて。実家では気持ち悪がられてたし、学生時代も社会人になってからもずっと隠してたから」

「ここは2DKだけど本当に耐性がいるのはもうひとつの部屋？」

「はい、そっちに趣味のものがぎっしり」

「この間、通報するって言ってたけど警察に踏み込まれても平気なもの？」

真帆子がとてもおかしそうに小声で笑った。半月の形に開いた唇の中に白い歯が光る。

「あの母子が警察を呼んで夜中にご近所をたたき起こすはずないですもん」

「そっちの部屋、入っちゃだめ？　一緒に住みたいなら見せて欲しいな」

「あたしと引っ越しします？　隣の息子と離れてもいいですか？」

「桐野さんは関係ないよ」

「あの母子、紗季さんのこと放しませんよ。うちの嫁に来てくれないかなって、いつも食事時にしゃべってますから」

「それもベランダで聞いた？　寝室をのぞいたのと同じようにして？」

ころころと真帆子は笑い、問いに答えることもなく、静かに樫材《かしざい》のドアを開いた。

中は他の住戸と同じ六畳ほどの洋室だ。壁紙は黒に銀のダマスク柄、チューリップ型の照明が桃色に灯り、アンティークデスクに重ねられたスケッチブックと描きかけの絵が照らされていた。

壁にかけられ、あるいは立てかけられている絵画は全て幼児を描いたものだ。

細い線が連なり、淡い彩色が施され、こぼれそうなほどたっぷりと花があしらわれている。細部までぞっとするほど写実的で、生々しく、同時に目がくらむほど官能的だ。

臓物が取り除かれた腹腔《ふくこう》にぎっしりとライラックを詰めた一枚がある。生首の口にスズランの束を生けた小品もある。バラの花びらで満たされた浴槽に切り離された胴と手足が沈んで行く連作もある。

「ここ、あたしのアトリエ。実は美大志望だったんです。でも人にほめられるような絵が描けなくてあきらめました」

誇らしそうに、恥ずかしそうに身をよじる女。小悪魔という言葉がよくにあう。

「きれいなもの、かわいいものが大好き。でもあたしの感じる『かわいい』を人は嫌がるんです。だから常識や道徳なんか無視してこっそりかわいい絵を描いています」

「ここにぎっしり詰まっているのは真帆子ちゃんの感じるかわいさ？」

「実家を出てやっと解放されました。きれいって何だろうって、かわいいって何だろうって、考えて、考えて、それは愉悦をもたらすものって結論になりました。

世間が押しつける『かわいい』を壊すのが気持ち良いんです。芋虫みたいなものを潰す感触もたまりません。肉が詰まった皮が破けてはじけて、血を噴くのが愛しくて、惹かれて。だから絵にします。誰が何と言ってもこれがあたし自身の真実です」

「近くで幼児を連れ去ってたのは真帆子ちゃん？　かわいい絵にして飾るため？」

やだ、なんでわかったんですか？　と女が不思議そうにたずねる。

恥じらっているけれど悪びれてはいない。彼女の愛らしさに触れていると部屋を飾る数々の絵がおぞましいのか美しいのかがわからなくなる。

「犯人はオンライン宅配の人だとか、ジャージの男子中学生とか言われているけど、宅配リュックのレプリカを持ってたし、青いジャージセットも車の中に丸めてたから」

「あれはやっぱりまずかったなあ。無粋なものを家に持ち込みたくなかったんです。危ないかも、って思いながら車に入れっ放しにしちゃった。もちろんとっくに処分してますけど」

女が髪をかきあげて悩ましげに言葉を繋ぐ。

「時々、小さな、ぷくぷくした生き物を潰したくなっちゃうんです。特に感動することや気持ちが高ぶることがあるとがまんできなくなっちゃって……」

「興奮してこのままじゃ眠れないって言ってた夜があったよね。駐車場でペンダントやサンダルを見つけた夜、三〇五号室に侵入した夜、二〇五号室のロッカーを開いた夜、その直後に子供が連れ去られてるもんね」

「悪いことだと思う？　軽蔑する？　あたしのこと、嫌う？」

答えが出て来ない。なぜだろう。彼女の所業を忌まわしいと思う。けれども嫌悪が薄い。

それはどうして？　目の前の絵画が精緻で美しいから？

違う。それだけじゃない。絵の中の子供の目が生きていないからだ。

「前にも言ったけど紗季さんの目って人殺しの目なんです。一目でわかりました。ふんわり優しそうなのに目だけが違うんです。ためらわずに人を殺せる人間の目。躊躇なく常識を壊す人の目。だから、大好きになっちゃった」

「私は人を殺してない。でも、確かに殺そうとはしているよ」

「すてきだなあ！」細い指が胸の前で祈るように組まれた。「一緒ですよ。しとめられなくても手を下せるならじきにうまくやれるようになります！」

「真帆子ちゃんは子供をここに連れて来て絵を描いた？」

「まさか！　生きてる子供なんかうるさいし汚いもの！　死体も腐るから嫌い！　出前用のリュックかクーラーボックスに詰めてラブホテルに搬入します。ああいう場所は防音がしっかりしてて少しくらい泣かれても騒がれても平気ですから」

壁に飾られた絵、床に立てかけられた絵、そしてアンティークデスクの上の描きかけの絵。どれも死人。生きていない。おぞましくてむごたらしい。けれども正面から見つめられる。なぜなら死んだ子供は糾弾しないから。

勇也の家の壁の写真はどれも目が生きていた。生命力のある少女の瞳が自分を見つめ、脅かし、お前は醜い心の持ち主だと無言で責め続けていた。

絵に咲きこぼれる花々が美しい。肌が白い陶器のようだ。死んだ瞳の冷たさが心地良い。

自分はここを受け入れられる？　何ごともなく共存する未来もあったはず？

「ラブホテルはバスルームが大きくて使いやすいし、血が残っても疑われないし。あのね、紗季さん、あたし、解体する時に写真をたくさん撮るんです。終わったら死体を細かく刻みます。少量ならトイレに流すし、親父が所有する山に捨てればキツネやタヌキが片づけてくれます」

「不感症って言ってたけど代わりの快楽ってそれ？」

「はい、新鮮な血と臓物の匂いが好きで、小さいお腹を破ったり頭を潰したりする瞬間がたまりません。写真を撮ったり絵を描いたりしてると濡れちゃいます」

扇風機が攪拌する風にブラウスの襟が揺れて襟もとの白肌にほんのりとした痣《あざ》がのぞく。あれは高々と跳躍した笙に蹴られた痕だ。あの子は直樹に抱きしめられて言っていた。

「髪がマンネンロウの匂い」と。

調べるまでわからなかった。マンネンロウはローズマリーの和名なのだ。

「でも、笙ちゃんを狙ったのはまずかったね。どうしてこんな近場で？　それも近所の子供を？」

「はい、失敗でした。本当はもっとむちむちした個体が好みなのに。でも、あの子、顔の造りが良いんだもん。ヒルガオがにあうからヒルガオが咲いているうちに捕獲して、手足と頭を外して球体人形のように造形したかったんです。あの子、満月の夜に一人で川原に行くって言うからがまんできなくなっちゃった」

「笙ちゃんにはめられたんだよ。そう言えば真帆子ちゃんが喰いつくだろうって。あの子ね、稼業の関係で大人の相手をするから賢いし、視力が弱いけど嗅覚や聴覚が敏感なんだ。人の顔が違うのと同じで歩幅や足音もみんな違うから顔を隠してても誰かわかるって」

なるほどね、と女がささやく。そういう特別な子を潰して絵にしたら、あたし、もっと画力が上がってたかな？　と祈りにも近い声が続いた。

「駐車場に子供の血の臭いがしていて、誘拐事件の翌日にそれがとても強くなるって。どの車から臭うかも教えてくれて……。だからね、最初は真帆子ちゃんを小児科の看護師さんだと思ってたらしいよ」

　女が少し沈黙した。黒と銀の壁紙の室内に古いシャンソンが低く、低く、流れていることに、その時、初めて気がついた。

「疑われてるんなら、あたし、逃げます。証拠は一切、残してません。絵は妄想の産物で通ります。通報しても未就学児の嗅覚と聴覚だけじゃ信憑《しんぴょう》性が薄いでしょう」

「落としたニット帽の内側に髪の毛がついてたよ。調べれば皮膚片もあるんじゃない？　教えてもらった民間のＤＮＡ鑑定企業に持ち込もうか？」

　女が泣きそうな顔をして、かすかに震える声を発した。

「紗季さん、あたしを警察に突き出す？　最初っからそのつもりで来たんですか？」

「警察は呼ばない。淀ヶ月に外の人は入れちゃいけないから」

「犯罪が不動産の売値に影響するから？　記事の発表前に調べられたくないから？」

　異空間にしか思えない部屋なのに、小悪魔のような女なのに、なぜか口にした疑問だけがぞっとするほど世俗的なことだった。

「記事は書かない。家も売らない。ここで静かにくらすのが身の丈にあってるから」

「そうか……、そうなんだ。悲しいなあ。あたし、ふられちゃったんだ……」

　大きな瞳がうるんで輝きが淀む。女がうなだれて、憂い顔を長い黒髪が隠した。

「しかたないですね。いいですよ。あたし、わかってもらえないことになれてますから」

「でも記事を書きたいんだよね？　引っ越しても調べ続けるよね？」

「紗季さん、取り引きしません？」こちらを向いた顔は凛々しくて、もう悲嘆など浮かんではいなかった。「記事、書かないから絵のことも口外しないってどうですか？」

「でも真帆子ちゃんはこれからも子供をさらうよね。いつか捕まるよ。そんな人が淀ヶ月に住んでたってことで警察が調べに来たらまずいんだ」

「生きた子供はあきらめます。これまでも死体は残してません。写真も残っていません。ネット接続できない古い古いデジカメで撮って、絵ができたらカメラごとその都度、処分しています。それから骨壺とジュエリーの骨のDNA鑑定も取り消します」

「岩上母子のものかも知れない骨の？　DNAってタンパク質だよね。千度の熱で灰になるよね。真帆子ちゃんのはったりじゃない？　ダミー情報を流して周囲の動きを見たかった。そして……、私から情報が流れないか検証したかった。違う？」

「そんなこと、するわけないじゃない。紗季さんを信じてるのに！」

淀みも濁りもない瞳に虚偽が宿るのかどうか、見分けることなど自分にはできはしない。

「鑑定依頼したならそのままでいいよ。判明するのはあれが岩上芽衣の骨じゃないってことだけだもの」

「芽衣じゃない？　なんで？　骨壺に名前まで書いてたのに？」

「嫌な人を断つおまじないなんだって。骨壺に先祖の骨を少しずつ入れて外側に来て欲しくない人、つまり芽衣の名前を書く。道切りって言われる古いおまじないのひとつだよ。ちょっと気味悪いやり方だけどね」

「そうなんだ、残念」真帆子があっさりと言い放つ。「DNA鑑定のはったりも見破られてたんですね。悲しいなあ」

表情には出さない。けれども真帆子に打ち明けられてほっとする。

直樹に教えられている。あれは芽衣の骨でまちがいないのだから。

「あたしをどうするんですか？　取り引きする気はないですよね？」

「ごめん、ごめんね、真帆子ちゃん。大好きだったよ。でも笙ちゃんを襲った時点で終わっちゃったんだよ。もう淀ヶ月の送り屋さんが動き出しちゃったから」

初めて触れるカーテンは黒地に銀糸の花模様。ずっしりとすべらかな布地を押し広げ、外に広がる窓を大きく開く。昨夜より少し縁をおぼろにした月が浮いている。

室内の照明に比べれば月光は頼りない。それでもくっきりと外に立つ男を浮き上がらせていた。

青白く巨大な月を背にして、背の高い男が室内に足を踏み入れた。

窓枠をくぐるため少し背をかがめている。ありふれた紺の作業着に手袋、足もとは軽そうな作業靴だ。

魔的な部屋にそぐわない。蠱惑《こわく》的な場所を日常的な何かが犯すかのようだ。

「あたし、紗季さんに捨てられたんだね」真帆子が泣くようにつぶやいた。「しかたないよね。異端だし外道《げどう》だもんね。平気だよ。見放されるのなんて、なれてるもの……」

唇はほとんど動かない。けれども頬の震えから嘆きが明瞭に見て取れた。

「出て行ってくれないかな?」

女が蒼白の月を背負った男に笑いかけた。愛らしく、なまめかしく、男でも女でも惑わされる類いの笑みだった。

「そっとしておいて。だって、ここで絵を描いているだけなんだもん」

「ごめんなさい。だめなんです」後ろ手に窓を閉じて男が言った。「ここに警察が来るようなことしちゃったし、ツキノカミサマを襲っちゃったし」

「ここに警察が来たらまずい? そうだよね。人を殺して、大麻を栽培して、許可なく納骨堂を作って、そっちも警察が来たらこまるんだよね?」

「嗅ぎまわってるの、知ってました。あちこちに小型のカメラがくっついてるのも気づいてました。俺、盗撮とか侵入とかの形跡、いつも調べる癖がついてるんです」

「あたしをどうしたいの?」

「ごめんなさい。始末します。性癖は変えられません。周囲に害を与える嗜好《しこう》は持ち主ごと消すのが一番安全だって、昔、学びました」

「殺すの? ここで?」

真帆子の下まぶたに透明な涙がたまり、紅い唇が震えている。肉食獣に見据えられた小動物のようだ。哀れさ、可憐さに背筋が震えてしまう。

「ごめんなさい。そんな顔をしても、俺、何も感じないんです。女の命ごいとか泣き落としって、見なれちゃって」

女がその場にへたへたとすわり込んだ。シルクのシャツがふわりと広がり、細い腰の線を丸く浮かび上がらせた。手が祈るように組まれ、下まつ毛の上で張力の限界を迎えた涙が、つるり、つるり、と頬の上をすべり落ちる。

「紗季さん、外に出てください。俺、あんまり仕事するところを見られたくないし」

哀れな女は濡れた瞳を見開いて震えている。けれども頬が赤味を増している。それは白い骨粉を見つけた時と同じ。大麻を取ったと告げた時と一緒。これは可憐な女が身の内に炎を点《とも》した時の肌の色だ。

「直樹さん、気をつけて！」

声を発した瞬間、すわり込んだ真帆子の片脚が跳ね、立ちはだかる男を蹴り上げた。

思わず目を閉じる。けれども次に聞こえて来たのは落ち着き払った男の声だった。

「いい蹴りです。男の股間を蹴るのは悪くない方法です。でも、ケンカなれしてない人じゃだめです。男の目をかわすって、普通の女の人には無理なんです」

いつもの素朴な口調だった。けれども背中が発する気配が異なっていた。

真帆子の片脚が直樹の両膝で挟まれている。彼女の目に宿るのは当惑と怒りだ。

次の男の動作は見えなかった。動きが速すぎたせいだ。気づいた時、真帆子の細い腹に拳がめり込んでいた。

げぇ、とくぐもった声がつややかな唇から漏れる。

透明な唾液と黄色い胃液がごぼごぼと吐き出されて白いシルクシャツを汚す。

「もう見ないでください」直樹が背中を向けたまま切ない声を出す。「紗季さんは俺の仕事なんか見ないで欲しいんです。お願いだから外に出て」

「ここにいさせて。大好きな真帆子ちゃんの最期を見届けたい」

背中が、ふわり、と優しさを放った時、片足を挟まれた真帆子が上半身を大きく捻転させた。

自由になるもう片足が半身のひねりを受けて美しい弧を描く。

白い脚の残像が黒い壁紙の上に白々とした半月を浮き上がらせ、丸い軌跡の爪先が直樹の首を打ちすえた。肉が肉を打つ鈍い音が響き渡り、吐瀉物に汚れた顔に不敵な笑顔が浮かぶ。

全ての音が消えた気がしたけれど、黒と銀の部屋にシャンソンが低く流れ続けていた。

「本当に良い蹴りなんですけど」男がぼそぼそと言う。「狙った場所も適切だし、上半身のひねりも腰の使い方も申し分ないけど……」

美しい半円の軌跡を見せた足は男の肩と顎にきつく挟まれている。

「こんな細い女の人の蹴りじゃ、俺、何ともなりません」

真帆子の細い首筋に直樹が手刀をたたき入れた。素人目にも容赦のない一撃だった。

幼な顔の女の大きな黒目が、ぐるり、と上に流れ、開いたまぶたの中が白目だけに変わった。

白蛇のような首が折れ曲がり、桃色の唇から赤黒い舌が垂れている。

哀れな真帆子、かわくて、賢くて、豊かで大胆な女。記者へと誘ってくれた。一緒に住もうと言ってくれた。せめて顔だけはきれいにしておいて欲しかったのに。

「紗季さん、外に出てもらえませんか。俺、もう見られたくない」

「あの、真帆子ちゃんは、もう……」

「死なせてません。これから三〇五号室に運んでいろいろ聞いて、必要なものを書かせて。あの、例のDNAの話、うそってわかって助かりました。聞く内容がひとつ減るだけですごく手間が減るから」

「これからいろいろ聞くのですか？　真帆子ちゃん、話せるんですか？」

「話させなきゃ。それが、その、送り屋の技術って言うか……」

「あまり苦しくないように……、できるなら顔はきれいなままで……」

なるべく、と答えた男の声は小さく、とても切なそうなものだった。

持ち主を失った絵がこちらを見つめている。きれいな絵、かわいい絵、幻惑させる世界。

形見にもらうことはできないかしら。家に連れ帰ることができないかしら。

壁に手が伸びる。なめらかな紙の手触りが愛おしい。真帆子の指がこれに触れたはず。彼女の視線がここを撫でたはず。

スミレのちりばめられた一枚に指が届いた時、背を向けたまま男が告げた。

「触っちゃだめです。まずいものは俺が処分します。持ち物もデータも全て」

「では、この場所は……、この絵も……？」

「処分します。でも、ここを空っぽにしたりはしません。どこかに出かけてそのままいなくなったようにする方が無難で。この人が何をしたのか、何を隠しているかを後で本人に確認して、家族と職場の疑惑が最小限になるように」

色淡いスミレと白い幼体から自分の指が遠ざかる。切ない熱が肌から失せて行くようだ。

ここはすでに主《あるじ》を失った部屋、もう二度と踏み入ることのない聖域だ。

男が真帆子の身体から衣服をはぎ、裸体を露《あら》わにしている。痛ましさに目をそむけるけれど、白い肌のなまめかしさを見つめずにはいられない。

「あの、どうして服を……？　何も裸にしなくても……」

「万一の時、裸だと逃げませんから。ひざのお皿を割ったりすればもっと安心なんですけど、ここって三〇五号室みたいに防音してないし」

ベッドからはがされたシーツで女の身体が幾重にも巻きつけられる。ベランダに準備された大きなクーラーボックスに彼女が入れられている。

外に出ると夜空に薄い雲が流れていた。月の片側は鋭利な円弧でもう片側はにじんで闇に淀む。

今夜も無数のヒルガオがひしめいている。あの花は地上に滴った月のしずく。あるいは産みつけられた月の卵。そして浄土に送られる魂が天を目指して咲いたもの。

南東の通路に人影が見える。手すりにもたれる小さな姿は笙だ。不揃いに切られた髪が重たく揺れ、おぼろな視線がこちらに向いている。

あの子に頼めば真帆子の仏降ろしをしてくれるだろうか。

降ろされた女に恨みをぶつけられるならそれでいい。呪われるなら受け止めよう。

誰も殺せなかった自分。淀ヶ月の側についた自分。失望され、あきれられるより、ののしられる方がいい。恨まれた方がきっと幸福だ。

蒼白の月光の下でヒルガオがさざめく。人工の窪地に湿気がもやる。漆黒の瞳が見つめる中、灰色の通路をたどり、隣の自宅に戻って行った。

「こんにちは。ここであえるなんてラッキーだわ！」

さんざし通りの手前で声をかけられて反射的に会釈を返した。パートリア淀ヶ月を担当する民生委員の女だ。仕事帰りにめんどうな相手に出あったと思う。

「スーツ着てると見違えるわ。ぴしっとしてお仕事なさってる女性みたい」

特に訂正する気もないから無難に、こんにちは、とだけ返した。

「土曜日にお一人でお出かけ？　ご主人やお子さんは寂しがらない？　まだお子さん、お小さいんでしょう?」

　お客様取材二本を終わらせた帰り道だ。あまり人と話したい気分ではない。

「ご主人は女性のお仕事に寛容なのね。うちはもう子供が大きいけど。今日もこれからパートリア淀ヶ月に行くのよ。また玄関前で門前払いかなあ」

「道切り、いえエントランスのオートロックはどのお宅が開けるんですか?」

「宅配便の人が通る時に一緒に入るの」堂々とした言いっぷりに消えた真帆子を思い出す。「活動記録書を作らなきゃいけないんだけどパートリア淀ヶ月には面談できない方が多くて。ねえ、住民の方に繋いでもらえない?」

「引っ越して来て日が浅いので。顔が広いわけでもありませんし」

　早足になると背の低い女が足を早めて横に並ぶ。

「年金受給者の存在確認がうるさくなってるの。お隣の直治さんも九十歳近いから」

「桐野さんはお元気だと前にもお伝えしたと思いますが」

「民生委員があえないと市民課が訪問面接するんですって。ここの活動記録書が作れてなくて。郵送でも直《じか》の提出でも良いけど十月末が期限なのよ」

「市民課?　訪問面接?」

「死んだ親の年金の不正受給ってニュースがあったでしょう?　まさかと思うけどお役所だから書類を整えたいんですって」

横を歩きながら女は話し続ける。エントランスに着いても離れない。

「訪問先を呼ばれるならどうぞ。私、菜園側から駐輪場に行きますから」

「いちいちインターフォン鳴らすのはめんどうよ。一緒に入っていい？」

離れそうにない。だからためらわずに管理人室を呼ぶボタンを押す。今日は互助会の会合がある。議題は可決された入居者審査に関してだ。音坂も待機しているはずだ。

「はいはい、なんでしょうか？」

インターフォンから人当たりの良い声が聞こえた。

「こんにちは。五一〇号室の者ですが今、民生委員の方が来ています。訪問したいご家庭があるから一緒に入りたいそうです。かまいませんか？」

管理人が駆け出して来たのはその直後だった。横の女が彼の姿を見て動きを止める。

「あなた、いつも勝手に入っているでしょう？」音坂がこまり切った表情で言う。「訪問する時はエントランスで開けてもらう決まりなんですよ」

「何軒もまわるのにいちいち呼ぶのは大変よ。怪しい者ではありませんし」

音坂がこちらを向いて、ありがとう、と口の動きだけで言った。

一礼して立ち去る背後で二人が言いあっている。

「市の嘱託でもまず訪問先を呼び出してください」

「出てくださらないから直接、玄関に行くんですよ。この調子だと市民課の訪問面接になるんですもの」

「ほう、市民課の？　それはまだどうして？　皆さん、嫌がりますでしょうに」

「ですから今のうちに私がご高齢の方におあいして活動記録書を出すんです」

「あなたさんが面談をしたという記録書、ですか？　それを書いてもらう必要があると？　それがあれば市民課の人が来たりしないと？」

「ええ、だから管理人さんも協力してくださいよ」

エントランスから階段に曲がろうとした時、管理人の拳が女のみぞおちにめり込むのが見えた。視界の端で山本がくたくたと崩れ落ち、後頭部を床にたたきつけて昏倒する。

「倒してしまわれたのですか？」

たずねる自分の声が淡々としていた。表情も動きはしない。

既視感がよぎる。梅雨の晴れ間の中庭でにたものを見た。

地蔵尊の前で泣いていた女、ツキノカミサマを襲おうとしていた女、彼女は直樹の背中に隠された場所で突然に崩れ落ちていた。

「倒してしまいましたよ。いけませんね。送り屋さんに習ってはいますが歳のせいか力が入りません」

音坂がやんわりとした笑みを浮かべたまま言う。倒れた女のスカートをじくじくと尿が濡らし始めていた。

「ああ嫌だ。せっかく掃除したのに。互助会の準備だけで大変なのに」

「大変ですね。何かお手伝いできることはありますか？」

「ありがとうございます。でも送り屋さんと私で何とかしますから」

フェンスに今もヒルガオが咲いている。みっしりと花が揺れる風情を白蛇の鱗《うろこ》と言った女を思い出す。這い上がる弦と花は天上の月をめざすように見えなくもない。

「この女の人が言っていました」階段に片足をかけたまま管理人に伝える。「面談できない高齢の方がいたら市民課に報告するそうです。でも民生委員が面談したという活動記録書を十月末までに郵送すれば市の職員が来ることはないそうです」

「それは良いお話を。紗季さんは本当に聞きじょうずですねえ。こういう方が淀ヶ月に一人いるだけでどれだけ助かっているか」

「お役に立てて嬉しいです。本当に何もお手伝いしなくても？」

「ええ、もうお帰りになって大丈夫ですよ」

血色の良い顔に笑顔を浮かべたまま、音坂は倒れた山本の腹を蹴った。

「これは送り屋さんにお願いしましょう。それから、その、何でしたっけ？　活動記録？　送り屋さんがこの人にそれを書かせるでしょう。では紗季さん、足もとにお気をつけて」

「わかりました。ではこれで失礼いたします」

階段を上がる途中、降りて来る直樹とであった。

これからお仕事？　とたずねると彼は、急な用事が入りました、と優しい笑顔で応じた。夕ご飯までに終わるといいですね、と言ったら、残念ながら長引きそうです、あの女を脅して書類を書かせなきゃだめみたいで、と気弱そうなこまり顔を返された。

低い位置に昏く紅い月が浮いている。どろどろと辺縁が淀む月だ。

夕陽の残光が物陰をより暗く染め、ヒルガオが少しくすんだように思われた。

ゆっくりと階段を踏む。一段、二段、三段、と上がるごとに空に迫るようだ。

最上階まで達しても天空には届かない。知っている。それでも昇る感覚が心地良い。夜風が涼しさを増している。一段ごとにわだかまった湿気が薄れるのも心地良い。

月が昇る。きっときれいな月夜になる。秋の夜長が訪れる。静かな夜がやって来る。

この先に続く穏やか時間を思いながらゆっくりと上へと昇って行った。

エピローグ

　ドアを開けると北西の小さな崖地にススキが揺らいでいた。フェンスには勢いを失ったヒルガオがしぼみ始めている。ちろちろ、ちろちろ、と虫が鳴く。

　秋の日はつるべ落としだ。赤い夕焼けもすぐ闇に飲まれることだろう。

　仕事が立て込んでいて夕食の買い物が遅れた。おやつをあげたけれど小さな我が子はお腹がすいたと少しすねている。

　スーパーに行こうと子供の手を引いて玄関を出た時、三〇五号室から夫の直樹が出て来るのが見えた。幼児が父親を見つけて細い声をあげ、それを見た男が片手をひらひらと振った。

　髪が濡れている。仕事を終えてシャワーを使ったのだろう。彼の肩に抱き上げられているのは小柄な学生服姿だ。黒い詰め襟に金のボタンが光る。彼の髪も濡れたままだ。

いくらツキノカミサマでもまだ中学生なのに。あの送り部屋に入れていいの？　と思わないでもない。

ヒルガオが夕陽で朱色に染められて、うごめく小さな火球に見える。

学生服に包まれた細い腕が直樹の頭を抱いている。

大きな男は昔からそうしてきたように少年の腹に顔を埋めて頬ずりをしている。

あの子は地蔵尊ににた顔立ちの男子中学生だ。今はもう女の子の服は着ない。

昔、短いおかっぱだった髪は人気のスポーツ選手をまねたショートになっている。母親が資格を取得して営業職に就き、収入を増やし、息子に美容院でヘアカットさせる余裕もできたのだ。

みどり自身もきれいになったと思う。髪を軽い色に染めてパーマをかけ、ビジネススーツを着こなしている。そして同時に上ノツキノカミサマの務めも怠らない。

笙は今、ツキノカミサマの役目を母親に任せっきりにしている。

男のかっこうでカミサマしてもさまになんないだろ、女の髪型は校則で禁止なんだよ、それがこの利発な少年の言い分だ。

「お父さぁん……、笙兄ちゃぁん……」

手を繋いだ子供が細い声をあげる。近所迷惑にならない、ぎりぎり対面にだけ届く声だ。大きな男と抱かれた少年が腹と頬を触れあわせたまま手を振った。

中学を卒業したらまた女の服でカミサマやるよ。義務教育中だけは男の制服を着なきゃやばいだろ？　声変わりしたばかりの少年は大人びた口調でそう語る。

あの子が女児服を着ていたのは小学校低学年あたりまで。極度の弱視だったけれど育つに従って視力が上がり、今では一番前の席で眼鏡をかければ黒板の字が見えるそうだ。鋭敏な皮膚感覚や嗅覚は幼児の頃と変わらない。目を見張るほど成績が良いのに、高校には行かない、学歴取得は通信教育でじゅうぶん、と彼は主張する。

直樹が笙の髪を撫でている。少年が男の顔に頬ずりをする。

一心同体のような二人。うら若いツキノカミサマと忠実な守護者。直樹が紗季を妻にしても、子供が産まれても、母親の聖子が亡くなってもその絆は変わらない。

むつまじすぎる二人を見るたびに思う。真帆子と二人でくらす道もあったのではないかしら、と。

「今日のおかずは茶碗蒸《ちゃわんむ》し」子供がはしゃいだ声で歌い出した。「黄色いまあるい茶碗蒸し。プリンみたいな茶碗蒸し、お月様みたいな茶碗蒸し」

「キノコさんとタケノコさんとギンナンさんを入れて」あわせるように歌う。「お父さんも大好きな茶碗蒸し、お婆ちゃんも大好きだった茶碗蒸し」

くっきりとした凛々しい目に鼻筋の通った子供だ。紗季にも聖子にもにていない。

この子の顔は直樹の顔。ひきしまった眉に意志の強そうなまなざし。夫の顔をした子を産み、育てながらそこに夫の容貌を確かめる。

大人になって行くこの子を見るのが今の、そしてこれから先の喜びだ。

生活は楽な方だと思う。直治と聖子の年金がある。あくせくと働く必要はない。夫は送り屋としても内装業者としても働いている。

育児の合間にエッセイやらベランダ菜園の野菜料理レシピやらを書くようになった。妻になり、子を持つことで仕事の幅が広がった。犯罪を暴く記者になるより性にあっているはずだ。介護職の資格も取った。いずれ淀ヶ月のデイケアを担い、介護エッセイも書くだろう。

淀ヶ月には書類上、高齢者がとても多い。百歳を超える住民が十数人になっている。数人は捜索願いを出すことで存在確認を曖昧にしているけれど、いずれ追いつかなくなるだろう。

大規模にお送りしなければいけませんねえ……、行方不明だけではまかない切れませんで……、自宅で死亡の時は警察が来るそうで……。先日の互助会で年取った幹部達が悩んでいた。先々のことを考えてちゃんと死亡届を出していれば……、それではくらしが立ち行かなくなる家もありましたから……。茶を飲みながらこぼす彼らは深刻な空気など発してはいない。

「年寄りは愚痴ばっかり！」あの夜、最年少の笙があざける声を発した。「高齢の村民の住民票を少しずつ死亡に書き替えればいいだけだよ。俺、中学を卒業したら送り屋のアシスタントとして毎日ちゃんと働くからそれまで持ちこたえてよ」

市役所のデータベースに侵入して百歳を超えた住民を書類上で死亡させ、高齢者の面会記録を作るくらいはできるのだと少年は言う。母親のみどりが最新のパソコンを買い与え、彼は日々、知識を増やし続けている。命が尽きる人々の身体を処理する直樹と記録を改める笙。彼らがこの先、淀ヶ月の送り屋の主軸となるのだろう。

子供と一緒にエレベーターに乗る。今はもう五階から階段を降りたりはしない。

道切りを抜けて外に出ると、さんざし通りの夕焼けがぞっとするほどに紅かった。

深紅の陽光がベンチにすわるやせた男のシルエットを黒々と浮かび上がらせている。

「こんにちは」

視界を塗り潰す夕焼けを背負い、ベンチの男がおどおどとあいさつした。

「あ、オサムライサンだ！」手を繋いだ子供がはしゃぎ声をあげる。

「こんにちは、オサムライサン」紗季もあいさつを返す。「この時間まで読書ですか？」

「いえ、夕陽があんまりきれいだから見とれていたんです」

ひょろりと背の高い中年男だ。見るからに内向的で、弱々しい。

いつの頃からかベンチに飴《あめ》の袋を置いて文庫本を読むようになった。子供達に「オサムライサン」と呼ばれているけれど、剣術などできそうにない貧相な体格だ。

「年がいもなく夕陽を見て感傷に浸ってました。暗くなる前に帰らなきゃ。不審者と思われたら大変ですから」

「オサムライサンを怪しむ人なんかいませんよ」

子供が、オサムライサン、オサムライサン、飴ちょうだい、とせがむから、ご飯の前に甘いものはだめ、とたしなめる。

「お利口さんなお子さんですね」男が小さな声でほめた。「このあたりの子供さんはみんなお行儀が良くて。静かで、自然もあって、住む方達も穏やかです」

「失礼ですけどオサムライサン、ご近所じゃないんですか？」

「駅の反対側に住んでますがこっちの方が雰囲気がいいんですよね。この近くに住んでた後輩がいまして。そいつがデスクに残していた手書きの記録を読んだらこの近くに住みたくなっちゃったんです」

「後輩の方のデスク？　手書きの記録、ですか？」

「いろいろと紙に書いて残すやつで……、ここいらに住んでいた時のすてきな思い出日記って言うのかなあ。辞表を郵送して来て退職しちゃったんですけど」

「とても楽しいことが書かれていたんでしょうね」

「ええ、ええ、とても、とても興味深くて」男がより深くうつむいてその表情が見えなくなった。

「僕もここに住まなきゃ、って思うくらい心を奪われる内容でした」

「ご家族でお引っ越しをされたいのですか？」

「僕は独り身です。本が多いから2DKくらいあったらいいんだけど」

頭の中を建物内の空き状況がよぎった。本人の意思表示に従って送られた者の物件がひとつ、自宅で息を引き取った者の住戸がひとつ。どちらも互助会が相続した。次の入居者は決まっていない。遊ばせておくのはもったいない。

「パートリア淀ヶ月でよろしければ空きがあるか聞いてみましょうか？」

「空きがあるんですか？　物件情報をさがしてもここは全然、出て来ないのに」

オサムライサンが頬のこけた顔いっぱいに喜びを浮かべた。

「管理組合に聞いてみないとはっきり言えませんけど、売りたい、貸したいって思ってる方がいるかも知れません」

「ここに住めたら理想ですねえ。ベンチで本を読みながら、ずっとこの建物に憧れてたんです。とても静かでアットホームだから。ぜひ、ぜひ、確認をお願いします」

善良な男だと思う。転んだ子供がいれば抱き起こし、荷物を抱えた高齢者を手伝い、道のゴミをひろうような人物だ。服装を見る限り生活困窮者でもなさそうだ。

「でもパートリア淀ヶ月に入居するには住民の紹介や収入証明が必要で、だからちょっと敬遠される方も……」

意味するところを察したらしく男が少しだけはっきりと言った。

「収入証明なら出せます。在宅勤務ありの正社員です。三年前に転職してるから勤続年数は短いけど割と安定した上場企業だし」

「オサムライサンって呼ばれてますけど、あの、武家の末裔《まつえい》とか？」

男が自信のなさそうな笑いのまま小枝をひろい、地面に「武士」の二文字を書いた。

「これ、僕の名字です。子供達に教えたらオサムライサンって呼ばれるようになっちゃって。刀を見せて、ちょんまげ結って、って言われるとこまっちゃいます」

「立派なお名前。オサムライサンではなくブシさん、だったのですね」

「よくまちがわれるんですが」男がさらに声を低くした。「これ、タケシって読みます。難読名字ですみません」

タケシさん？　と口の中で繰り返す。

その名前をどこかで聞いたことがあるような。

遠い記憶の中で甘い声が、信頼を込めて呼んでいたような。

お腹をすかせた子供がむずかるから抱き上げた。この子は良い子だ。聞き分けがいい、騒がない、夜泣きもしない。愛しい。かわいい。目の中に入れても痛くない。子供をこれほど愛せるとは思いもしなかった。勇也の気持ちも今ならわからないでもない。

けれども、と、同時に思う。

抱きしめる子供の身体が柔らかい。ぷくぷくとした腹、むちむちとした手足、丸くふくらんだ頬。その中に脈打つ血のさざめきが心の内奥を愛撫《あいぶ》する。

ぽっこりとした腹の中にとぐろを巻く腸の手触りを、皮がはじけて肉がはみ出す音を想わずにはいられない。

毛の生えてない生き物を見るとつい……、小さいお腹を破ったり頭を潰したりする瞬間が……、何かのはずみで軽々と常識や禁忌を破っちゃう……。

違う。自分は違う。ごく普通の女。今は平凡な妻で、ありふれた母親だ。

あの夜、真帆子の部屋で細い黒い線の絵を眺めた。淡い彩色の花にまみれた幼児を見つめた。

あれは無残で、おぞましく、妖しく、そして例えようもなく美しかった。

子供を抱くたびに思い出す。忘れられない。消し去ることができない。

送られる間際にあのかわいい女は自分の精神に禍々しい卵を産みつけた。

いけない卵。危ない卵。孵化《ふか》させてはいけない小粒の真珠。

育んではいけない。孵《かえ》してはいけない。

けれども幼い我が子に触れる時、あるいはパートリア淀ヶ月の他家の子供を預かる時、ごくたまに熟れた卵がうごめくのだ。

「すみません。お引き止めしちゃって」

オサムライサンが弱々しく謝罪して子供に優しく声をかける。

「お腹すいちゃったね。お母さんと長くおしゃべりして、ごめんね」

「ううん、平気。お腹すいても泣かないもん。大人の邪魔はしないもん。おじちゃんも淀ヶ月に引っ越しできるといいね」

「うん、うん、君の近くに住めたらもっと一緒に遊ぼうね」

子供がはしゃぐ。その柔らかな身体を、また抱きしめる。

柔らかな肉。なめらかな皮。やがて直樹そっくりになる身体。潰したい欲望なんか知らない。壊したりなんかしない。育ち切って胎動する小虫に卵の殻は破らせない。

オサムライサンが、僕はそろそろ、と控え目に告げる。空き家があったら絶対に教えてください、と妙に力強く言い添えて。

深紅の夕陽がどろどろと西に沈み、残光が夕闇に侵されて行く。

細いさんざし通りから駅方向の道に、ひょろりとした男の影が曲がって消えた。

抱いた子供の重みがかわいらしい。肌に触れる肉のぬくみが愛おしい。

身の内に、ぞわり、と沸き上がる衝動は押し殺す。

「今日のご飯は茶碗蒸し。黄色いまあるい茶碗蒸し」

子供の声が歌う。薄暮がおしよせる。菜園の上に淡い月影が淀み、周囲の空気が急速に冷え始めている。

禍々しい絵の残像を心の奥に埋める。

衝動を押さえつけるため、子供の手を握りしめて茶碗蒸しの歌を口ずさむ。

夕陽が沈んで入れ替わりに淀んだ月が昇る。

暗くなる前に、寒くなる前に、そして周囲に人影が消える前に家に戻りたい。だからきつく子供の手を握り、急ぎ足にさんざし通りを歩き始めていた。

本書は書下ろしです。

本作品はフィクションであり、実在の個人、団体、地名等とは一切関係がありません。（編集部）

［著者略歴］
篠たまき（しの・たまき）
秋田県出身。2015年『やみ窓』で第10回『幽』文学賞短篇部門大賞を受賞、同作を含む連作短篇集『やみ窓』でデビュー。他の著書に『人喰観音』『氷室の華』がある。

月《つき》の淀《よど》む処《ところ》

2021年8月10日　初版第1刷発行

著　者／篠たまき
発行者／岩野裕一
発行所／株式会社実業之日本社
〒107-0062
東京都港区南青山5-4-30　CoSTUME NATIONAL Aoyama Complex 2F
電話（編集）03-6809-0473　（販売）03-6809-0495
https://www.j-n.co.jp/
小社のプライバシー・ポリシーは上記ホームページをご覧ください。

ＤＴＰ／ラッシュ
印刷所／大日本印刷株式会社
製本所／大日本印刷株式会社

ISBN978-4-408-53786-3（第二文芸）